님께

드립니다.

데니스 홍,
상상을 현실로 만드는 법

긍정의 힘으로 인간을 위한 로봇을 만들다

데니스 홍,
— 데니스 홍 지음 —

만드는 법
상상을 현실로

ℹNFLUENTIAL
인플루엔셜

데니스 홍은 진정한 혁신가의 정신을 가진 로봇공학 분야의 최고 과학자다. 그에게는 불가능한 목표가 없는 것 같다. 그는 인류를 돕고 인간의 능력을 향상시키기 위해 기술의 한계를 뛰어넘으려고 한다. 이런 그의 노력을 보고 배우는 게 즐겁다.

핫산 사와프^{Hassan Sawaf}, 아마존 인공지능 디렉터

데니스 홍 교수는 마치 공상과학만화에 나오는 괴짜 연구자 같다. 언뜻 엉뚱해 보이지만 유쾌하고, 아무리 어려운 문제도 척척 풀어내고야 마는 로봇 박사. 연구할 때는 진지하고 집요하지만, 언제나 '인간의 행복'에 대해 고민하는 휴머니스트이기도 하다. 이 책은 그런 그의 모습이 담겨 있다. 만약 내가 어렸을 때 이 책을 읽었다면 내 꿈도 바뀌었을지 모르겠다. 그가 〈스타워즈〉를 보면서 로봇에 대한 꿈을 키웠던 것처럼, 이제 많은 사람들이 이 책을 통해 따뜻한 기술을 개발하는 로봇 과학자의 꿈을 키워나갈 수 있기를 바란다.

김봉진, 배달의 민족 창업자·(주)우아한 형제들 대표이사

데니스 홍은 놀라운 로봇공학자다. 그는 수많은 로봇 시스템을 개발했다. 하지만 그가 수많은 학생들을 스마트한 로봇 시스템에서 일할 수 있도록 가르치고 있다는 점이 더 중요하다. 그는 환상적인 엔지니어다. 훌륭한 기계를 디자인하고, 고성능 시스템을 내장하는 등 정말 어려운 문제들을 해결하고 있다. 그는 현대판 마법사다. 데니스 홍은 지능형 로봇을 디자인하는 데 굉장한 에너지와 놀라운 통찰력을 가지고 있다. 그는 정말 기상천외하다. 이 책은 그의 경험을 배울 수 있는 최고의 방법이 될 것이다.

헨릭 크리스찬슨^{Henrik Christensen},
캘리포니아대학교 샌디에이고 캠퍼스 콘텍스츄얼 로봇인스티튜트 디렉터

미국에서 '개척하는 지성'이 된 데니스 홍 교수. 미래를 불안해하는 우리 젊은이들에게 자신의 경험담을 통해 꿈과 희망을 보여주는 책을 또 내놓았다. 언제나 활짝 웃으며 긍정의 힘으로 불가능을 가능하게 만드는 데니스 홍 교수의 로봇 이야기가 우리에게 새로운 꿈을 꾸게 만든다.

염재호, 고려대학교 총장

데니스 홍은 혁신적이고 생산적인 로봇 연구자다. 휴머노이드 로봇의 기계설계 분야와 로봇 제어 같은 최첨단 로봇 기술을 지속적으로 발전시키고 있다. 로봇의 설계와 제작, 기능 향상에 있어 그는 단연 독보적이다. 또한 그는 누구보다 열정적이다. 그의 열정은 전염성이 있다. 그의 전염성 있는 열정으로 인해 로멜라에서는 최고의 학생들이 계속해서 배출되고 있다. 이 책을 통해 우리도 그 열정에 전염될 것이다.

톰 메케나Tom McKenna, 미국해군연구소 프로그램 매니저

이 세상을 더 나은 곳으로 변화시키기 위해 노력하는 사람이 많다. 그러한 노력으로부터 나는 늘 영감을 받는다. 데니스 홍도 그런 영감을 주는 사람이다. 혁신적인 UCLA 로멜라를 이끄는 그의 지도력과 가르침은 우리로 하여금 많은 것을 깨닫게 한다. 이 새로운 시대에 우리는 어떻게 도전해야 할지, 그의 도전적인 로봇들이 우리를 어떻게 도울 수 있을지 적극적으로 탐구할 수 있게 해준다. 그가 UCLA이 일원이 되어 다른 곳도 아닌 이곳 UCLA에서 열정적인 도전을 펼칠 수 있어서 참으로 기쁘다. 그런 도전을 옆에서 볼 수 있는 나는 정말 행운아다.

진 블록Gene. D. Block, UCLA 총장

데니스 홍은 독보적이고 혁신적인 로봇공학자다. 오랫동안 그와 같이 일을 해왔는데, 유쾌하고 열정적인 그와의 협업은 언제나 즐겁다. 창의력 넘치는 그가 혁신적인 로멜라에서 만들어내는 로봇들은 언제나 기대가 된다.

댄 리Daniel D. Lee,
펜실베이니아대학교 그래스프Genal Robotics, Automation, Sensing and Perception 연구소 디렉터

의지와 지성과 감성을 가지고 꿈을 좇을 때 사람은 세상을 바꿀 수 있다. 데니스 홍이 바로 그런 사람이다. 데니스 홍은 로봇을 통해 많은 사람이 각자의 한계를 뛰어넘을 수 있도록 도움을 준다. 기술을 통해 자신의 역량이 더 향상되도록 영감을 준다. 그는 기술의 힘을 발휘하는 공학자이지만, 그의 기술에는 인간만이 담을 수 있는 특별한 힘이 있다.

마크 리코보노Mark Riccobono, 미국시각장애인협회 회장

항상 이길 수는 없지만
항상 배울 수는 있다

2014년 4월 24일, 나는 천천히 달리는 버스에 앉아 있었다. 창밖으로 화창하고 푸른 하늘이 보였다. 창문을 열고 바람을 맞거나 책을 읽다가 잠시 졸기에 딱 좋은 날이었다. 하지만 버스에 탄 사람들 중 누구도 창문을 열지 않았다.

"절대 창문을 열어서는 안 됩니다."

버스에 탑승하기 전 들었던 주의사항을 굳이 떠올릴 필요도 없었다. 나를 비롯해 버스의 모든 승객들이 두려움과 긴장감에 휩싸여 꼼짝하지 않고 있었다. 긴장한 탓에 마른 침을 삼키기에 바빴다.

"휴, 손바닥에 땀이 나는데 닦을 수가 없네. 데니스, 괜찮아?"

긴장한 내 얼굴을 보고 걱정되었는지 옆에 앉은 동료가 물었다. 주먹을 쥐고 있는 내 손에도 땀이 흥건하게 차 있는 게 느껴졌다. 하지만 나 역시 땀을 닦을 수 없었다. 보호복을 입고 있었기 때문이다. 버스에 탄 사람들만 보호되어 있는 게 아니었다. 버스 내부도 공장에서 막 나온 제품처럼 의자와 손잡이, 심지어 바닥까지 비닐로 빈틈없이 처리돼 있었다.

"꼭 지옥으로 들어가는 기분이야."

내 말에 동료는 한숨을 내쉬며 고개를 저었다.

"기분만은 아니지. 여기가 지옥이 아니면 어디가 지옥이겠어."

버스가 작은 마을로 들어서고, 속도를 줄이기 시작했다. 창밖으로 보이는 마을의 모습은 뭔가 어색했다. 집, 학교 등이 보이지만 움직이고 있는 것은 우리가 타고 있는 버스와 바람에 흔들리는 나뭇가지뿐이었다. 주변 그 어디에도 사람 하나 없었다. 대낮인데도 쥐 죽은 듯 조용했다.

"잠시 내려서 시찰하겠습니다. 그전에 계측장치가 이상 없는지 다시 한번 확인하겠습니다."

인솔자의 말에 우리는 가슴에 단 담뱃갑 만한 기계를 점검한 후에 버스에서 내렸다. 그리고 인솔자를 따라 마을을 둘러보았다. 곳곳에 널브러져 있는 버스와 승용차들을 피해 걸음을 옮겼다. 초등학교가 보였다. 한창 아이들의 재잘대는 목소리로 시끌시끌해야 할 그곳은 적막에 싸여 있었다. 텅 빈 운동장에는 축구공 몇 개가 나뒹굴고 있었다. 멀리 교실 안으로 흐트러진 책걸상들과 교과서들이 희미하게 보였다. 마을을 돌아보니 가정집 창문 안으로는 바닥에 흐트러진 옷가지들과 식사 준비를 했던 듯 접시와 수저가 놓인 식탁이 보였다. 가게 안에는 상품들이 가지런히 정돈되어 있었지만, 과일과 채소들은 시커멓게 썩어 문드러져 있었다.

이곳은 바로 후쿠시마. 정확히 2011년 3월 11일 진도 9.0의 동일본 대지진으로 파괴된 후쿠시마 제1원자력발전소가 있는 곳이었다. 지금까지도 원자력발전소 핵연료봉은 핵분열을 일으키며 땅속을 파고들고 있다. 이 멜트다운^{melt down} 현상을 멈출 방법을 찾기 위해 일본 정부는 나를 비롯하여 미국의 로봇 과학자 팀을 초청했다.

사고가 일어난 지 3년여가 지난 시점이었다. 당시 원전 4호기는 핵연료봉들을 제거하는 작업을 시작했으나 2호기, 3호기 근처는 사람이 전혀 접근할 수 없을 정도로 방사능이 강해 복구 작업은 한없이 더디기만 했다. 원자로가 어느 정도 파괴되었는지, 현재 핵연료봉의 상태는 어떤지 확인하는 것조차 쉽지 않은 상황. 생명체가 접근하는 순간 목숨을 잃는 곳. 그렇다 보니 로봇이 필요했다. 로봇 강국으로 손꼽히는 일본은 자국의 로봇은 물론 전 세계에서 개발된 로봇들까지 투입하고 있었다. 하지만 성과는 미비했다. 무너진 콘크리트 더미와 엿가락처럼 늘어진 철근들 탓에 로봇들은 원자로에 접근조차 하기 힘들었다.

"차라리 화성에 인류를 보내는 게 더 쉽겠어."

재난 현장에 모인 로봇 과학자들은 고개를 저을 수밖에 없었다. 인류의 재앙 앞에 과학자들은 새로운 임무를 떠안게 된 것이었다. 2013년 역사상 가장 큰 규모의 로봇 대회인 다르파 재난 구조 로봇 대회^{DARPA Robotics Challenge}가 개최된 것도 이 때문이었다. 후쿠시마 사고 지역처럼 최악의 환경에서도 임무 수행이 가능한 로봇을 만들기 위해서였다. 나 역시 팀을 만들어 재난 구조용 휴머노이드 로봇을 개발하고 있었다. 2013년에 열린 예선을 통과하고 한창 2015년에 있을 결선을 준비 중이었다.

그러던 중 일본 정부의 초청을 받았다. 후쿠시마에 간다고 했을 때 가족과 친구들은 한사코 말렸다. 나도 그곳에 가는 일이 위험할 수 있다고 생각했다. 하지만 반드시 가야한다고 결심했다. 그곳에 가는 건 정말 목숨을 걸 만큼 강한 각오가 필요한 일이다. 나는 재난 현장에 필요한 로봇을 만드는 일은 진심으로 지구를 구하고 인류를 구하는 일이라고 생각한다. 그러려면 사고 현장에 가보아야 한다. 직접 체험하지 않고는 효과적인 로봇 기술을 개발할 수 없다. 나는 그 사실을 이미 알고 있었다. 후쿠시마로 가는 내 마음은 복잡했다.

"저쪽으로 가보겠습니다. 조심하세요."

인솔자를 따라 골목으로 돌아서니 자그마한 기차역이 나왔다. 잡초들이 무성한 기찻길의 철로는 엿가락처럼 휘어져 있었다. 마치 공상과학영화에 나오는 외계인의 침략을 받은 장면 같았다. 그러나 이곳은 영화 세트장이 아니다. 자그마치 2만 명이 넘는 목숨들을 한순간에 앗아가고 수십만 명의 이재민을 만든 끔찍한 재난 현장이었다. 눈앞에 펼쳐지는 기괴한 모습에 등골이 오싹해졌다. 보통의 재난 현장은 이 정도 시간이 지나면 복구가 되는데, 이곳은 모두가 방사능을 피해 달아난 뒤로 아무도 접근할 수조차 없었다. 3년 전 사고 현장은 고스란히 버려져 있었다.

마을 시찰을 끝내고 버스에 올랐다. 다시 달리기 시작한 버스는 원전 캠퍼스로 향했다. 저 멀리 반쯤 파괴된 거대한 원자로가 눈에 들어왔다. 파괴된 원자로를 식히기 위해서인지 원자로를 향해 계속 물줄기가 쏘아지고 있었다. 수증기 때문에 생겨난 무지개가 눈길을 사로잡았다.

무지개를 보자 허탈한 웃음이 새어 나왔다. 저 무지개는 절망 속에서도 피어나는 희망을 말하고 있는 걸까. 아니면 자연 앞에 자만했던 인간을 조롱하는 걸까. 마치 땅속을 파고드는 핵연료봉처럼 내 기분은 무겁게 가라앉았다.

버스에서 내려 재난 본부 건물로 들어갔다. 이곳은 복구 작업을 하는 사람들을 위한 장소였다. 후쿠시마 원전 캠퍼스에서 복구 작업을 하는 사람들은 6천여 명 정도인데, 방사능 피폭양을 줄이기 위해 하루에 2천여 명만 작업을 한다고 했다. 목숨을 걸고 해야 하는 일이라 작업자들의 자발적 선택이 중요하다. 때문에 작업자 중에는 교도소 수감자들도 있고, 불치병에 걸려 있는 사람들도 있다고 했다. 삶의 끈을 이미 놓아버린 이들인 것이다.

재난 본부에서 브리핑을 마치고 원전을 시찰하러 다시 버스에 탔다. 버스는 원전 3호기로 향했다. 가는 길에는 방사능으로 오염된 지하수를 담고 있는 거대한 물탱크들이 1천여 개 정도 빽빽하게 들어서 있었다. 버스에서 내리자 우리를 맞이한 것은 땅 위에 수없이 꽂혀 있는 깃발들이었다. 각 깃발마다 그 장소에서 측정되는 방사능 수치가 적혀 있었다. 갈 수 있는 곳과 갈 수 없는 곳이 그 수치에 의해 나뉘는 것이다.

"이제부터는 제가 걷는 곳만 밟으셔야 합니다. 명심하세요."

우리는 인솔자의 뒤를 쫓아 일렬종대로 걸음을 옮겼다. 인솔자로부터 불과 몇 걸음 떨어진 곳으로 잘못 가면 눈에 보이지 않는 방사능으로 인해 순식간에 목숨을 잃을 수도 있었다. 인솔자는 계측장치의 방사능 수치가 요동칠 때마다 "스톱"을 외쳤고, "오케이, 고"를 반복했다. 그 말에 우리도 가다 서다를 반복했다. 하지만 방사능 수치가 너무 높아진 탓에 원전 3호기 근처에는 가지도 못했다. 대신 4호기를 급하게 시찰하고 재난 본부로 돌아왔다.

신경이 너무 곤두선 탓인지 재난 본부에 들어서자 강한 피로가 밀려왔다. 잠시 숨을 돌리고 로봇을 테스트하기 위해 통제 센터로 가려는 순간, 긴 복도의 반대편 끝 쪽에서 문이 열렸다. 방사능 보호복을 입은 남자들이 열댓 명 정도가 들어오는 것이 보였다. 막 복구 작업을 끝내고 재난 본부로 돌아오는 현장 인력들이었다. 머리에 뒤집어 쓴 마스크 때문에 얼굴은 보이지 않았지만, 슬로모션처럼 천천히, 아주 천천히 발걸음을 하나하나 떼는 그들의 움직임만으로도 나는 그들의 마음을 알 것 같았다.

축 처진 지친 몸을 억지로 옮기듯 움직이며 우리를 향해 걸어오는 그 모습은 내가 현장에서 마주한 그 어떤 풍경보다 무서웠다. 맨 앞의 인솔자인 듯한 사람이 한 손으로 자기 마스크를 잡아 올려 벗었다. 그의 얼굴은 나를 향해 있었다. 분명 눈이 마주쳤는데도 그에게는 내가 보이지 않는 모양이었다. 초점 없는 그의 눈은 생기라고는 찾아볼 수 없었다. 그를 따라 다른 이들도 마스크를 벗으며 바닥에 철퍼덕 주저 앉았다. 그들은 벽에 기대 앉았다. 천장을 바라보는 사람, 바닥으로 얼굴을 떨군 사람, 두 손으로 얼굴을 감싼 사람…… 절망이 가득한 그들의 몸짓, 영혼 없는 눈빛을 보았다. 인간이 절대 살 수 없는 곳에서 일해야만 하는 사람들의 심정은 대체 어떤 것일까? 감히 상상조차 할 수 없었다. 그렇게 희망이 삭

제된 이들의 얼굴을 마주한 순간, 근본적인 질문이 나를 덮쳤다.

'너는 왜 로봇을 만들고 있는 거지? 네 꿈은 뭐였지?'

내가 로봇을 만들고 싶었던 건 인간이 행복해지는 데 도움을 주고 싶었기 때문이다. 나는 이기적인 사람이다. 죽는 순간까지 나 자신의 행복을 최대로 만들기 위해 살고 싶다. 내가 가장 행복할 때는 나로 인해 다른 사람들이 행복할 때였다. 나의 노력으로 사람들이 웃는 모습을 보는 것이 정말 좋았다. 그것이 내가 로봇을 만드는 이유였다.

'사람이 할 수 없는 일을, 사람이 해서는 안 될 일을 대신해주는 로봇을 만들어 사람들을 행복하게 해주고 싶다.'

그런데 막상 내 눈앞에 있는 절망 어린 사람들에게 나는 아무런 도움을 줄 수 없었다. 그걸 깨닫는 순간 나는 무척이나 두려웠다.

이미 원전 안에는 우리가 무선으로 조종할 수 있는 로봇이 있었다. 우리가 도착하기 전에 동료가 미리 설치해 놓은 로봇으로, 미국에서 가져온 무게가 18킬로그램 정도 되는 최신 군사용 로봇 팩봇Packbot이었다. 우리는 멀리 떨어진 안전한 통제 센터에서 이 로봇을 무선으로 조종해 원전 안의 상태를 관찰하기로 했다. 동료가 조이스틱으로 천천히 로봇을 조종했다. 나는 모니터를 숨죽여 바라보았다. 로봇에 달린 카메라를 통해 전달된 동영상이 모니터에 떠올랐다. 이렇게 현장의 모습을 실시간으로 볼 수 있었다.

로봇이 폐허 같은 현장을 가까스로 넘어 원자로 근처까지 갈 때였다. 모니터 화면에 흰색 점들이 나타나기 시작했다. 나는 그 점들이 처음에는 단순한 노이즈라고 생각을 했다. 그런데 원자로에 가까이 다가갈수록 화면 위에 흰색 점들이 점점 많아졌다. 동료가 조이스틱을 움직여 로봇의 방향을 바꾸는 순간, 모니터 화면에 하얀 점들이 순식간에 번지기 시작하더니 이내 화면이 꺼지고 말았다. "오 마이 갓!" 동료가 비명을 질렀다. 로봇에 달린 카메라의 소자들이 고농도의 방사능에 노출되어 하나씩 죽어가다가 완전히 꺼진 것이었다. 인류가 만든 최첨단 로봇이 고작 몇 초의 동영상을 전송하고는 멈춰버린 것이다. 방사능은 생명체뿐 아니라 기계까지 쓸모없게 만들고 있었다. 너무나 허탈했다. 통제 센터를 나오면서 로봇을 조종했던 동료가 내게 물었다.

"데니스, 네가 만들고 있는 로봇은 어떨 것 같아?"

그 질문을 듣고 같이 있던 다른 과학자 몇 명이 기대에 찬 눈으로 나를 돌아보았다. 로멜라연구소를 이끌며 로봇 분야에서만큼은 전 세계 그 누구에게도 뒤지지 않는다고 자신하는 나였다. 하지만 나는 조용히 고개를 저었다. 내가 개발하고 있는 로봇들, 특히 재난 구조용 휴머노이드 토르도 지금 단계에서는 후쿠시마 현장에서 아무 도움이 되지 못할 것 같았다. 분명 연구소에서는 자신이 있었다. 그런데 이 위험하고 처참한 현장을 눈으로 보고 나니 깊은 절망감만 들었다.

이미 나는 2011년 시각장애인 자동차 개발을 성공할 때 깨달은 바가 있었다. 기술을 실제로 사용하는 사람들을 이해하고 그들과 직접 소통하지 않으면 제대로 된 기술을 개발할 수 없다는 것. 내가 시각장애인 자동차 개발에 성공할 수 있었던 건 무엇보다 시각장애인들과 직접 소통하고 그들의 생활을 몸소 체험했기 때문이었다. 그런데 그 깨달음을 잊고 있었다니……. 실제 현장은 어떤지도 모른 채 나는 연구소에 처박혀 내가 개발한 로봇에 만족하고 있었던 것이다. 나는 후쿠시마에서 아무 일도 하지 못하고 돌아왔다.

그날은 내 인생에서 커다란 기점이 되었다. 이후 나는 새로운 방식의 로봇을 고민하기 시작했다. 인간을 닮아서 툭하면 쓰러져 재난 현장에서 도움이 되지 못하는 휴머노이드가 아니라 인간을 닮지 않아도 좋으니 다양한 움직임이 가능하고, 그래서 실질적인 도움을 줄 수 있는 로봇을 만들기 위해 노력하고 있다.

내가 요즘 만들고 있는 로봇들은 두 다리로 걷지만 사람과는 다르게 걷는 로봇도 있고, 세 발 네 발로 걷는 로봇도 있다. 부력을 사용해 절대 쓰러지지 않는 풍선 로봇도 있다. 하나같이 특이하게 생긴 이 로봇들은 공상과학영화에 나오는 휴머노이드처럼 멋져 보이지는 않는다. 그러나 '사람을 위한 로봇'이라는 목표를 위해 내가 할 수 있는 최선을 다한 로봇들이다. 내게는 너무나도 사랑스럽고 자랑스러운 결과물들이다.

내가 새로운 형태의 로봇들을 만들기로 한 이유는 또 있다. 같은 해 버지니아폴리테크닉주립대학교Virginia Polytechnic Institute and State University에서 로스엔젤레스대학교 캘리포니아 캠퍼스University of California, Los Angeles로 대학을 옮기면서 10년 넘게 개발한 내 로봇들을 모두 잃어버렸기 때문이다. 나는 처음부터 다시 로봇들을 만들어야 했다. 이 또한 엄청난 도전이었다. 후쿠시마에 가고, UCLA로 학교를 옮긴 2014년은 내 인생의 또 다른 출발점이라고 할 수 있다.

그러고 보니 내 인생은 순간 순간마다 새로운 출발이었고, 도전이었다. 나는 나의 지난 이야기들을 2013년에 출간한 『로봇 다빈치, 꿈을 설계하다』라는 책에 담은 적이 있다. 그러나 그 이후에 나의 생각과 진로는 많이 달라졌다. 로봇공학자로서뿐 아니라 자연인 데니스 홍으로서도 엄청난 변화를 겪었다. 이제껏 경험하지 못한 시련을 겪었고, 내가 가야 하는 길이 무엇인지에 대해 치열하게 고민해야 하는 갈림길 위에 서야 했다.

하지만 고장 나고 넘어져도 다시 일어서는 내 로봇들처럼 나 역시 쓰러질 때마다 다시 일어서서 앞으로 나아왔다. 한 번 넘어질 때마다 더 많은 것을 배웠다. 다시 일어섰을 때 나는 훨씬 더 단단해져 있었다. 나는 강연을 할 때마다 사람들에게 다음과 같은 말을 꼭 한다.

"우리는 항상 이길 수는 없습니다. 그러나 항상 배울 수는 있습니다."

지난 시련이 더 큰 성공의 원동력이 된 지금, 이 책에서 결국 내가 하고 싶은 말은 이것이다. 이 책은 쓰러지면서 하나씩 배우고, 한 걸음씩 더 나갔던 내 연구의 결과물이다. 이 책을 통해 독자들과 함께 이 결과물들을 나누고 싶다.

✛─ 차례 ─✛

좋아하는 일, 잘하는 일 그리고 가치 있는 일이
무엇인지 찾으세요. 현명하게 그 일을 선택하고,
열정을 다해 정말로 이룰 수 있다고 믿고 노력하며
열심히 그 꿈을 좇으세요.

Chapter 1

꿈을
가졌다면 열정을
다해 좇는다

한 편의 영화가
심어준 꿈

칠흑같이 어두운 화면에 조용히 파란색 글씨가 뜬다.

"아주 먼 옛날 은하계 저 너머에……"

이내 웅장한 오케스트라 선율과 함께 화면을 가득 메우는 노란색 글씨 '스타워즈Star Wars'! 그 글씨가 우주의 암흑으로 빨려 들어가듯 사라지면, 은하 제국의 거대한 우주선이 가슴이 울렁거릴 정도로 강렬한 엔진음을 내며 관객들을 압도한다.

"피웅! 피웅!"

제국군은 자그마한 우주선을 뒤쫓으며 레이저 광선으로 공격한다. 위기에 처한 우주선 안에는 로봇들이 흰 복도를 따라 어쩔 줄 모르고 당황하며 우왕좌왕거린다.

"우리는 끝났다!"

인간을 닮은 황금색 로봇 C-3PO가 말한다.

"삐릿 삐릿 휘융."

깡통처럼 생긴 로봇 R2-D2가 휘파람을 불 듯 대답한다.

1977년 여름 할리우드의 맨즈 차이니즈 극장에서 본 영화 〈스타워즈〉. 일곱 살 꼬마였던 내게 〈스타워즈〉는 큰 충격이었다. 손에 땀을 쥐게 하는 우주선들의 전투 장면과 신기하게 움직이며 인간들을 돕는 로봇들이 너무나도 멋져 보였다. 영화 첫 장면부터 엔딩 자막이 다 올라갈 때까지 난 의자 끝에 엉덩이를 겨우 붙이고, 화면으로 뛰어들어 갈 듯 두 주먹을 꼭 쥐고 입을 헤 벌린 채 영화에 몰입했다.

영화가 끝나고 가족과 함께 차를 타고 돌아오면서 나는 말했다. 앞으로 꼭 영화 속 R2-D2, C-3PO 같은 로봇을 만드는 사람이 될 거라고. 그때는 사람을 돕는 로봇을 만들고 싶은 마음이라기보다는 영화 속 멋진 로봇들에게 그저 매료되었기 때문인 것 같다. 그러나 그것이 내 꿈의 시작이었다. 나는 그날 새긴 꿈을 단 한 번도 저버리지 않았다. 그리고 지금, 나는 내가 세운 로봇연구소에서 내 '꿈의 로봇'들을 '진짜'로 만들고 있다. 한 편의 영화였던 〈스타워즈〉가 내 인생을 바꾸어 놓은 것이다.

사람들은 누구나 어릴 때 무엇이 되고 싶다는 꿈을 꾼다. 소방관, 경찰관, 아이돌 스타, 우주인······. 그 꿈들이 현실적인지 아닌지는 생각하지 않고 미래의 자기 자신을 그려보며 동경하고 들뜬다. 그 꿈은 시간에 따라 변하기도 하고, 성장하면서 멀어져가거나 잃어버리기도 한다. 그러다 또 새로운 꿈을 꾸기도 한다. 많은 경우 현실에 굴복해 어릴 적부터 간직

해오던 꿈의 길을 따라가지 못한 채 살기도 한다. 자신의 꿈이 무엇인지 모른 채 한평생 살아가는 경우도 있다.

어렸을 때 자신의 꿈을 찾는 것은 사실 그리 어려운 일은 아니다. 하지만 커가면서 다른 사람들의 반대 때문에, 부모님이나 선생님들의 압력 때문에, 현실적인 제약 때문에, 자질의 부족 때문에 그 꿈을 포기하는 경우가 많다.

안타깝게도 아무리 간절히 바라는 꿈이 있어도 그 꿈에 맞는 자질이 없으면 꿈을 이루기 어렵다. "하면 된다"라는 말은 열심히 노력하면 언젠가는 성공할 수 있다는 '가능성'과 '자신감'을 심어주기도 하지만, 사실은 위험한 말이기도 하다. 열심히 하면 된다는 말에 자질이 없는데도 시간과 노력을 계속 투자했다가 거듭 실패하고 좌절하고 낙오하는 경우가 생기기 때문이다.

한창 NBA 스타로 맹활약하던 농구의 귀재 마이클 조던도 자기의 '진짜 꿈'을 좇겠다며 농구장을 떠나 야구를 택했다가 형편없이 망신을 당하고 다시 농구장으로 돌아가기도 했다. 〈아메리칸 아이돌〉 같은 오디션 프로그램에서도 어이없을 정도로 음치인 참가자가 탈락해 서럽게 울며 무대에서 내려오는 장면을 종종 볼 수 있다. 나도 TV에서 그런 장면을 볼 때면 배를 잡고 웃기도 했지만, 본인은 얼마나 가슴이 아팠을까 생각하면 한편으론 마음이 쓰리다.

그래서 나는 '좋아하는 일'이면서, 남들도 인정할 정도로 '잘하는 일'을 꿈으로 삼는 것이 가장 바람직하다고 생각한다. 그래야 그 꿈을 이루는 과정이 행복할 수 있고, 꿈을 실현할 수 있는 가능성도 높아지기 때문이다. '좋아하는 일'을 찾는 것은 그리 어렵지 않지만 '잘하는 일'을 찾는 것은 어렵다.

노래 부르는 것처럼 누가 봐도 금방 우열을 알아볼 수 있는 재능을 갖고 있는 경우도 있다. 그러나 많은 경우 스스로 자신이 무엇을 잘하는지 파악하기는 쉽지 않다. 그러면 잘하는 일과 좋아하는 일은 다른 걸까. 그렇지는 않다. 나는 '잘하는 일'과 '좋아하는 일' 사이에 분명히 상관관계가 있다고 생각한다.

어렸을 때 나는 무엇이든지 잘 고치고 잘 만들어서 칭찬을 많이 들었다. 그러면 으쓱해져서 더욱 자신감을 가지고 그 일을 더 좋아하게 되었다. 초등학교 방학 때 공작 숙제로 로봇을 만들어 학교 친구들에게 보여주면 모두들 "우와" 하고 감탄하며 내 주위를 둘러쌌다. 내 로봇은 학기 내내 복도의 진열장에 전시되었고, 난 그 앞을 지나갈 때마다 뿌듯했다. 그래서 방학이 되면 공작 숙제부터 만들어 놓고 학교 친구들과 선생님들에게 빨리 보여주고 싶어서 개학날만 기다렸다.

로봇을 만들겠다는 꿈을 내가 실제로 이룰 수 있었던 데는 주변에서 내가 잘하는 일을 찾을 수 있도록 응원하고 칭찬했기에 가능했다. 그런 점에서 아이들에게는 잘하는 일을 빨리 찾게 도와줄 부모와 선생님의 역할이 대단히 중요하다.

물론 맞지 않는 길을 가는 이들에게 무조건 "잘한다, 잘한다"라고 칭찬하는 것은 바람직하지 않다. 간혹 로봇을 만들고 싶다며 연구소에 찾아오는 학생 중에 열심히 공부하고, 로봇을 연구하고, 실험하고, 그렇게 애를 써도 전혀 나아가지 못하는 경우도 있다. 이 일을 하기에 자질이 부족한 것이다.

누구에게나 재능을 제대로 펼칠 수 있는 기회를 가져보는 것은 정말 중요하다. 하지만 시간과 기회를 충분히 준 다음에도 결과가 좋지 않으면 나는 냉정하게 다른 길을 찾아보는 것이 어떻겠냐며 가차없이 돌려보낸다. 매정해 보일 수 있겠지만 그 학생이 다른 재능을 빨리 찾을 수 있도록 설득하는 것도 교육자로서 나의 중요한 의무 중 하나라고 생각한다. 그리고 그래야만 그 학생도 자신의 행복을 찾을 수 있다고 생각한다.

자신의 꿈을 찾고, 그 꿈을 좇고 그 꿈을 현실로 이루는 것만큼 행복하고 값진 삶은 없다. 꿈꾼다고 모두가 그 꿈을 현실로 만들 수 있는 것은 아니기 때문이다. 꿈을 위해 열심히 노력해야 하는 것은 물론이고, 그 꿈을 다른 꿈으로 바꿔야 하는 아픔이 있을 수도 있다. 내가 꿈꾸던 미래가 현실이 되고, 그 꿈이 나아가 다른 이들에게 도움을 주고 즐거움을 줄 수 있다면 그 삶이 얼마나 값지겠는가. 그런 삶을 산다는 건 무엇과도 바꿀 수 없는 행복이다. 우리는 모두 그런 삶을 꿈꾸며 살아가고 있다.

지금도 영화를 보던 그날을 떠올리면 나는 여전히 아이처럼 들뜬다. 무슨 일인가 일어날 것 같아 흥분되고 설렌다. 그로부터 41년이 지났다. 어린 시절에 벼락처럼 떨어진 강력한 자극을 시작으로, 이제 나는 현실에서 로봇공학자의 길을 걷고 있다. 맥도날드 컵과 빨대로 〈스타워즈〉의 R2-D2와 C-3PO 로봇을 재현하던 어린 나는, '찰리'와 '다윈'이라는 로

나는 일곱 살 때 〈스타워즈〉를 보고 로봇을 만드는
과학자가 되겠다고 결심했다. 그 꿈을 놓치지 않고
계속 좇아왔다. 나만의 꿈을 찾고, 그 꿈을 이루며
살고 있는 지금, 나의 하루하루는 열정과 행복이
가득하다.

봇을 만들어 사람들을 흥분하게 했다. 시각장애인용 자동차를 만들어 앞을 보지 못하는 이들에게 꿈과 희망을 전했다.

아주 짧은 순간의 우연한 경험이 내 삶에 불러온 놀라운 나비효과를 나는 매일 마주하고 있다. 오늘도 나는 즐겁게 나의 꿈을 좇는다. 처음 영화를 보고 미래를 동경하던 그때의 꼬마처럼 새로운 내 꿈의 미래를 꿈꾸고 있다.

꿈이라는
인생 최고의 가치

내가 강연을 마치면 많은 학생들이 줄을 서서 나를 기다린다. 그들 중에는 꿈을 찾지 못해 방황하고 있다며 "일찍 꿈을 찾고 이룬 교수님이 무척 부럽습니다"라고 하소연하는 이도 있고, "교수님은 자신의 꿈이 무엇인지를 일찍 아셨기 때문에 성공할 수 있었지만 저는 이미 너무 늦었어요"라고 한탄하는 이들도 있다. 과연 그럴까.

물론 나는 일곱 살 때 〈스타워즈〉를 보고 로봇을 만드는 과학자가 되겠다고 결심한 이후로 단 한 번도 그 꿈을 바꾼 적이 없다. 어렸을 때 진정한 나만의 꿈을 찾고, 그 꿈을 이루게 된 건 행운이라고 생각한다. 하지만 나에게는 또 다른 꿈들도 있다. 창의적인 요리를 하는 요리사, 사람들로 하여금 "와!" 하는 탄성을 지르게 하는 무대 위의 마술사, 놀이기구를 설계하는 디자이너 등. 로봇 만드는 일과는 다른 분야이지만, 내가 갖고 있는 이 꿈들 역시 많은 이들에게 즐거움을 주는 일이기에 소중하다.

요리는 나의 진지한 취미 가운데 하나이자 큰 즐거움이다. 외식을 하지 않는 한 저녁식사는 매일 내가 만든다. 자주는 못 하더라도 주말에는 친구들, 친지들을 초대해 대여섯 가지 요리가 나오는 근사한 코스 요리로 저녁식사를 대접한다. 테이블 세팅까지 직접 한다. 요리는 내가 창의력을 발산하는 또 다른 통로다. 뻔한 요리를 대충대충 하지 않는다. 요리책을 보고 그대로 따라 하는 건 재미가 없다. 토요일 아침에 동네 농부들이 키운 농산물을 판매하는 노천 시장에 가서 그날의 싱싱한 재료들을 구입해 부엌에서 즉흥적으로, 그 자리에서 새로운 '작품'을 만드는 것을 좋아한다.

내가 만든 요리를 먹은 사람들이 눈이 휘둥그래지며 "판타스틱!"이라 외칠 때도 있지만, 가끔은 예의를 차리느라 직접적으로 말은 못하고 그냥 먹는 척 하다 수저를 놓는 경우도 있다. '구운 마늘 수프'는 나도 못 먹을 정도였다. 내가 즉흥적으로 개발한 것이니만큼 나도 태어나서 처음 먹어보는 요리들이 있다. 그런 이상한 요리라 해도 만들어보고, 사람들과 요리로 대화를 나누는 일은 매우 즐겁다.

한번은 내가 만든 로봇과 함께 〈마스터셰프 USA 시즌 4〉에 출연한 적이 있다. 요리를 하기 힘든 장애인이나 노인들의 일상생활에 도움을 줄 수 있는 로봇 기술의 가능성을 선보이기 위해서였다. 그때 나는 로봇공학자라기보다는 요리사의 마음으로 출연했던 것 같다. 언젠가는 산타모니카에 작은 레스토랑을 하나 차리고 싶다.

또 다른 꿈도 있다. 바로 마술사다. 내가 여덟 살 때, 해외를 자주 다녀오시던 아버지께서 한번은 장난감 마술 세트를 사오셨다. 나는 설명서를 보며 조잡하고 유치한 도구들로 열심히 마술을 연습했다. 달걀을 사라지게 하고, 트럼프 카드를 날아가게 하고, 레코드 음반의 색깔도 변하게 하는 마술이었다. 다음 날 학교에 마술 도구들을 가지고 가 친구들에게 보여줬더니 모두가 "와!" 하며 나를 둘러싸고는 떠날 줄 몰랐다.

친구들이 즐거워하는 모습에 신이 난 나는 더 많은 마술 도구를 사달라고 아버지를 조르기도 했고, 나중에는 마술 이론에 관한 책을 찾아 공부할 정도로 몰입했다. 초등학생 때는 양로원에서 마술 공연도 했고, 중학생 때는 고아원에서 마술을 가르쳐주기도 했다. 고등학생 때는 동랑청소년종합예술제에서 마술사 역으로 대상을 탔다. 학교 축제 때마다 마술로 스타가 되기도 했다. TV에 출연해 마술을 선보이기도 했다. 대학 때도 소개팅, 미팅 자리에서 마술을 보여줘 인기가 많았다. 다만 내 마술을 보고 전혀 동요하지 않은 사람이 딱 한 명 있었는데, 지금의 내 아내다. 나중에는 나만의 마술들을 새롭게 개발하기도 했다.

나는 매년 '마술의 과학과 심리학'이라는 특강을 한다. 두 시간 동안 마술에 대한 강의를 하고, 티켓 판매 수익금은 모두 암 연구 단체에 기부한다. 이 강의는 인기가 높아서 매표 시작 후 몇 시간 안에 매진을 기록한다. 말이 강의지 사실은 '데니스 홍의 마술 쇼'다.

테마파크의 놀이기구를 설계하는 디자이너가 되는 꿈도 있다. 나는 놀

나는 사람들이 행복해하는 모습을 보는 것이 즐겁다. 로봇을 만드는 것도
그 때문이다. 더 이상 로봇을 만들지 않는 날이 오더라도, 나는 어디서든
사람들을 즐겁게 하는 일을 하고 있을 것이다.
그것이 나의 꿈이기 때문이다.

이동산에 가는 것을 너무 좋아한다. 어딘가에 새로운 롤러코스터가 생겼다는 소식을 접하면 비행기를 타고 가서라도 그 놀이기구를 타고 와야 직성이 풀릴 정도다. 매번 갈 때마다 더 빠르고, 더 높고, 더 복잡한 롤러코스터가 생기는 오하이오 주의 놀이동산 시더 포인트Cedar Point, 사람의 심리를 이용해 멋지게 스토리텔링하는 디즈니랜드의 놀이기구들, 로봇 기술을 이용하여 전혀 새로운 장르의 놀이기구를 선보이는 유니버설 스튜디오 등은 정말 매력적이다.

놀이기구를 탈 때마다 나는 그 속에 숨은 기술들을 이해하려 하고, 그 아이디어들에 감탄한다. 나도 언젠가는 사람들에게 새로운 즐거움을 선사하는 놀이기구를 만들겠다는 꿈을 다시 떠올리곤 한다. 그것도 결국 로봇을 만드는 일과 비슷한 게 아니냐고 말할 수도 있겠지만, 그게 아니라 정말 진심으로 재미있는 놀이기구를 만들고 싶은 것이다.

앞으로 10년, 20년이 지난 후에 내가 무슨 일을 하고 있을지는 아무도 모른다고 생각한다. 아마 나도 모를 것이다. 로봇을 만드는 대신 놀이기구를 설계하고 있을 수도, 라스베이거스의 화려한 무대에서 펼쳐지는 마술 쇼에 오를 수도, 산타모니카의 자그마한 오픈 키친 레스토랑에서 사람들의 입맛을 돋워줄 멋진 요리를 만들고 있을 수도 있다.

하나의 꿈을 좇는다고 다른 꿈을 잊지는 않는다. 꿈이 꼭 하나일 필요는 없다. 내 꿈이 가치 있는 일을 위한 길이라면 모두 버리지 않고 계속해서 키워나가도 된다. 아니, 그럴 수 있다면 더욱 좋다고 생각한다. 어렸을 때 내가 앞으로 요리사가 될지, 마술사가 될지, 놀이기구 디자이너가 될지, 로봇공학자가 될지 알 수 없었다. 나는 이 네 가지 꿈들을 다 좇았고, 지금 그중 하나인 로봇공학자를 하고 있는 것뿐이다. 하나의 꿈을 이루기 위해서 다른 꿈들을 다 버려야 한다고 생각하지 않는다. 각각의 꿈들을 좇아가면서 느낀 건, 그 꿈들이 서로를 응원해준다는 사실이다.

취업 준비생들이 입사 면접을 볼 때 자주 받는 질문 중에 하나가 "앞으로 5년, 10년, 20년 후에 자신이 어떤 일을 하고, 어느 자리에 있을지 말해보세요"라고 한다. 제대로 된 목표 의식을 갖고 미래를 설계해가려는 의지가 있는지를 알아보기 위해서일 것이다. 나는 그 질문이 꼭 좋은 질문이라고 생각하지 않는다.

목표 의식을 가지고 미래를 준비하는 것은 매우 중요하지만, 어떻게 바뀔지 예측하기 어려운 게 인생이다. 5년, 10년, 20년 후에 내가 계획하고 생각한 대로 되리라고 바라는 것은 무리다. 생각을 달리 해야 한다. 꿈을 이루지 못할 수도 있다. 다른 꿈을 이루게 될 수도 있다. 중요한 건 우리에게는 꿈이 있고, 그 꿈을 좇으려 한다는 사실 그 자체다.

이미 성공한 사람이 성공에 대해 이야기하기는 쉽다고 한다. 내가 이렇게 말하면 '교수님은 꿈을 이루었으니까, 그렇게 말할 수 있다'고 생각할지 모른다. 그러나 나도 '꿈을 현실로 만드는 가능성을 어떻게 높일까' '내가 이룰 수 있는 가능성이 높은 꿈을 어떻게 찾을까' 이런 고민을 항상 해왔다. 내가 이룰 수 있는 가능성이 높은 꿈을 찾으려면 재능 있는 분야가 무엇인지도 찾아야 한다. 내가 가진 네 가지 꿈들도 마찬가지다. 세상에 존재하는 수많은 꿈들 중에서 내게 재능이 있고, 내가 이룰 수 있는 가능성이 높은 꿈들이라고 생각한다. 이 꿈들은 모두 내가 좋아하는 일이고, 잘할 수 있는 일이고, 가치 있는 일이다. 그렇기에 열정을 갖고 실현하기 위해 무던히 노력할 수 있다.

그래서 나는 꿈을 주제로 강연을 할 때마다 꼭 이렇게 말한다.

"좋아하는 일, 잘하는 일 그리고 가치 있는 일이 무엇인지 찾으세요. 현명하게 그 일을 선택하고, 열정을 다해 정말로 이룰 수 있다고 믿고 노력하며 열심히 그 꿈을 좇으세요."

꿈을 좇는 것은 인생에서 가장 중요한 일이라고 나는 믿는다. 더 이상 로봇을 만들지 않더라도, 나는 어디서든 내 꿈을 좇는 일을 하고 있을 것이다. 나의 꿈들을 진심으로 소중히 여기고, 하나도 놓치지 않은 채로.

믿으면 진짜로
그렇게 된다

초등학교 6학년 때, 나는 내 인생의 길잡이가 되어줄 아주 중요한 것을 배울 기회가 있었다. 정말로 원하고, 정말로 열심히 노력하고, 정말로 이룰 수 있다고 믿으면 이루어진다는 것. 누구나 하는 말이고, 당연하게 들리는 말일 것이다. 하지만 나는 그걸 직접 경험하고 가슴으로 느꼈다. 지금도 그 배움을 실천하고 있다. 책에서도 읽을 수 있고 부모님과 선생님께서도 말씀하시는 뻔한 이야기이지만 몸소 체험하지 않으면 그 위력을 제대로 알기 힘들다. 그래서 나는 아직도 그때의 경험을 아주 소중하게 간직하고 있다.

초등학교 시절 '전국 어린이 과학실험대회'가 매년 열렸다. 각 초등학교를 대표하는 꼬마 과학자들이 팀을 구성해 주어진 가설에 맞게 실험을 진행하고, 리포트를 작성하고, 실험 결과를 심사위원 앞에서 발표하는 대회였다. 지금 생각해도 아주 좋은 취지의 대회다.

내가 다니던 반포초등학교에서는 이 대회를 중요하게 여겼는지 '과학부'에서 학교 대표들을 뽑아 6개월 동안 대회를 준비했다. 나와 늘 붙어다니며 온갖 장난을 함께 치던 연년생 누나는 6학년 때 이 대회에 출전하는 학생으로 뽑혀 수업을 마치면 매일 학교 과학실에 남아서 공부했다. 누나가 없는 방과 후 시간이 허전했던 나는 누나가 도대체 뭘 하는지 궁금해 과학실을 기웃거렸다.

나는 과학실이 마음에 들었다. 과학실에서 놀면 재미있을 것 같았다. 누나가 있었고, 여러 가지 신기한 과학 실험 기구들이 있었다. 과학부 담당 선생님을 조른 끝에 시험관을 닦고, 실험 후 기자재를 정리하는 등의 일을 하는 과학실 보조 역할을 맡게 되었다.

그렇게 과학실에서 잔심부름을 하며 어깨너머로 실험 과정을 배웠다. 가설을 세우고, 검증하고, 리포트를 작성하고, 그 모든 과정이 새로웠다. 피펫을 사용해 일정한 부피의 액체를 정확히 옮기는 방법, 안전하게 분젠 버너를 사용하는 방법, 여러 화학약품들의 라벨을 읽고 시약들을 쓰는 방법 등을 하나하나 배워가는 게 즐거웠다. 누나 말고도 다른 과학부원들과도 친해졌다. 과학실은 나의 새로운 놀이터가 되었다.

누나는 그해 7월에 열린 대회에서 동상을 탔다. 오랜 시간 매일같이 열심히 공부하고 준비한 누나가 무척 자랑스러웠다. 동시에 '나도 6학년이 되면 반드시 과학부 대표가 되어서 금상을 타야지' 하고 마음먹었다.

누나가 못 이룬 꿈을 이루겠다고 생각한 것도 아니고, 상금을 타려고 한 것도 아닌데, 그때는 왜 그렇게 그 목표가 중요했는지 모르겠다. '꼭 금상을 타야지'라고 굳게 결심했던 내 모습이 어제처럼 생생하다. 무엇을 꼭 이루겠다고 단단히 마음을 먹고 목표를 세운 것은 태어나서 그때가 처음이었다. 어린 나이였지만 나의 바람은 명확했고 절실했다. 이 일이 내 인생에서 매우 중요한 시작이라는 사실을 은연중에 알아챘던 것일까.

6학년이 되어 바람대로 학교 대표가 되었다. 매일 방과 후에 씩씩하게 과학실로 향했다. 저녁 늦게까지 학교에 남아 과학 교과서에 나오는 거의 모든 실험을 시연했다. 개요, 실험 목적, 실험 방법, 실험 결과 등을 정리하며 실험 리포트를 쓰는 방법, 결과를 토론하는 방식도 함께 익혔다. 6개월 동안 주중에는 정말 하루도 빠지지 않고 대회를 준비했다.

이런 방법들을 배우고 익힐 수 있도록 지도해주신 분이 바로 과학부를 담당하셨던 임갑섭 선생님이다. 내가 5학년 때 졸라서 과학부에 들어가도록 해주신 분이기도 하다. 선생님은 우리에게 정말 많은 도움을 주셨다. 선생님은 간혹 휴일이면, 매일 교실에서 공부하느라 지친 우리를 청계산으로 데려가셨다. 김밥을 먹고, 물놀이를 하고, 개구리알을 채집하고 관찰하는 등 우리의 모든 행동은 놀이인 동시에 공부였다. 선생님은 우리가 자연을 만끽하면서 과학적인 사고를 체험할 수 있도록 도와주셨다.

체험을 통해 날마다 새로운 것을 배우고, 실험하고, 관찰하고, 과학적인 사고를 익히고 토론하면서 나는 과학자로서의 마인드를 갖추기 시작한 것 같다. 날이 갈수록 자신감도 커졌다. 금상을 타기 위해 그만큼 열심히 노력했다. 대회 전날 밤에도 나는 그동안 쓴 여러 권의 과학 노트를 베개 밑에 두고 잤다.

드디어 결전의 그날! 대회장에 도착하니 너무나 설레었다. 내 심장은 1등을 할 수 있다는 자신감에 가득 차 마구 쿵쾅거렸다. 나는 파트너 친구와 함께 과학 부스를 만들고, 그곳에서 가설에 맞는 실험을 디자인하기 위해 고민했다. '강낭콩이 자라기 위한 조건들을 확인하려면 어떤 실험을 해야 하는가', '전기로 불을 끄고 켤 때 스위치 회로를 설계하는 방법은 무엇인가' 등의 실험을 논의했다.

우리는 이제까지 해왔던 것처럼 차근차근 실험 주제와 목적, 가설, 실험 방법을 세웠다. 그리고 우리 부스를 방문하는 심사위원들 앞에서 완벽하게 발표했다. 심사위원들을 향해 웃으면서 상냥하게 "안녕하세요! 반포국민학교 6학년 홍원서입니다!"라고 깍듯하게 인사도 했다. 실험이 끝난 후 뒷정리도 깔끔하게 했다. 서로 손발이 잘 맞으니 문제될 것이 없었다. 우리는 완벽한 팀이었다.

결국 그렇게 원하던 결과를 손에 넣었다. 금상을 탄 것이다. 그때까지 누가 "금상 탈 수 있겠어?"라고 물어보면, "할 수 있어"라고 나는 자신 있게 말해왔다. 하지만 실제로 금상을 타게 될 줄이야! 그날 나는 중요한 것을 경험했다. 정말로 원하고, 열심히 하고, 이룰 수 있다고 믿으면 진짜로 그렇게 된다는 것을. 지금도 믿는다. '노력의 대가'와 '최선의 결과'를 진지하게 마주한 첫 순간이었다.

집에 들어오니 '축! 금상! 홍원서!'라는 문구와 함께 리본이 달려 있었다. 그동안 대회를 준비하느라 고생한 나를 위한 어머니의 서프라이즈 선물이었다. 나는 리본을 자르며 어머니께 이렇게 말했다.

"엄마, '열심히 하면 된다'는 말이요. 책에도 나오고 사람들이 많이 하는 말이잖아요. 그래서 그냥 그런가 보다 했어요. 그런데 이번에 진짜로 그 말을 알게 됐어요. 내가 경험했으니까요. 상을 타고 싶어서 열심히 노력했더니 진짜로 그렇게 됐잖아요."

아직도 그 순간이 생생하게 떠오른다. 이후 대학 교수가 되어 연구 자금 마련을 위해 밤을 새워가며 연구 제안서를 쓰고, 제안서가 거절될 때마다 다시 힘을 내고 새로운 제안서를 쓸 수 있었던 것은 그때의 경험이 밑받침이 되기 때문이다. 힘든 일이 있을 때마다 '내가 정말 연구를 열심히 하고 있는 건가'라며 마음을 다잡을 수 있었다. 그건 스스로에 대한 질책이 아니었다. 순수하게 지금 내가 처해 있는 상황을 받아들이고 긍정적으로 다시 시작하기 위한 구호 같은 것이었다.

돌아보면 힘든 순간마다 나는 그렇게 다시 시작했다. '정말 열심히 한 게 아니다'라고 생각하고 다시 뜀박질할 준비를 했다. 무언가를 정말로 원하면, 그 목표를 위해 정말로 열심히 하면 그 목표를 이룰 수 있다. 아직 이루지 못했다면 다시 열심히 하면 된다. 나에게는 그런 믿음이 있다.

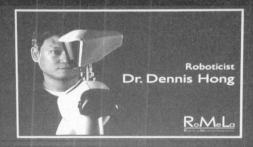

ideas changing the world

Roboticist
Dr. Dennis Hong

RoMeLa

저는 자다가도 아이디어가 떠오르면 벌떡 일어나
연구실로 달려갑니다. 지쳐서 깜빡 잠들어버릴 때도 있지만,
그러다가도 눈을 반짝이며 어린아이처럼 주변을
두리번거리고 새로운 생각을 찾습니다.
생각을 찾는 일이 매우 즐겁기 때문입니다.

그 '믿음'은 성공의 충분조건은 아닐지 모르지만 필요조건은 될 수 있다고 생각한다.

진심과 열정은
언제나 통한다

스물두 살, 대학을 다니던 나는 내 꿈을 위해 유학을 결심했다. 나는 미국 위스콘신매디슨대학교University of Wisconsin-Madison로 편입했다. 고등학교 3학년 때보다도 더 열심히 공부해야 했고, 외로운 시절이었다. 그 시절을 버틸 수 있었던 건 내 꿈을 이루겠다는 일념 때문이었다.

위스콘신매디슨대학교를 졸업하고 인디애나 주에 있는 퍼듀대학교 Purdue University의 대학원으로 진학했다. 나를 가르쳐주셨던 존 유이커John Uicker 교수님의 제자였던 레이먼드 시프라Raymaond Cipra 교수님 밑에서 기구학과 로봇공학을 연구하기 위해서였다. 대학원과정은 생각보다 오래 걸렸다. 생활도 빠듯했다. 빚은 없었지만 금전적으로 넉넉하지 못했다. 그럼에도 좋아하는 로봇 연구를 하게 되어서 즐거웠다. 대학교 1학년 때 만나 학생 때 결혼한 아내의 지원도 그 시절의 힘든 나날들에 큰 힘이 되어주었다.

석사·박사 과정을 마치고 나니 2002년이었다. 유학을 온 지도 10년이 지났다. 내 나이도 어느덧 서른두 살. 드디어 '진짜 삶을 시작하는구나!'

라는 생각이 들었다. 그토록 열심히 공부하고 연구한 것은 결국 지금부터 내가 개발할 기술과 로봇들을 위해서였다. 내가 만든 로봇이 사람들을 돕고 사회에 유용하게 쓰이고, 그러면서 또 돈도 벌 수 있다. 이렇게 신나게 일할 생각에 마음이 들떴다. 〈스타워즈〉로 시작된 나의 소중한 꿈을 드디어 현실로 만들 때가 온 것이다. 어렸을 때부터 내가 가고자 했던 목적지가 바로 눈앞에 있었다. 마지막 한 단계만 남겨뒀을 뿐.

그런데 막상 그 앞에 다다르자 무엇을 어떻게 해야 할지 몰라 걱정이 되었다. 공부만 마치면 자연스레 꿈에 닿을 것이라 생각했지만 아니었다.

'어떻게 해야 진짜 내 꿈을 이룰 수 있지?'

나는 조금씩 불안해지기 시작했다. 스물두 살의 나는 꿈을 위해 유학을 선택했었다. 서른두 살의 나는 어떤 선택을 해야 할까? 이전과는 다른 책임감의 무게가 느껴졌다. 나는 내 꿈을 위해 한 발짝 더 나아가야 했다.

'나의 길은 어떤 길일까? 그 길은 어떻게 가야 할까?'

생각을 거듭한 끝에 결론을 내렸다. 대학 교수의 길을 가기로 했다. 교수라는 직업이 나에게 딱 맞을 것 같았다. 부모님 두 분 모두 교수셨기에 나는 교수라는 직업에 대해 어느 정도 알고 있었다. 상사도 없고, 출퇴근 시간도 자유롭고, 사람들의 존경을 받을 수도 있었다. 무엇보다 내가 원하는 로봇 연구를 마음대로 할 수 있는 자유, 훌륭한 인재를 양성하는 보람, 젊음과 패기가 넘치는 캠퍼스 생활의 즐거움까지 누릴 수 있었다. 내가 세운 로봇연구소에서 학생들과 신나게 연구하고 실험하는 모습이 머릿속에 그려졌다. 강의실에서 눈을 반짝이는 학생들과 열띤 토론을 하며 미래의 꿈을 키워가는 내 모습이 보였다. 세계를 누비며 강연을 하고, 사람들 앞에서 내가 개발한 로봇들을 자랑스럽게 시연하는 모습이 떠올랐다. 그래, 이 길이 내가 가야 할 길이구나.

교수가 되려면 일반적으로 두 가지 방법이 있다. 하나는 대학에 남아서 계속 후속 연구를 한다. 다른 하나는 관련된 연구소나 기업에서 일을 하며 경험을 먼저 쌓고, 그런 다음 다른 구직자들처럼 학교에 지원하고 면접을 본다. 하지만 두 방법 모두 해당 분야의 교수가 그만두어야 비로소 자리가 난다. 그리고 자리가 난 학교라고 무턱대고 지원해서도 안 된다. 관련 분야에서 명성이 있고, 연구가 활발한 학교에 가야만 더 다양한 경험을 하고 더 많은 결과를 낼 수 있다. 이럴 때 지도교수가 적극적으로 자리를 알아봐주는 경우도 있지만, 나는 그런 상황은 아니었다.

'이제 막 박사 논문을 마치고 대학원을 졸업한 신참내기를 어느 학교에서 받아줄까?'

나는 여러 곳에 열심히 지원하고 결과를 기다렸다. 물론 안 될 확률이 더 높았다. 서류심사를 통과했으니 인터뷰하러 오겠느냐는 연락을 받는 것도 대단히 어려운 일이었다. 하지만 '진짜로 열심히 하면 이룰 수 있다'는 신념이 있었다. 그리고 이 길이 나의 꿈을 이루는 길이라고 믿고 있었다.

행운의 여신이 나를 향해 미소를 지어주었다. 모교인 위스콘신매디슨 대학교에서 인터뷰를 제안한 것이다. 더 고민할 필요도 없었다. 나는 당장 인터뷰에 응하기로 했다. 나중에 들은 이야기로는 서류를 심사하던 교수님들이 10년 전에 내가 컴퓨터 그래픽으로 만들었던 리포트의 겉장을 기억하고 나에 대한 이야기를 하다가 인터뷰에 초청한 것이라고 했다. 언제 어디서 어떤 기회가 어떻게 올지 모른다. 그러니 매 순간 진솔하게 최선을 다해야 한다는 사실을 새삼 깨달았다.

다시 찾은 모교는 여전히 아름다웠다. 호수와 나무가 어우러진 캠퍼스의 절경에 나는 절로 웃음이 났다. 학교 여기저기를 둘러보니 오래전 일들이 떠올랐다.

'여기는 요트를 타던 곳이고, 여긴 공부를 하던 곳이고. 맞아, 저기서 친구들을 만났지.'

이런 추억들이 꼬리에 꼬리를 물고 나를 반겼다. 치열해서 아름다웠고, 그래서 그리운 대학 시절을 잠시 회상하다가 다음 날 아침 7시 30분에 잡혀 있는 인터뷰 준비를 위해 호텔로 향했다. 짐을 풀고 예상 질문을 뽑아봤다. 어떻게 대답을 하고 어떤 식으로 나의 비전을 전달할지 생각했다. 인터뷰에서 만날 교수들에 대한 조사도 간단하게 했다. 그들의 연구 과제들과 논문들도 훑어보며 자연스럽게 대화를 나눌 수 있도록 준비했다. 위스콘신매디슨대학교 기계공학과에서 가르치는 과목들을 상세히 알아본 뒤, 나는 어떤 과목을 어떤 식으로 가르칠 것인지도 대답할 수 있도록 준비했다. 연구 방향은 어떻게 잡을 것이며, 연구비를 얻을 계획에 대한 질문도 예상해 답변을 철저하게 준비했다. 너무 긴장만 하지 않는다면 인터뷰는 잘될 것 같았다.

잘해야겠다는 부담감 때문이었을까? 쉽사리 잠이 오지 않았다. 이리

뒤척일 땐 새벽 2시, 저리 뒤척일 땐 새벽 3시였다. 눈 감고 잠을 청하다 가도 어느새 혼잣말로 인터뷰 질문에 대한 대답을 웅얼거리며 침대에서 이리저리 뒤척였다. 까딱하다가는 뜬눈으로 밤을 지새우겠다 싶어 모닝콜 서비스와 알람을 6시 30분에 맞춰 놓고 겨우겨우 잠들었다.

멀리서 들려오는 어렴풋한 벨 소리에 휴대폰을 들고 눈을 떴다. 전화기 너머로 누군가의 목소리가 들려왔다.

"데니스! 너 괜찮아?"

나는 반사적으로 비몽사몽간에 "응, 괜찮아"라고 대답했다.

"너 지금 어디야?"

그제야 나는 정신이 번쩍 들었다. 아뿔싸, 시계를 보니 8시 20분이었다!

'맙소사! 정말 정말 중요한 인터뷰인데 벌써 50분이나 지났다니! 내가 이런 실수를 저지르다니, 지금껏 한 번도 이런 적이 없었는데……'

양치질하면서 양말을 신고, 바지를 입으면서 넥타이를 매고, 정말 난리도 아니었다. 후다닥 튀어 나가 엘리베이터 앞에 서니 마침 문이 열렸는데, 하필이면 학부 때 가장 무서워했던 교수님이 딱 엘리베이터 안에서 계셨다. 눈이 마주치자 등골이 서늘해지면서 이마엔 비 오듯 땀이 났다. 뒤늦게 인터뷰 장소에 나타난 나를 보며 여러 교수님들이 "샤워하다가 넘어진 줄 알았다", "안 다쳤으면 다행이다, 이미 지나간 건 할 수 없으니 이제부터 새롭게 시작하자"며 잠시 뒤에 인터뷰를 진행하자고 말씀하셨다. 나는 식은땀을 닦고, 두근대는 가슴을 진정시키려 애쓰며 인터뷰를 했다.

다행히 준비를 철저히 했기에 초반에만 긴장했을 뿐 시간이 흐르면서 자연스럽게 나만의 유쾌함을 제대로 보이며 충실히 인터뷰를 마쳤다. 하지만 돌아온 결과는 탈락이었다. 인터뷰 시간에 늦었으니 당연한 결과였다. 꿈을 이루기 위한 중요한 첫 관문을 바보 같은 실수 때문에 통과하지 못한 것이다.

몇 년이 지난 뒤 한 컨퍼런스에서 당시 인터뷰를 했던 교수님 중 한 분을 우연히 만나게 되었다. 잠시 추억을 나누는데, 교수님이 그때 상황에 대한 이야기를 들려주셨다. 엘리베이터에서 마주친 그 교수님이 나의 임용을 결사 반대하셨다는 것이다.

"인터뷰에 늦는 무책임한 사람이 어떻게 연구를 잘할 수 있겠습니까? 나는 절대로, 절대로 데니스 홍을 받아들일 수 없습니다!"

지금 생각해도 정말 어처구니 없는 실수였다. 그때부터는 중요한 일이 있으면 알람을 서너 개 맞춰 놓고 자는 버릇이 생겼다.

그렇다고 낙심하며 멈출 수는 없었다.

'내 자리가 아니었나 보다. 좀 더 준비할 시간이 필요했던 거야. 시간이 필요한 거야.'

마음을 다잡았다. 결코 의기소침해지지 않았다. 오히려 내게 부족했던 것들이 무엇인지 찬찬히 돌아봤다. 다음으로 뉴올리언스 주 툴레인대학교에서 제안이 왔다. 이곳은 인문교양 분야는 유명하지만 공대는 그만큼 이름난 곳이 아니어서 망설였다. 하지만 혹시나 하는 마음으로 인터뷰에 응했다. 한데 이번에도 불합격이었다.

'실수도 없었던 것 같은데⋯⋯. 대체 왜? 열정이 부족해 보였을까?'

속이 상했다. 하지만 결과를 받아들이려고 노력했다. 지금 생각해보면 진지하지 못했던 자세가 문제였던 듯싶다. 이후에도 몇몇 대학교에서 인터뷰를 했지만 결과는 번번이 탈락이었다. 될 듯 될 듯하다 꼭 마지막에 틀어졌다.

처음에는 무엇이 문제인지 분석도 해보고, 개선해보려고 노력했다. 하지만 계속 떨어지니 기운이 빠졌다. 우울하기도 했다. 아무리 긍정적인 나라도 거절당하는 건 썩 유쾌한 일이 아니었다. 이제 막 어른으로 사회에 한 발짝 내디뎠는데, 잘하고 싶은데, 계속 삐걱거리고만 있다니. 하지만 포기할 수는 없었다. '진짜로 믿고, 원하고, 열심히 하면 이루어진다'는 마음으로 툭툭 털고 다시 일어났다.

그러던 차에 버지니아테크에서 적극적으로 러브콜을 보내왔다. 그간의 고생과 걱정이 눈 녹듯 사라졌다. 이번엔 잘해야지 마음먹고, 그 어떤 실수도 반복하지 않았다. 수많은 거절을 겪으며 내가 성장한 것이다. 나는 자신 있게 내 꿈에 대해 열정적으로 이야기했다.

"내 꿈을 이루기 위해 나는 꼭 이 길을 가야 합니다. 내가 있어야 할 자리는 여기입니다."

가슴속에서 우러나오는 대로 꾸밈없이 이야기했다. 마치 장난감 가게 앞에서 들뜬 어린아이처럼 똘망똘망한 눈으로 내가 하고픈 로봇 연구에 관해 신나게 이야기했다. 내게서 진심 어린 마음과 에너지 넘치는 열정을 본 것일까? 나는 인터뷰를 통과해 드디어 버지니아테크 교수가 됐다.

어이없는 실수로 놓치기도 했고, 노력했지만 통하지 않았던 기회들……. 거듭된 실패에도 나는 포기하지 않았고, 마침내 기회를 잡았다. 그러고 보면 성공한 사람들 중에 실패해보지 않은 사람은 없다. 단지 실패를 어떻게 받아들이고 어떤 식으로 발전시키느냐에 따라서 달라졌을 뿐.

결국 실패도 경험인 것이다. 원하는 대로 되지 않았다고 해서 절망하고 포기하기보다는 실패를 돌아보고 더 나은 방향으로 발전하기 위한 계기로 삼아야 한다. 실패가 경험이 되면 더는 시행착오가 두렵지 않다. 기회가 더 많은 젊은 시절에는 더욱더 그럴 것이다. 기회가 많은 만큼 실패도 많은 것이다. 꿈이 많은 만큼 더 성장해야 하는 것이다. 꿈의 가장 큰 적은 실패와 좌절이 아니라 포기다. 불안함에 떠밀려 자신과 적당히 타협해서는 안 된다. 그건 무엇보다 자신에게도 미안한 일이다.

큰 이삿짐들을 먼저 보내고 남은 자질구레한 짐들을 차에 싣고 아내와 함께 퍼듀대학교가 있는 웨스트 라피엣을 떠날 때가 생각난다. 그날의 감격은 지금도 잊을 수 없다. 참으로 뿌듯했다. 뿌듯함과 두근거림을 안고 나는 퍼듀와 작별 인사를 하고 버지니아로 향했다. 이제부터는 꿈을 향해 잘 달릴 수 있을 것 같았다. 모든 것이 원하는 대로 잘될 것만 같았다. 인생은 산 넘어 산이라는 것을 아직 몰랐을 때였다.

좌절은 있어도
포기는 없다

나는 사람들이 일반적으로 생각하는 교수와는 많이 달랐다. 이제 갓 졸업한 신참내기 박사에다 반바지에 티셔츠만 입고 돌아다녔다. 사람들은 내 얼굴을 몰랐고, 어떤 사람은 나에게 학생이냐 묻기도 했다. 첫 직장이고 누군가 '교수님'이라고 불러주는 곳이니 권위를 내세울 수도 있었지만 나는 그런 게 어색했다. 교수가 되었지만 달라진 것은 호칭 말고는 없었다.

나는 여전히 신기한 것만 보면 눈을 반짝거리며 궁금증을 풀어야 하는 장난꾸러기였다. 그런 내 모습 그대로 학생들과 만나기를 바랐다. 가르치는 일은 어렵지 않았다. 쉬워서 어렵지 않은 게 아니라 좋아해서 어렵지 않았다. 한동안 내 사무실 문패 밑에다 "가르침은 나의 열정, 연구는 나의 즐거움Teaching is my passion, research is my joy."이라고 써 붙였다. 희망에 부풀고 꿈에 들떠 교수로서 시작된 삶이 처음에는 너무도 즐거웠다.

하지만 눈앞에 현실적인 과제가 놓여 있었다. 연구비를 모으는 일이 가장 큰일이었다. 새로운 연구소를 세우면 학교에서 '정착 연구비'를 준다. 하지만 그것만으로는 한계가 있었다. 실제로 로봇 연구 프로그램을 진행하려면 더 많은 비용이 필요했다. 그래서 교수가 되면 제일 중요한 일 중 하나가 연구비를 얻기 위한 제안서를 쓰고 제출하는 일이다. 연구 제안서가 채택되어야 프로그램에 필요한 돈을 지원받아 학생들을 뽑고 먹여 살리고, 연구소를 운영할 수 있다.

그런데 도무지 어디서부터 손대야 하는 건지 막막했다. 보통 교수들은 대학원생일 때부터 지도 교수 밑에서 연구 제안서 쓰는 법을 배우는데, 나는 그러지 못했다. 더군다나 내가 공부한 분야는 로봇공학에서도 그리 인기가 있지 않아서 연구비를 얻을 기회도 많지 않았다.

연구 제안서를 쓰려면 펀딩 에이전시들이 어떤 분야에 관심이 있는지 알아야 했다. 그리고 해당 분야에 대한 지식뿐 아니라 연구 주제에 대한 독특한 아이디어도 있어야 했다. 독특한 아이디어가 나오더라도 과연 해당 과제에 적합한 것인지도 살펴야 했다. 이 모든 것이 적합하다고 판단되어도 그 과제를 위한 배경 연구, 연구 계획, 예산 등을 다 채워 넣은 연구 제안서를 제대로 쓰려면 오랜 시간이 소요된다. 연구 규모에 따라 다르지만 일반적으로 하루 일과의 반 이상을 투자해도 6개월에서 1년 정도 걸리는 작업이다.

난생처음 이런 일을 하게 된 나는, 박사과정 연구 주제를 더 발전시켜서 연구 제안서를 제출했다. 결과는 낙방. 또 다른 주제를 골라서 열심히 논문을 읽고, 공부하고, 밤을 새워가며 쓴 연구 제안서를 제출했다. 이번에도 탈락. 탈락, 탈락, 또 탈락……. 눈앞이 깜깜했다. 교수만 되면 끝날 줄 알았는데, 원하는 연구를 맘껏 할 수 있을 줄 알았는데…….

2년여 동안 이곳저곳 뛰어다니며 내 연구를 이해시키려고 노력했으나 허사였다. 연구비를 끌어오려고 온갖 애를 썼지만 돌아온 것은 하얗게 센 머리카락뿐이었다. 얼마나 속상했는지 어느 날 밤엔 혼자 교수실에 앉아 울기도 했다. 돈이 없어 연구를 할 수 없다고 생각하니 하늘이 무너지는 것 같았다. 가장으로서의 책임감도 한몫했다. 기대가 크셨을 부모님께도 죄송했다. 교수 임용에 떨어졌을 때도 이만큼 좌절진 않았다. 내 인생에서 꿈을 이룰 수 없을 거라는 두려움이 엄습한 건 그때가 처음이었다. 하지만 이대로 무너질 수는 없었다.

하루는 라스베이거스에서 열린 로봇공학 컨퍼런스에 참석하고 집으로 돌아오는 길이었다. 공항으로 향하는 셔틀버스를 타고 딱 하나 남은 빈자리에 앉았다. 내 옆 좌석에는 나이가 지긋한 동양인 한 사람이 있었다. 그와 인사를 나누면서 나는 얼마 전 버지니아테크 교수가 되었다고 소개를 했다. 내 소개에 관심을 보이며 그는 나에게 이런저런 질문을 던졌다. 나는 로봇공학을 연구한다고만 말하고 신기하고 재미있는 아이디어가 많다고 자랑하기 시작했다. 뒤집어져서 움직이는 아메바 로봇, 바퀴와 다리가 합쳐진 로봇, 세 다리로 움직이는 로봇 등······. 나는 아이 같은 표정으로 얼굴이 빨개지도록 신이 나서 설명했다. 어쩐 일인지 그는 싫은 내색 없이 친절하게 대답까지 해주며 내 이야기를 들어주었다. 로봇에 대해 뭔가 아는 사람인 것 같아 보였다. 그는 내 이야기를 다 듣고는 그제야 자신을 소개했다.

"미국국립과학재단National Science Foundation의 정보지능 시스템 분과 프로그램 디렉터 여준구입니다."

그것이 우리의 첫 만남이었다. 이렇게 인연이 시작되어 나는 여준구 박사님(현 KIST 로봇·미디어연구소장)을 찾아 뵙고 그때마다 내 시야를 넓혀주는 여러 조언들을 들었다. "지금 데니스 홍이 연구하는 분야는 인기가 없는 게 사실이다", "좀 더 폭넓게 보고 유연해져야 한다", "자기 분야만 고집 부리면 안 된다" 등의 도움이 되는 쓴소리였다. 박사님은 내 아이디어들을 연구 제안서에 맞게끔 어떤 식으로 표현해야 하는지, 이 연구 주제는 누구와 협업하면 좋을지 등 마치 지도교수처럼 구체적으로 하나하나 알려주셨다. 그러던 어느 날, 박사님이 내게 제안을 하나 했다.

"데니스, 우리 재단에서 연구 제안서를 심사하는데 검토위원단의 평가위원을 한번 해보는 게 어때?"

얼핏 생각하면 귀찮은 일이었다. 하루빨리 내 제안서를 통과시켜야 하는데, 남의 제안서를 평가하는 일이라니. 시간이 없다고 거절할까도 싶었다. 그런데 가만 생각해보니 엄청난 기회라는 걸 알 수 있었다. 다른 교수들의 제안서를 읽고 평가한다는 건 연구 제안서를 어떻게 써야 하는지, 연구 제안서는 어떤 기준으로 평가 받는지, 어떤 연구 제안서가 반응이 좋고 어떤 제안서는 반응이 좋지 않은지 등을 배울 수 있는 절호의 기회였다. 바로 그런 이유로 여준구 박사님은 내게 그 일을 제안했던 것이다.

이렇게 생각하자 궁금한 점이 생기기 시작했다. '내 제안서의 맹점이 단순히 그들이 선호하지 않는 분야여서일까? 대체 왜 내 연구가 그들에게 매력적으로 보이지 않는 걸까?' 일단 제안서가 통과되려면 제대로 써야 하고, 그러한 글쓰기는 어떤 특화된 과정이 있는 게 분명했다. 이번 기회에 이런 궁금증을 해소할 수 있을 것 같았다.

그 심사를 맡으면서 나는 내 문제를 알게 됐다. 다른 사람들의 연구 제안서를 통해, 오히려 내가 어떤 것을 해야 하고 어떤 것을 하면 안 되는지도 정확하게 이해할 수 있었다. 그 후로는 연구 제안서 쓰는 일이 잘 풀리기 시작했다. 내가 쓴 연구 제안서는 제출하는 대로 거의 통과되기 시작했다. 더는 연구비에 대한 걱정을 하지 않아도 되었다.

돌이켜보면 교수가 되자 지켜야 할 것들이 많아지면서 힘들었던 것이다. 교수라는 역할의 책임감에 짓눌려 어떻게 해야 할지 우왕좌왕하기도 했다. 혼자서 공부할 때와 달랐다. 어떤 연구는 시작도 하기 전에 제대로 연구할 수 있을지 두려웠다. 상상만 해도 즐거웠던 미래가 난생처음 무서웠다. 그럴 때마다 나는 '내가 지금 여기에 왜 있는가'를 잊지 않으려 했다. 로봇을 만들고 싶다는 꿈만 생각하며 마음을 다잡았다. 그 꿈을 놓지 않으려 안간힘을 썼다. 그럴수록 내가 잘하는 게 뭔지 찾으려 애썼고, 낯선 것에도 호기심을 갖고 도전했다. 나의 기존 연구 분야만 고집하지 않고, 주특기인 독창적인 아이디어를 바탕으로 새로운 분야를 개척하는 방향으로 나아갔다

이러면서 나는 연구 분야는 다르지만 마음 맞는 이들과 서로의 연구를 보완하며 보다 큰 연구 프로젝트를 추진하기도 했다. 현재 미국에서 활발히 활동하고 있는 로봇 분야의 몇몇 한국계 교수들도 이런 과정에서 만날 수 있었다. 네바다대학교 라스베이거스 캠퍼스University of Nevada, Las Vegas의 폴 오Paul Oh 교수, 펜실베이니아대학교의 댄 리Dan Lee 교수와 마크 임Mark Yim 교수, 메사추세츠공과대학교Massachusetts Institute of Technology의 김상배 교수 등은 동료이면서 내 절친한 친구들이다.

고달팠지만 의미 있는 시간들이었다. 무엇보다 힘들고 허우적거릴 때,

손을 잡아준 은인이 있었고 함께해준 친구들이 있었다. 나와 같은 꿈을 가진 사람들. 이 중요한 인연 덕분에 나만의 독창적 아이디어를 특화시켜 나갈 수 있었고, 어린 시절 막연한 꿈을 현실로 만들 수 있었다. 도전이 두렵지 않았다. 나의 꿈이 있고, 그 꿈을 같이 꾸는 사람들이 만났다. 그렇게 꿈은 현실을 향해 다가갔다.

상상을 현실로 만드는 곳, 로멜라

나는 잠을 거의 자지 않는다. 연구실에서도 새벽까지 일하는 편이다. 자다가도 아이디어가 떠오르면 벌떡 일어나 연구실로 달려간다. 지쳐서 깜빡 잠들어버릴 때도 있지만, 그러다가도 갑자기 눈을 반짝이며 어린아이처럼 주변을 두리번거리고 새로운 생각을 찾는다. 시차에 시달리면서도 전 세계를 누비며 강연과 회의를 한다. 학생들과 얼굴이 벌게지도록 토론을 한다. 나는 늘 유쾌하다.

로봇을 만들고 기술을 개발하는 일이 너무나도 재밌고 신나기 때문이다. 즐겁기 때문이다. 그리고 내가 만든 로봇과 내가 개발한 기술이 사람들을 돕고 세상을 이롭게 할 것이라는 굳건한 믿음이 있기 때문이다. 나에게 로봇이란 차가운 금속물이 아니라 인간을 위한 따뜻한 기계다. 로봇 연구는 뛰어난 기계를 만드는 과정이 아니라 인간이 유용하게 사용할 도구를 만들기 위해 인류가 이제까지 쌓은 기술과 지식을 넘어서는 과정이라고 생각한다.

나는 로봇을 개발하면서 어릴 때부터 꿈꿔온 상상 속 존재들을 하나씩 현실화하고 있다. 내가 개발한 로봇들에서는 바퀴로 굴러가고, 두 다리로 뒤뚱거리고, 세 개의 다리로 걸어 다니면서 인간과 소통하고 인간을 돕던 영화 〈스타워즈〉 로봇들의 모습을 엿볼 수 있다. 이런 나의 상상을 현실로 만드는 곳이 바로 연구소 로멜라다. 나의 피와 땀과 눈물이 어린, 자랑스러운 내 '꿈의 공장'이다.

로멜라는 2004년에 처음 문을 열었다. 나는 교수가 되었을 때 사람을 위한 따뜻한 기술을 만드는 연구소를 세우고 싶었다. 그런 아이디어들이 그 연구소에서 실현되는 걸 보고 싶었다. 하지만 현실은 녹록치 않았다. 이제 막 박사학위를 받았고, 별 내세울 경력이 없는 나 같은 교수에게 주어진 공간은 변변치 않았다. 책상 두 개와 연구거리를 늘어 놓은 지하의 조그마한 구석방은 연구소라고 부르기에 미안할 정도였다. 연구 자금을 많이 받은 상태라면 학생들을 많이 뽑아 큰 규모로 시작할 수 있었겠지만, 그렇지 못한 나는 학교에서 받은 정착 연구비만으로 소수의 학생들과 단출하게 팀을 꾸릴 수밖에 없었다. 그렇게 로봇과 메커니즘 연구소Robotics & Mechanisms Laboratory의 약자를 따서 지은 이름의 연구소 '로멜라RoMeLa'를 열었다.

학창 시절 독일 괴팅겐대학교, 미국 스탠퍼드대학교, MIT 등의 연구소를 가보고 '나도 이런 곳에서 연구할 수 있을까' 생각한 적이 있다. 하

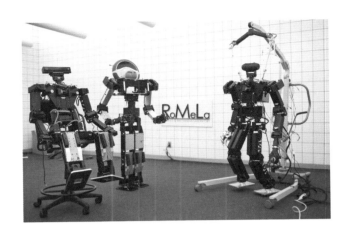

상상을 현실로 만드는 곳, '꿈의 공장' 로멜라. 이곳에서 우리는 자신의 일이 가치 있는 일임을 깨닫고, 자신의 재능을 마음껏 펼치며, 자유롭게 새로운 아이디어를 내고, 고정관념을 깨며, 다른 사람들이 새로운 장을 열 수 있게 만든다. 즐거움과 열정이 바로 우리의 무기다.

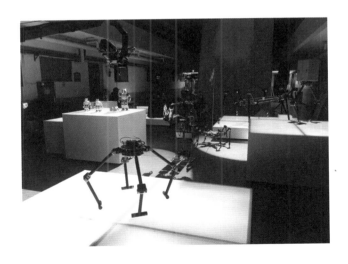

지만 내가 직접 세운 '로멜라'는 그때 내가 방문했던 연구소와는 너무나도 달랐다. 별 볼 일 없는 연구소일 수도 있지만, 내 꿈을 이루어줄 열쇠를 쥐고 있는 곳이었기에 그 존재 자체만으로도 내게는 소중한 공간이었다. 이곳에서 나는 내 모든 노력과 열정을 쏟을 준비가 되어 있었다.

연구소를 성공적으로 키우기 위해서는 공간, 아이디어, 연구비와 프로젝트 등 여러 가지가 필요하다. 그중에서 내가 로멜라를 처음 만들 때 가장 중요하다고 생각했던 건 바로 두 가지다. '즐겁게 일하기'와 '열정적인 사람들'. 즐겁게 일하면서 창의성을 발휘하고, 사람을 위한 기술을 개발하려는 열정을 가진 학생들이 로멜라에 넘치길 바랐다. 나와 같은 꿈을 가진 사람들, 학생들을 원했다. 그들이 로멜라에서 자유로이 꿈을 이루고, 로멜라를 확장시키기를 바랐다.

그래서 로멜라는 '재미있는 곳'이어야만 했다. 로멜라의 공간이 어느 정도 커졌을 때, 나는 학생들이 즐겁게 일하는 데 필요한 것들을 준비했다. 출출할 때 먹을 수 있는 다양한 과자, 에너지 드링크, 고급 이탈리아 에스프레소 기계에서부터 한국식 인스턴트 다방 커피까지 다양한 종류의 음료를 준비했다. 그리고 큰 쿠션들이 있는 낮잠 공간, 역기와 아령 등을 구비한 헬스 공간, 60인치 TV로 비디오게임을 하고, 영화를 볼 수 있는 공간도 마련했다.

벽 전체를 아이디어를 써 넣을 화이트보드로 하고, 큼직한 토론용 탁자도 놓았다. 또한 무엇이든 만들 수 있도록 각종 재료, 기자재, 공작 기계들도 갖추었다. 학생들이 캠퍼스를 돌아다니거나 점심을 먹으러 밖으로 나갈 때는 세그웨이나 전용 골프 카트도 사용할 수 있도록 했다.

지금도 마찬가지다. 로멜라는 무엇보다 재미있는 곳이다. 토요일 밤이면 학생들은 '놀기 위해' 연구실로 온다. 하고 싶은 것이 있고, 친구들이 있고, 재미있는 것이 있기 때문이다. 연구실에 가벼운 마음으로 놀러 와서 대화를 나누는 곳. 로봇에 대한 토론, 재미있는 아이디어에 대한 이야기가 결국에는 연구로 이어지는 곳. 막히는 부분이 있을 때 손을 뻗으면 필요한 책이 있고, 밤새도록 누군가와 토론이 가능한 곳. 로멜라는 이런 연구소다.

로봇공학은 모든 분야를 융합하는 학문이다. 그래서 대학원생들은 대부분 기계공학과를 졸업한 이들이지만 학부생 중에는 전기공학, 컴퓨터공학을 공부하는 학생들도 있다. 기계설계, 동력학, 제어, 센서와 로봇 비전robot vision, 삼차원 인식이나 동화상 인식을 응용한 로봇의 시각 기구, 자율 주행, 메커트로닉스, 프로그래밍 등 로봇 시스템을 개발하기 위한 저마다의 전문 연구 분야가 있는 학생들이다. 분야는 달라도 이들 모두 로멜라의 모든 프로젝트에 참여한다. 다른 분야의 개인들이 항상 서로 협력하고 같이 전진하는 '팀', 이것이 로멜라의 중요한 성공 요소 중 하나다.

로멜라에서는 진행되는 프로젝트에 대학원생들과 학부 연구원들이 같이 참여하는 것이 기본이다. 대학원생들은 멘토가 되어 학부 연구원들을 지도하고, 학부 연구원들은 대학원생들의 실험 준비, 로봇 제작, 리서치 작업 등을 도와준다. 이런 과정을 통해 학부 연구원들은 진짜 자신의 꿈이 무엇인지 발견하게 된다. 어떤 이들은 로봇 연구에 더욱 관심을 가지고 '이것이 내가 진짜 하고 싶은 것'임을 깨닫고 대학원 진학을 꿈꾼다. 만약 학부과정에서 이름 있는 저널에 논문을 출판했다면 그 연구원의 경우 졸업 즉시 로멜라의 대학원생으로 스카우트한다. 반면 어떤 학생들은 '연구는 내게 맞지 않는 일'임을 깨닫고 취직하기도 한다.

로멜라는 현재 무인 로봇 분야와 미국 휴머노이드 로봇 개발 분야에서 선두를 달리고 있다. 밤낮 가리지 않고 '열심히', '즐겁게' 연구한 결과, 단기간에 훌륭한 연구 성과들을 거두고 엄청난 성장을 거듭할 수 있었다. 나와 학생들은 다수의 최고 논문 심사 상을 받고, 로봇 경진 대회 등에서 수많은 상을 받았다. 그래서 연구소 한쪽 바닥에서 천장까지 상패로 가득 메운 '명예의 벽'을 만들었다. 그 벽에서 가장 눈에 잘 띄는 곳에는 빈 액자 하나를 걸어 놓고 있다. 로멜라의 신입 학생이 명예의 벽에 놓인 빈 액자를 보면서 '내 이름이 적힌 상패를 이 액자에 달아야지'라는 동기를 불러일으키기 위해서다.

꼭 상을 받는 게 목적은 아니다. 상이란 받으면 좋은 것이긴 하다. 좋은 결과를 내고, 남들이 그 공을 인정해줬다는 뜻이기도 하니까. 다만 상을 받는 것 그 자체보다 '나도 남들처럼 잘할 수 있어!', '나도 동료들처럼 해야지!'란 자극을 심어주기 위한 것이다. 이 또한 선배이자 교수인 내 역할이라고 생각한다. 항상 성공하는 사람은 없다. 나 역시 수많은 실패를 했고, 그 실패를 통해 더 많은 것을 배웠다. 그래서 로멜라는 '실패'도 하나의 교육과정으로 삼고 있다. 학생들은 부담 없이 새로운 것을 시도하고 도전한다. 실패를 두려워하면 성공할 수 없다는 진실을 일찍부터 배

로봇공학은 모든 분야를 융합하는 학문이다. 그렇기에 협업이 중요하다. 협업의 가치를 생성하는 곳. 서로 다른 분야를 공부하는 학생들이 서로 협력하고 같이 전진하는 팀. 이것이 로멜라다.

로멜라의 로봇들은 '아해!' 하고 무릎을 치면서 미소 짓게 하는 재미있는 아이디어로부터 시작되는 경우가 많다. 하나의 아이디어가 자리 잡기 시작하면 나는 학생들과 브레인스토밍을 하며 '즐겁게' 아이디어를 발전시킨다.

우게 되는 것이다.

대부분의 로봇연구소는 시뮬레이션을 하거나 이론 연구를 할 때 로봇을 직접 만들지 않는다. 연구 결과를 도출하는 것을 중요시하기에 로봇을 직접 '만드는' 것에 큰 의미를 부여하지 않는다. 하지만 로멜라는 다르다. 로멜라가 다른 연구소와 다른 점 가운데 하나는 연구에 필요한 로봇을 직접 설계하고 제작하는 것이다. 왜 로봇을 직접 만드는 일이 중요할까?

첫째, '재미있기' 때문이다. 자신이 연구한 결과가 구현되어 원하는 대로 움직이고 작동하는 것을 직접 눈으로 볼 때의 보람과 쾌감은 그 어떤 말로도 설명할 수 없다.

둘째, '연구 결과를 테스트하기' 위해서다. 내가 학생 때 일이다. 여러 훌륭한 논문을 찾아서 공부한 뒤 직접 실험해봤는데도 논문에 쓰여 있는 대로 결과가 나오지 않는 경우가 있었다. 실제로 존재하는 제약들을 고려하지 않고, 이론을 바탕으로 시뮬레이션한 결과만을 가지고 로봇을 만들었더니 다른 실험 결과가 나온 것이다. 이론은 이론대로 가치가 있지만, 직접 테스트하면서 배울 수 있는 것들이 정말 많다. 이런 노하우는 로봇을 직접 만들어봐야 얻을 수 있는 값진 것이다.

셋째, 우리가 연구하는 로봇들이 대부분 개념조차 존재하지 않았던 새로운 것들이라 기존 로봇들로는 실험할 수 없는 경우가 많기 때문이다. 따라서 직접 로봇을 만들어봐야 알 수 있다. 우리는 이렇게 개발한 새로운 로봇들을 다른 연구자들도 사용할 수 있도록 공개한다. 공개하는 이유는 로봇 연구를 위한 플랫폼으로서 우리의 역할이 얼마나 중요한지 잘

데니스 홍, 상상을 현실로 만드는 법

알기 때문이다. 중요한 건 더 많은 이들과 함께 머리를 맞대고 전진하는 것이다.

로멜라의 기상천외한 로봇들은 대학원생들과 학부 연구원들, 그리고 나와 협업하고 있는 다른 교수들과 함께 만들어낸 결과물이다. 보통 아이디어와 콘셉트는 나로부터 시작되지만, 세부 디자인은 주로 대학원생들이, 제작은 학부 연구원들이 한다. 로봇공학은 여러 분야의 학문적 지식이 필요한 분야다. 생물, 화학, 심지어 의료기술까지도. 독자적으로 전체 시스템을 개발하기 어렵기에 다른 분야 전문가들과의 협업이 무엇보다 중요하다.

로멜라의 로봇들은 정작 로봇과는 상관없는 아주 사소한 아이디어에서 시작되는 경우가 많다. 뻔한 아이디어가 아니라 '아하!' 하고 무릎을 치면서 미소 짓게 하는 '재미있는' 아이디어다. 하나의 아이디어가 자리 잡기 시작하면 나는 학생들과 브레인스토밍을 하며 아이디어를 발전시키고, 학부 연구원들, 대학원생들과 먼저 간단한 실험을 진행시켜 데이터를 얻는다. 이 결과를 바탕으로 연구 제안서를 쓰고, 제안서가 채택되면 정식으로 프로젝트를 진행한다. 제안서가 통과되지 않더라도 포기하지 않고 계속 수정하고 보완해서 다시 제출하거나, 다른 아이디어에 접목해 새로운 제안서를 쓴다. 좋은 아이디어는 절대 버리지 않고 될 때까지 추진한다. 물론 아이디어가 연구로 이어질 적절한 타이밍을 기다리기도 한다. 그리고 일단 프로젝트가 시작되면 연구비로 대학원생들을 지원하고, 기자재를 산 뒤 밤낮 가리지 않고 로봇 연구에 '즐겁게' 몰두한다.

현재 로봇 시장에는 제품화된 로봇이 많다. 대부분 제조업 공장에서 사용되는 자동화용 산업 로봇들이지만 로봇 진공청소기 같은 가정용 로봇처럼 일상에서 사용하는 비중이 늘어나고 있다. 특수 연구를 위한 로봇도 꾸준하게 개발되고 있다. 미국의 여러 연구소에서도 다섯 손가락으로 다양한 크기와 모양의 물건을 집을 수 있는 로봇 손들을 개발하고 있다. 그런데 이런 로봇 손에 들어가는 기어 장치, 모터, 제어기, 센서 등의 부품들이 워낙 비싸기에 웬만해서는 개인 연구자가 로봇 손을 만들기가 어렵다. 로봇 연구를 위해 필요한 모바일 플랫폼, 로봇 팔, 로봇 손 같은 것도 너무 비싸다.

내가 가르치는 기계공학과 학부과정에는 기계설계라는 과목이 있다. 두 학기 동안 학부과정 내내 배운 지식들을 토대로 내가 하나의 과제를 던지면 각 팀 별로 이 과제를 설계하고 만드는 과목이다. 버지니아테크에 있던 시절 나는 이 수업을 들은 학생들에게 다음과 같은 도전 과제를 던진 적이 있다.

"손을 잃은 사람들이 의수로 쓸 수 있는 로봇 손을 개발하세요. 빈 알루미늄 깡통을 찌그러뜨릴 수 있을 정도로 힘이 세야 하고, 날달걀이나 전구를 집을 수 있는 정교함도 있어야 합니다. 다섯 손가락을 움직여 컴퓨터 자판도 칠 수 있어야 하고, 사람의 손 모양과 크기가 비슷해야 합니다. 문제가 어렵죠?"

학생들은 내 말이 끝나기도 전에 벌써 노트에 _끄적끄적_ 스케치를 시작했다.

데니스 홍, 상상을 현실로 만드는 법

"조건이 하나 더 있습니다. 여러분이 로봇 손을 만들 때 300달러 이하의 재료비로 만들어야 합니다."

"에이, 그걸 어떻게 해요? 그 정도 성능의 로봇 손이라면 손가락 하나만 해도 그것보다 비쌀 텐데요……."

학생들이 웅성대기 시작했다.

"그런 기존의 조건을 버리고 다르게 생각하세요. 불가능을 전제로 시작하면 아무것도 이룰 수 없습니다."

학생들은 잠시 머뭇거리다가 서로 눈을 바라보고 열띤 토론에 들어갔다. 브레인스토밍을 하며 아이디어를 추려냈다. 1년 동안 각 팀마다 특색 있는 로봇 손을 만들었다. 모든 팀이 이 말도 안 되는 도전을 받아들여, 내가 요구한 모든 조건들을 만족시키는 훌륭한 완성품을 만들어냈다.

로멜라 학생들로 이루어진 팀은 라파엘RAPHaEL: Robotic Air Powered Hand with Elastic Ligaments을 만들었다. 라파엘을 만드는 데 든 비용은 단돈 200달러! 불가능해 보였던 과제를 가능하게 한 건 기존 접근 방식을 버리고 '다르게 생각했기' 때문이다.

이들은 전기로 구동되는 모터 대신 압축공기를 사용해서 아주 간단하면서도 효율적인 새로운 구동기를 만들었다. 손가락 마디마다 아코디언처럼 생긴 튜브를 넣어, 튜브에 압축공기가 들어가면 손가락이 굽혀지고, 공기가 빠져나가면 손가락 뒤에 달린 고무 밴드가 제자리로 돌아가게 하는 식이었다. 압축공기의 압력을 세게 하면 알루미늄 캔을 찌그러뜨릴 수 있을 정도의 힘을 내고, 압력을 약하게 조절하면 날달걀도 깨뜨리지 않고 집을 수 있었다. 복잡한 장치도 필요 없고 값싼 재료로 쉽게 만들 수 있는 훌륭한 디자인이었다. 라파엘은 여러 국제 로봇 디자인 대회에서 온갖 상을 휩쓸면서 유명해졌다.

이처럼 로멜라는 '로봇을 직접 설계하고 만드는' 곳이다. 세계의 수많은 로봇연구소들 중에 최고의 연구소라고 감히 말하고 싶다. 늘 로봇 개발이 성공하지는 않지만, 로멜라에서 만들어진 로봇들은 최고의 상을 휩쓸고, 언론에서 주목받고, 많은 이들의 마음을 사로잡는다. 특히 시스템을 통합하는 노하우는 가장 뛰어나다.

우리 연구소의 가장 중요한 성과는 로봇이 아닌 우리 학생들이다. 나는 가끔 학생들에게 불가능해 보이는 도전 과제를 던지고 그들이 어떻게 생각하는가를 관찰한다. 학생들이 과제가 막히는 것 같으면 그들이 낸 아이디어들을 주의 깊게 살펴본 뒤 다른 방법으로 생각하도록 유도한다. 고정관념을 깨뜨려 새로운 시각을 가질 수 있도록 독려도 한다. 학생들에게도 관심과 믿음, 알맞은 조언, 자유롭게 연구할 수 있는 여건을 제공하면 라파엘을 개발한 것처럼 같이 모두를 놀라게 할 대단한 결과를 낼 수 있다고 나는 믿고 있다.

상상을 현실로 만드는 꿈의 공장 로멜라. 자신의 일이 가치 있는 일임을 깨닫고, 자신의 재능을 마음껏 펼칠 수 있는 곳. 자유롭게 새로운 아이디어를 내고, 고정관념을 깨며, 다른 사람들이 새로운 장을 열 수 있게 만드는 곳. 나는 이곳, 로멜라가 너무나도 자랑스럽다.

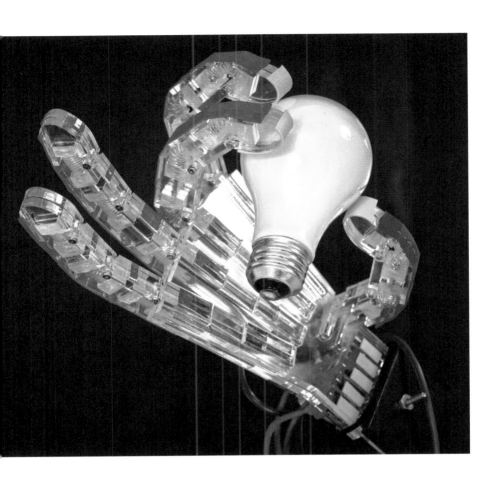

로멜라의 학생들이 내가 제안한 도전을 받아들여 만든
로봇 손 라파엘. 라파엘은 그들의 창의적인 생각, 끊임없는
에너지, 반짝이는 눈이 만들어낸 작품이다. 우리 연구소의
가장 큰 자랑은 바로 우리 학생들이다.

도전하는 이들에게는 이런 마음이 있습니다.
"못한다고 했지? 하지만 해냈어."
가능하지 않다고 생각하면 아무것도 이룰 수가 없습니다.
인간이 하늘을 나는 것이 불가능하다고만
생각했더라면 오늘날의 비행기는 없었을 겁니다.

Chapter 2

도전은
불가능한 일에
하는 것이다

모두가 불가능하다는
일에 도전하다

2011년 1월 29일, 미국 플로리다 주 데이토나 국제 자동차 경기장. 세계
적으로 유명한 자동차 경주 대회 '롤렉스 24'의 예선전이 한창이었다. 코
스를 도는 경주용 자동차들이 저 멀리 있는 사람의 가슴까지 울릴 정도
의 굉음을 내며 쏜살같이 관중 앞을 지나갔다. 그 엄청난 에너지에 흥분
한 사람들. 하지만 정작 이날의 관중이 더 열광하고 환호를 보낸 자동차
는 멋진 스포츠카가 아닌 평범해 보이는 검정색 SUV였다.

　다른 차들이 엄청난 속도로 달리는 그곳에서 검은색 SUV는 운전면허
시험이라도 보는 양 조심스레 코스를 달렸다. 시속 45킬로미터도 안 되
는 속도였다. 그럼에도 그 SUV가 관중석을 지날 때면 사람들은 기립 박
수를 보냈다. 운전자가 '빵빵' 경적을 울리자, 사람들은 목이 터져라 "고
Go! 고Go!" 하고 소리치며 환호했다. 두 손으로 코와 입을 가리고 눈물을
글썽이며 말없이 서 있는 사람도 보였다.

갑자기 SUV 앞에서 달리던 흰색 승합차의 뒷문이 열리며 큰 종이 상자들이 하나씩 둘씩 떨어지고 뒤따라오는 SUV를 가로막았다. 그럼에도 운전자는 전혀 놀라지 않고 느긋하게 핸들을 좌우로 돌리며 여유롭게 장애물을 피해 갔다. 오히려 속도를 높여 흰색 승합차를 추월해 마지막 도착 지점을 통과했다. 놀라움으로 가득한 아나운서의 목소리가 경기장에 울려 퍼졌다.

"역사적인 날입니다, 여러분! 여러분은 기적을 보고 있습니다."

힘찬 경적을 울리며 도착 지점에 닿은 검정 SUV에서 운전자가 내렸다. 오른손으로는 자동차의 문을 더듬으면서 왼손으로는 흰 지팡이를 꺼내 드는 운전자 마크 리코보노[Mark Riccobono]. 그는 앞을 전혀 보지 못하는 시각장애인이었다. 그가 운전한 자동차의 이름은 브라이언[BRIAN: Blind Research Interfaces for Advanced Navigations]. 나와 학생들이 세계 최초로 개발한 시각장애인용 자동차였다.

자동차에서 내린 마크는 자신을 향해 달려오는 아내 멜리사를 부둥켜안으며 눈물을 글썽였다. 멜리사 역시 시각장애인이었다. 그 광경을 보는 내 가슴이 미어지면서 쿵쾅거렸다. 멀찌감치 서서 눈물을 글썽이며 그들을 쳐다보고 있는데 마크가 소리쳤다.

"데니스! 어디 있어?"

나는 눈물을 닦으며 차 앞으로 다가갔다. 마크가 나를 부둥켜안으며 말했다.

"고마워! 고마워……."

나와 마크를 수많은 기자들이 둘러쌌다. 그러나 그 많은 TV 카메라 기자들도, 플래시를 터뜨리는 사진기자들도 우리 눈에는 하나도 들어오지 않았다. 그 순간은 전 세계 3700만 시각장애인들의 꿈이 현실이 되는 순간이었고, 우리는 그들 대신 그 자리에 서 있을 따름이었다. 나는 부둥켜안은 팔을 풀며 마크에게 말했다.

"이제 마크가 날 호텔까지 운전해서 데려다주는 거죠?"

주변 사람들이 웃으며 축하해주었다. 조용히 고개만 끄덕이는 이도 있었다. 그 끄덕임이 무엇인지 나는 알 수 있었다. 이제는 인정한다는 말없는 제스처였다.

우리가 시각장애인용 자동차를 개발한다고 했을 때, 아무도 믿지 않았다. 사람들은 불가능한 일에 시간 낭비하지 말고 다른 '더 중요한' 일에 시간과 노력을 투자하라고 말렸다. 정신 나갔냐고 말하는 이도 있었다. 심지어는 미쳤냐며 욕설이 가득한 이메일과 편지도 받았다. 그런데 우리가 결국 해내고야 말았다.

처음에는 아무것도 모르고 시작한, 다소 무모한 도전이었다. 하지만 아는 만큼 보인다고, 얼마 지나지 않아 얼마나 어려운 도전인지 서서히 알게 되었다. 걱정스런 마음에 말리는 친구들, 자세히 알지도 못하면서 욕하는 사람들, 불가능하리라고 충고하는 동료들의 말을 들을 때면 겁도 났다. 스스로에게 의심이 들기도 했다. 내가 과연 이걸 해낼 수 있을까?

하지만 나는 이 프로젝트에 깊게 들어갈수록 이 일이 얼마나 중요한 일인지 가슴 깊이 느끼게 되었다. 이것이 나의 임무라고 여겨졌다. 내 인생

데니스 홍, 상상을 현실로 만드는 법

데이토나 국제 자동차 경기장에서 시각장애인 친구가 브라이언을
직접 운전하고 결승전으로 들어오는 순간,
내 인생이 바뀌었음을 직감했습니다. 저는 기계를 만들고,
기술을 개발하는 사람이지만 결국 사람을 행복하게 하고,
이 세상을 따뜻하게 만드는 일을 하고 있다는 걸 느끼게 된 거죠.
제 생애 가장 뜨거운 순간이었습니다.

에서 가장 어렵지만, 제일 중요한, 꼭 해내야 하는 일일지도 모른다며, 스스로를 다독였다.

"모두가 불가능하다고 해도 실패를 두려워하면 도전할 수 없다. 도전하지 않으면 성공할 수 없다. 불가능은 하나의 의견일 뿐이다."

시각장애인용 자동차 개발 프로젝트는 사실 시각장애인과는 전혀 관계없는 '무인 자동차 경주대회'에서 시작되었다. 미국방위고등연구계획국Defensive Advanced Research Project Agency, 다르파은 로봇 프로젝트의 일환으로 '무인 자동차 경주대회'를 개최했다. 2004년부터 2007년까지 총 3회에 걸쳐 개최된 이 대회는 군사적으로 활용 가능한 무인 자율 주행 기술을 개발하는 데 그 목적이 있었다. 시작 버튼을 누르면 자동차가 스스로 교통법규를 준수하며 목적지까지 안전하게 갈 수 있는 전자동 로봇 자동차를 개발하고자 한 것이다.

'그랜드 챌린지Grand Challenge'라는 부제가 붙은 1회와 2회 대회에서는 캘리포니아 주의 모하비사막 200킬로미터를 열 시간 이내에 주행하는 미션이 주어졌다. 이 대회에는 로봇 기술로 유명한 숱한 대학들과 로봇 연구소들이 출전했다. 그러나 2004년 1회 대회에서는 완주한 팀이 없었다. 2005년 2회 대회에서는 23개 팀 중 5개 팀이 완주했고, 스탠퍼드대학교와 폭스바겐 등이 연합한 스탠퍼드 레이싱 팀이 1등을 차지했다.

2007년 3회 대회는 사막이 아닌 도시에서 열려 '어반 챌린지Urban Challenge'라는 부제가 붙었다. 캘리포니아 공군기지 근처의 시내 약 100킬로미터를 여섯 시간 동안 주행하는 미션이었다. 시내 도로에서 다른 자동차들과 함께 달리는 자율 주행 자동차를 개발하는 것이다. 이는 허허벌판인 사막에서 달리는 자동차를 개발하는 데 비해 더욱 고도의 기술이 요구되는 미션이었다.

인공위성과 통신하는 GPS가 도심지 빌딩에 가려 신호가 제대로 전달되지 않을 때도 있었다. 당시 기술로는 수행이 불가능한 미션도 많았다. 로봇 자동차들이 교통법규를 지키며 교차로에서 스스로 자기 차례를 기다렸다가 지나야 했다. 주차장의 빈자리를 찾아 스스로 주차해야 했다. 지금이야 무인 자동차 기술이 많이 발달해 이런 미션이 가능하지만 당시에는 공상과학영화에서나 나올 법한 신기술이었다.

그 즈음 나는 막 교수로 임용된 터라 정신 없이 바빴다. 하지만 이렇게 나의 관심을 자극하는 대회가 열리는데 천성적으로 도전의 피가 흐르는 나로서는 참가하고 싶은 마음이 굴뚝같았다. 그런데 마음만 먹는다고 되는 일이 아니었다. "대회에 나가고 싶으니 팀을 꾸리자"라고 말하기엔 나는 까마득한 신참내기 교수였다. 어찌하여 팀을 꾸린다 해도 다르파에 제출하는 연구 제안서가 통과해야 출전 자격을 얻을 수 있었다. 경쟁 또한 치열했다.

이대로 출전 기회를 놓치나 하고 아쉬워하고 있을 때, 버지니아테크의 동료 교수 두 명이 출전 팀을 꾸리면서 내게 함께 해볼 의향이 있느냐고 물었다. 당시만 해도 나의 어떤 탁월한 능력이 필요했다기보다는 신참내기 교수에게 기회를 주자는 의미였을 것이다. 어쨌거나 나는 먼저 손을 내밀어준 그분들이 고마웠다. 뛸 듯이 기뻤다. 꼭 1등을 하겠다는 욕심은 없었다. 단지 새로운 뭔가에 도전한다는 그 자체가 나를 흥분시켰다.

빅토르탱고VictorTango라고, 버지니아테크Virginia Tech의 약자인 'VT'를 따서 팀 이름을 지었다. 엔지니어, 교수, 포스트 닥터Post Doctor. 박사 후 연수과정로 구성된 다른 팀들과는 달리 우리 팀은 학부생 위주로 구성되었다. 대회에서 승리하겠다는 욕심보다는 학생들의 교육 기회로 삼아보자는 의도였다. 게다가 이 대회는 컴퓨터 공학 기술이 핵심인데, 우리 팀은 지질학과 학생 한 명만 빼고는 전부 기계공학도였다. 이렇게 교수 네 명, 학부생 마흔여섯 명, 대학원생 여섯 명으로 팀이 구성되었다. 이 초라한 아마추어 팀을 보고 '이 대회에서 이기려면 그런 식으로 팀을 짜서는 안 되지'라고 우습게 보는 사람도 있었다.

우리가 만든 로봇 자동차의 이름은 '오딘Odin'. 오딘은 북유럽신화에 나오는 주신主神이다. 우리는 팀 번호를 '32'로 배정해달라고 요청했다. 같은 해 버지니아테크 총기 사건으로 세상을 떠난 32명의 영혼을 추모하기 위해서였다. 그리고 팀 번호 '32' 앞에 '인 메모리 오브In memory of'라는 문구도 넣고 싶다고 요청했다. 다르파에서는 규정에 어긋난다며 문구 삽입을 문제 삼았지만, 우리는 꼭 이 문구를 붙여야 한다고 고집스럽게 설득했다. 그렇게 해서 오딘에 표기된 팀 번호는 'In memory of 32'가 되었다.

2007년 겨울에 열린 결승전에서 우리는 전 세계의 내로라하는 팀들을 제치고 상금 50만 달러와 함께 당당하게 3등을 차지하는 영광을 얻었다. 당시 기술로는 가장 어렵다고 알려진 어반 챌린지에서 3등을 거머쥔 것은 정말 대단한 일이었다. 더군다나 우리는 기계공학과 학부생들 위주로

어반 챌린지에서 파란을 일으킨 팀 빅토르탱고와
자동차 오딘. 이 일은 로멜라의 이름을 세계적으로
알리는 계기가 되었다.

구성된 아마추어 팀이 아닌가. 나는 우리가 이런 성과를 냈다는 사실이 너무 자랑스러웠다. 대회에 참석한 다른 사람들이 우리를 놀라운 시선으로 바라보았다. 이때 거둔 성과가 내 이름과 로멜라를 세계적으로 알리는 데 큰 기여를 했다.

어반 챌린지가 끝나고 얼마 후, 미국시각장애인협회National Federation of the Bilnd가 전 세계 연구자들에게 새로운 도전 과제를 내놓았다. 어반 챌린지에서 교통법규도 지키고 갑작스런 장애물도 피해 가는 자동차 자율 주행 기술을 접한 그들이, 무인 자동차 기술을 활용한 시각장애인 자동차 대회를 열기로 한 것이다. 나는 그 새로운 과제에 도전하기로 했다.

내가 특별히 시각장애인들을 위한 생각이 있었던 건 아니었다. 어반 챌린지처럼 꼭 하고 싶어서 달려든 것도 아니고, 인류를 위한다는 거창한 포부를 안고 시작한 것도 아니었다. 그저 우리가 이미 개발한 자동차 오딘을 다시 활용하면 좋겠다는 생각에 참가 의사를 밝힌 것뿐이었다. 어쩌면 부끄러운 이야기지만, 시각장애인들을 위한 자동차 브라이언은 이렇게 그냥 별생각 없이 가볍고, 무디고, 평범하게 시작되었다.

하지만 미국시각장애인협회와 미팅을 하고, 이 대회에 대해 좀 더 잘 알게 되면서 내가 이 도전을 너무 안일하게 생각했다는 사실을 깨달았다. 그들이 원하는 것은 시각장애인을 태우고 돌아다니는 전자동 자동차가 아닌, 시각장애인들이 직접 판단하고 직접 '운전'할 수 있는 자동차였던 것이다. 우리의 오딘을 비롯해 어반 챌린지를 위해 개발된 자동차들은 기계가 스스로 판단하고 운전하는 자율 주행 로봇 차량들이었다. 시각장애인을 태우고 돌아다닐 수는 있어도 그들이 직접 판단하고 운전할 수 있는 차는 아니었다.

나는 이 프로젝트에 대해 처음부터 다시 고민해야 했다. 미국시각장애인협회의 공고를 본 다른 연구자들, 특히 어반 챌린지에 참여했던 대다수 팀들의 반응도 거의 다 비슷했다. "저런 걸 왜 해? 미친 짓이야. 할 필요가 없어. 시간 낭비야"라고 입을 모았다. 상용화하기도 어렵고, 잘해야 본전인 일인 데다 심지어 영화 제목처럼 불가능한 미션^{Mission Impossible}이기 때문이었다. 결국 시각장애인협회가 만든 시각장애인 드라이버 챌린지^{Blind Driver Challenge} 대회에 도전한 팀은 단 하나, 우리뿐이었다. 그 소식을 듣고 갑자기 초조해졌다.

'괜히 한다고 했나? 도전해서 실패해도, 안 하고 포기해도 여간 망신이 아닐 텐데.'

앞을 보지 못하는 이가 직접 운전하도록 하려면 무엇을 어떻게 시작해야 할까? 연구비는 어떻게 마련해야 할까? 다들 하나같이 발뺌하는 이 프로젝트를 진짜로 해야 할까? 정말 무모한 도전일까? 이러한 질문들을 하나씩 던져보니 다른 사람들이 불가능하다고 한 이유가 이해되었다. 하지만 이 프로젝트를 다른 측면에서 바라보기 시작하니, 내 안에서 무언가가 꿈틀거렸다. 시각장애인협회의 제안이 도리어 흥미로워지기 시작했다.

'시각장애인용 자동차라…….'

다들 불가능하다고 하니 도리어 '한번 도전해볼까? 그거 재미있겠는데? 만일 성공하기라도 한다면?'이라는 생각이 들기 시작했다. 그러자 온몸이 긴장되고 짜릿해졌다. 설레고 흥분되었다. '도전' 그 자체가 주는 즐거움이었다.

'너희들, 이거 못 한다고 했지? 근데 내가 해냈어!'

도전하는 이들에게는 모두 저런 마음이 있다. 다들 불가능하다고 생각하는 걸 해냈을 때의 쾌감과 성취감을 떠올려보았다. 가능하지 않다고 생각하면 아무것도 이룰 수 없었다. 인간이 하늘을 나는 것이 불가능하다고만 생각했더라면 오늘날의 비행기는 없었을 것이다.

'그래, 해보자!'

불가능한 프로젝트라고 외치는 내 속의 불안과 초조함을 잠재우고, 시간 낭비라는 다른 사람들의 말도 듣지 않고 나는 그냥 밀어붙였다. '한번 해볼까' 하는 가벼운 생각에서 시작된 시각장애인용 자동차 프로젝트는 '불가능에 대한 도전'이라는 확고한 다짐으로 변해 새로운 출발선에 서게 되었다.

일단 도전하기로 하자 마음속 깊은 곳에서 잔잔히 올라오는 목소리가 있었다. 그 작은 목소리를 처음에는 두려움 때문에, 나중에는 오기와 고민에 가려 제대로 인식하지 못했다. 하지만 시간이 지나면서 점차 나는 그 작은 목소리에 귀를 기울이게 되었다. 시각장애인용 자동차 프로젝트에 도전하기로 결정하고도 한참이 지난 2009년 5월의 어느 봄날, 나는 이 프로젝트가 가진 엄청난 의미를 비로소 깨닫게 되었다. 봄날의 빛나는 햇살보다 더 밝은 무엇인가를 목격한 이후의 일이었다.

시각장애인,
운전을 하다

2008년 이른 봄, 나는 열두 명의 학부생으로 구성된 팀을 짰다. 그리고 5000달러라는 턱없이 부족한 개발비를 가지고 무모해 보일 수 있는 도전을 본격적으로 시작했다.

'이 문제를 대체 어디서부터 어떻게 풀어야 하나.'

아무리 생각해도 감을 잡을 수 없었다. 우리가 시각장애인이 아니기 때문이었다. 시각장애인들의 일상을 제대로 알 수 없으니 어떻게 해야 할지 전혀 가늠할 수 없었다. 신체장애자들을 돕는 기술을 개발하거나 질병을 퇴치하기 위한 연구를 자신의 의무라 여기고 전념하는 이들을 보면, 대개 그들 곁에 그러한 장애가 있거나 질병을 가진 이들이 있는 경우가 많다. 알츠하이머를 앓고 있는 자신의 아버지를 생각하며 알츠하이머 퇴치 연구에 전념하고, 사고로 다리를 잃은 자신의 아들을 위해 의수 개발에 전념하는 경우다. 하지만 나는 친지, 가족, 친구 가운데에도 시각장애인이 없었다. 시각장애인을 만나본 적은 있었을 테지만, 딱히 기억나지 않았다. 그저 시각장애인은 앞을 볼 수 있는 우리와 다르고, 혼자서는 아무것도 하지 못하는 이들이라는 생각밖에 들지 않았다.

일반적으로 기술을 개발할 때면 자신과 밀접한 분야, 혹은 흥미가 있는 주제와 소재를 선택하게 된다. 그런데 나는 시각장애인들과 밀접하지도 않았고, 그들에 대한 관심도 크게 없었다. 그저 나의 관심은 도전과 성공이었다. 그러다 보니 문제 해결의 열쇠가 시각장애인이라는 사실을 잊고 있었다. 그러니 제대로 된 답이 나올 리 없었다.

고민 끝에 시각장애인이 어떻게 생활하는지 이해해야 된다는 결론을 내렸다. 먼저 내 눈을 안대로 가리고 시각장애인들이 쓰는 흰 지팡이로 하루를 살아보기로 했다. 앞을 보지 못하면 어떤 방법으로 주위를 인식하는지, 어떤 소리에 더 귀를 기울이는지, 어떻게 촉각을 사용하는지, 머릿속에선 이런 정보를 어떻게 분석하는지 자세하게 알고 싶었다.

눈을 가리고 흰 지팡이를 든 채 캠퍼스로 나섰다. 그런 내 모습을 보고 사람들이 뭐 하냐고 묻는 통에 자꾸 안대를 벗어야 했다. 앞을 보지 못하는 답답함을 견디다 못해 결국 안대를 벗어 내팽개치기도 했다. 한 시간 정도 되었다고 생각했는데 시계를 보니 20분도 채 지나지 않았다. 왠지 부끄러운 생각이 들었다. 이렇게 하여 될 일이 아니었다.

나는 그 길로 학생들을 이끌고 볼티모어에 있는 미국시각장애인협회를 찾았다. 그곳에서 시각장애인들과 함께 먹고 자고 생활하며 그들이 감각을 어떻게 사용하는지, 보이지 않는 것을 어떻게 인지하는지, 소리와 냄새는 그들에게 어떤 작용을 하는지 등을 가까이에서 지켜보기로 했다. 그들은 우리를 친절하게 맞이했다. 우리가 퍼붓는 질문에도 모두 차근차근 성의껏 대답해주었다. 우리는 그곳에서 그들의 일상을 돕는 특별한 도구나 기계가 있는지, 그리고 그것들은 어떤 기술을 사용하는지, 그들은 그 기계들을 어떻게 사용하는지를 배울 수 있었다.

우리의 관심은 점차 그들이 감각을 사용하는 방법에서 그들이 일상생활을 하는 방법으로 바뀌었다. 여가생활은 어떻게 즐기는지, 영화나 TV에도 관심이 있는지, 공부는 어떻게 하는지, 평상시에 어떤 생각들을 하며 사는지 등을 물어보았다. 구체적으로는 지갑에서 돈을 꺼낼 때 크기가 같은 1달러짜리 지폐와 100달러짜리 지폐를 어떻게 구분하는지, 옷을 입을 때는 어떻게 색깔을 맞춰 입는지, 식당에서 주문은 어떻게 하는지, 식탁 위의 포크, 숟가락, 나이프, 와인 잔, 물잔, 소금, 후추 등을 들었다 놓았다 하면서도 어떻게 물잔 하나 엎지 않고 능숙하게 사용하는지 등등을 말이다. 처음에는 궁금해서 물어봤었는데, 그들의 대답을 들으면 들을수록 신기했다. 그러면서 그들에 대한 애정이 생겨났다.

며칠 동안 그들과 함께 시간을 보내고, 다섯 시간 넘게 운전해서 집으로 돌아오면서 나는 그제야 그들이 나와 다를 바 없는 사람이라는 걸 느꼈다. 그들도 우리와 똑같은 생각을 하고, 똑같은 것을 느끼고, 똑같은 욕망을 가졌으며, 똑같은 능력이 있다는 것을. 단지 눈으로 볼 수 없을 뿐 몸과 머리와 가슴은 우리와 다를 바 없음을. 자신의 능력을 맘껏 발휘하는 시각장애인들도 있음을 알게 되었다.

어떤 이는 훌륭한 변호사로, 어떤 이는 뛰어난 화가로 활동하고 있었다. 심지어 자동차를 능숙하게 튜닝하는 기술자도 있고, 건물 설계 도면을 확인하는 건축가로 왕성하게 활동하는 이도 있었다. 스키를 즐기는 사람, 소리가 나는 특별한 공을 사용해 축구와 야구를 즐기는 사람도 있었으며, 놀랍게도 에베레스트 산 등반에 성공한 사람도 있었다. 그 사실을 나는 미처 알지 못했다. 아니, 못 봤다고 해야 맞다. 어쩌면 맹인은 나였다. 눈 뜬 맹인! 하지만 그들이 별반 다르지 않다는 사실을 알면서도 나는 여전히 그들이 조심스러웠고, 함께 있으면 불편함을 느끼곤 했다.

마크를 포함한 시각장애인협회의 임원들이 로멜라를 방문했을 때였다. 그날 나는 하루 종일 어떻게 해야 할지 몰라 무척 당황했다. 나는 그들이 영화 〈데어데블〉의 시각장애인 슈퍼히어로처럼 초인적인 후각과 청각을 가졌을 것 같았다. 그래서 내 입 냄새를 맡을까 봐 만나기 전에 이를 두 번이나 닦기도 했다. 복도에서 연구소로 가는 방향을 안내해주겠다며 그들의 흰 지팡이를 손으로 잡아 끄는 실수도 했다. 우리 연구소의 로봇들을 소개하면서 계속 "보시다시피As you can see"라 말하고는 속으로 '앗, 실수했네!'라고 혼자 놀라며 갑자기 말을 끊는 등 갈팡질팡했다. 참고로 말하면 시각장애인이 든 흰 지팡이를 손으로 잡아 끄는 건 큰 실례이다. 하지만 시각장애인한테 '보시다시피' 또는 '여기 봐' 하는 식의 관용구를 쓰는 것은 괜찮다고 한다. 게다가 아무 생각 없이 방문객이 오면 늘 하던 대로 프로젝터 스크린에 멋진 슬라이드 프레젠테이션까지 준비해 놓았다. 뒤늦게 아차 싶었다.

무척 당혹스럽고 혼란스러웠다. 그날은 내내 경직되고 엉거주춤한 자세로 땀을 뻘뻘 흘렸다. 그들이 떠날 즈음, 마크가 내게 말했다.

"데니스, 오늘 긴장 많이 했죠? 괜찮아요. 잘 구경하고 갑니다. 저녁 먹고 맥주나 한잔할까요?"

나는 사실 그때까지 시각장애인과 진짜 이야기를 나눈 적이 없었다. 나의 조심스러운 태도가 그들을 더 멀게 느껴지도록 만들었던 것 같다. 식

시각장애인용 자동차 데이비드.
적은 연구비로 시작한
개발이었지만, 우리의 꿈은 더욱
커졌다. 데이비드를 통해 내가
하는 일이 사람들의 삶에 영향을
줄 수 있다는 것을 알게 되었다.
인간을 위한 따뜻한 기술을
개발하는 것. 우리의 역할이고
임무다.

사 후에 함께 맥주를 마시며 허심탄회하게 이런저런 대화를 나누고 그들과 친해지면서 우리가 다르지 않음을 다시 한 번 느꼈다.

그날 저녁, 마크와 여러 가지 이야기를 나누다가 또 하나 중요한 사실을 알게 되었다. 그들이 시각장애인 드라이버 챌린지를 기획한 것은 자신들의 자유와 독립을 가져다줄 기술을 개발하는 이유도 있었지만, 그보다 더 중요한 목적이 있었다. 그들이 진짜로 원하는 것은 시각장애인에 대한 '세상 사람들의 인식을 바꾸는 것'이었다. 세상 사람들이 자신들을 '다른 사람'으로 취급하지 않기를 원했고, 자신들도 같은 사람이라는 사실을 받아들여주기를 바랐다.

길거리를 지나가는 사람 중에 아무나 붙잡고 시각장애인이 할 수 없는 일에 뭐가 있는지 묻는다면, 십중팔구는 '운전'이라고 대답한다. 그래서 그들은 '운전'을 도전 과제로 채택한 것이었다. 기술의 힘을 빌려 시각장애인이 직접 운전하는 모습을 세상 사람들에게 보여주고 싶었던 것이다. 바로 이런 큰 목표를 가진 자동차와 기술을 개발해야 하는 내가 그들을 조심스러워하고 나와는 다른 사람으로 대했다니. 얼굴이 화끈거렸다. 이런 내 마음을 알았을까. 내 얼굴을 보지 못하는 마크가 말했다.

"이제는 우리와 데니스가 다르지 않다는 걸 알았죠? 데니스가 하려는 도전은 매우 중요해요. 세상을 바꾸는 일이죠."

나는 완전히 이해할 수 있었다. 그들이 세상에 보내려는 메시지가 무엇인지를. 편견을 지우고 나니 우리가 무엇을 만들고자 하는지를 정확히 알게 된 것이다. 이 일을 왜 해야 하는지에 대해 명확히 이해하고 사명감을 가졌기 때문일까? 그때까지 까마득했던 문제들의 실마리가 비로소 풀리기 시작했다.

보는 것 외엔 '무엇이든 할 수 있는' 시각장애인을 위한 자동차를 만드는 것이 우리의 과제였다. 이후부터 우리는 새로운 아이디어가 떠오르거나 뭔가를 만들 때마다 시각장애인들과 소통했다. 시각장애인협회 임원들과 전화로 정기적인 회의를 하고 버지니아에 있는 맹인학교에 가서 학생들과 토론하며 새롭게 개발한 기술들을 테스트하고 피드백을 받았다. 버지니아테크의 물리학과 학생이자 시각장애인인 첼시를 멤버로 영입해 함께 기술을 연구했다.

하지만 연구비가 턱없이 부족했다. 겨우 5000달러로는 무엇도 할 수 없었다. 합리적이고 효율적인 지출을 해야 했다. 일단 차량이 필요했다. 나는 이베이에서 온라인 경매로 저렴한 가격에 모래밭 주행용 소형차인 둔 버기Dune Buggy를 마련했다. 그리고 여러 회사에 직접 연락을 취했다. 우리가 이루려고 하는 일이 무엇인지, 얼마나 중요한 일인지를 설명하고 값비싼 센서나 전자 기기들을 기부 받았다.

무엇을 해야 할지 몰랐을 때는 정말 별의별 황당한 아이디어를 내놓기도 했다. 말도 안 되는 것도 많았다. 생각처럼 되지 않아 당황스럽고 답답하기도 했다. 하지만 실패라고 생각하지 않았다. 내게는 이 모든 것이 과정이었다. 프로젝트에 함께 참여하는 학생들과 시각장애인들 모두 그 과정을 즐기기를 바랐다. 그렇게 반복되는 실패와 수정을 거쳐 드디어 2009년 봄, 우리는 작지만 더 큰 꿈을 향한, 희망의 자동차 데이비드

DAVID: Demonstrative Automobile for the Visually Impaired Driver를 완성했다.

2009년 5월의 어느 화창했던 날, 버지니아테크 캠퍼스 주차장. 여기저 기 어지럽게 전선들이 널려 있고, 센서들과 전자 기기들이 주렁주렁 달 려 있는, 마치 달 착륙선같이 생긴 빨간 자동차 데이비드가 놓여 있었다. 그 주위에서 우리 학생들이 분주히 움직이고 있었다. 멀리서 검은색 자 동차가 천천히 다가와 우리 앞에 멈추었다. 뒷좌석에서 멋지게 양복을 차려 입은 남자 두 명이 내렸다. 마크와 웨스였다. 데이비드를 처음으로 시운전하는 역사적인 날, 시운전을 하게 된 시각장애인협회 소속 회원들 이었다.

마크와 웨스는 인사와 함께 수고했다는 말을 건네고 운전법을 설명하 는 학생들의 말을 경청했다. 질문도 별로 없었다. 특별히 긴장되어 보이 지도 않았고, 성공에 대한 큰 기대도 없는 듯 보였다. 웨스는 운전석에 조 심히 앉아 옆 좌석에 앉은 학부생 그렉의 설명을 덤덤한 표정으로 고개 를 끄덕이며 들었다. 설명에 따라 운전대를 좌우로 흔들어보고, 브레이 크와 가속페달도 밟아보며 몸을 풀었다. 나는 웨스의 손에 차 열쇠를 쥐 어주며 말했다.

"성공을 빌어요. ……그리고 즐겨요!"

나는 태연한 척했지만 속으로는 조마조마했다. 우리 학생들이 안대로 눈을 가리고 수없이 실험을 해봤는데, 완벽하게 작동되지는 않았기 때문 이다. 문제도 자주 발생했다. 게다가 무엇보다 한 번도 자동차 운전대를 잡아본 일이 없는 시각장애인이 어떻게 이 기계를 작동할지 도무지 예측

시각장애인 차량을 운전하며 환하게 웃던 웨스.
웨스를 통해 나는 알았다. 내가 하는 일이
사람들의 삶에 영향을 줄 수 있다는 것을.
사람들에게 행복을 가져다줄 수 있다는 것을.

할 수 없었다.

부르릉. 엔진이 저음을 내며 켜지고 시동이 걸렸다. 조심스레 페달을 밟는 웨스. 데이비드가 천천히, 아주 천천히 앞으로 나아가기 시작했다. 웨스는 머리에 쓴 헤드폰에서 컴퓨터가 보내는 지시를 들으며, 운전대에서 '클릭 클릭' 하는 진동에 집중했다. 차선을 표시하는 원뿔 모양의 오렌지색 교통 표식 트래픽 콘들을 가끔씩 가볍게 툭툭 건드렸지만 그래도 도로 중앙 주행을 유지하기 위해 왼쪽, 오른쪽으로 삐뚤삐뚤 나아갔다. 달려간다고 표현할 수는 없지만 그래도 엉금엉금 빨간 자동차 데이비드가 굴러갔다. 무슨 일인지 모르는 사람이 보면 우스꽝스러울 정도로 엉망진창인 주행이었다.

하지만 나는 데이비드가 굴러가는 모습을 주먹을 꽉 쥐고 긴장하며 초조하게 바라보았다. 자동차의 움직임과 컴퓨터 모니터에 뜨는 자동차 센서들의 상황을 번갈아 보면서 신경 쓰느라 다른 것은 눈에 들어오지도 않았다. 그러다 모니터에서 고개를 들어 엉금엉금 굴러가는 자동차를 보았는데, 순간 웨스의 얼굴이 눈에 들어왔다.

그렇게 행복해하는 사람의 얼굴을 나는 그때까지 본 적이 없었다. 입에 귀가 걸린 듯한 함박 미소였다. 화창한 봄날의 빛나는 태양보다도 더 밝은 그의 얼굴! 너무나도 행복해하던 그 미소가 아직도 또렷하게 기억난다. 죽을 때까지 잊을 수 없을 것이다. 헬렌 켈러가 '워터Water!'를 외칠 때의 표정이 그랬을까? 새로운 세계를 경험한 사람의 희열이 거기 있었다. 엉금엉금 삐뚤삐뚤 천천히 기어가는 자동차의 운전석에 앉아서 웨스는 자유를, 행복을, 희망을 느낀 것이다.

그 순간 나는 내가 하는 일이 사람들의 삶에 영향을 줄 수 있다는 것을, 사람들에게 행복을 가져다줄 수 있다는 것을 알았다. 나의 연구가 사람들의 삶의 질을 향상시키고, 사회가 발전하는 데 도움을 줄 수 있음을 가슴 깊이 느꼈던 것이다. 교수로서, 연구자로서, 공학자로서, 교육자로서 연구하고, 성과도 내고, 논문도 발표하고, 학생을 가르치고, 강연도 하고 있었지만, 내가 하는 일이 사람들에게 직접적으로 영향을 준다고는 믿지 않았던 것 같다. 머릿속으로는 그렇다고 알고 있었지만, 가슴으로 느끼지는 못했다는 표현이 맞을 것이다.

그날 나는 웨스의 표정을 보고 가슴으로 느꼈다. 우리의 연구가 한 사람에게 이만큼 행복을 가져다줄 수 있다면, 세상의 다른 장애인에게도 그런 행복감을 안겨주지 못할 이유가 없었다. 나는 막중한 책임감과 의무감을 느꼈다.

'이것이 내가 할 일이다. 꼭 해야 하고, 꼭 성공해야 하는, 내 인생에서 가장 중요한 일이다.'

불가능이란 없다는 오기로 도전한 프로젝트. 하지만 이제는 '성공을 위한 성공'이 아닌, 성공해야 할 훨씬 더 중요한 이유가 생겼다. 사람들에게 행복을 줄 수 있는, 인간을 위한 따뜻한 기술을 개발하는 것. 그것이 내게 주어진 역할이고 임무였다. 5월의 그 화창한 봄날. '맹인'이었던 내가 드디어 눈을 떴다.

저항이 있다면 세상을
바꾸고 있다는 증거

버지니아테크 캠퍼스에서의 첫 실험을 성공적으로 마친 얼마 후에 우리에게 데이비드를 시연할 기회가 다시 찾아왔다. 계절이 바뀐 여름, 메릴랜드주립대학교에서 시각장애인 학생들을 위한 캠프가 열린 것이다. 우리는 시각장애인 학생들에게 자동차 엔진의 작동원리와 비시각 인터페이스_{사용자인 인간과 컴퓨터를 연결해주는 장치 기술}에 대해 강의를 해주었다. 그리고 훗날 이 자동차의 주인이 될 그들에게 펑크 난 타이어 바꾸기, 오일 바꾸기 등 자동차에 관한 여러 체험을 할 수 있는 기회를 제공했다.

캠프 마지막 날에는 그들이 직접 데이비드를 운전해볼 수 있는 기회도 마련했다. 큰 주차장을 막고 트래픽 콘으로 길을 만들어 한 명씩 차례로 운전하게 한 것이다. 많은 학생들이 차선 밖으로 삐뚤삐뚤 달리며 트래픽 콘을 넘어뜨렸다. 어떤 학생은 과속으로 달려 간담을 서늘하게 하기도 하고, 또 어떤 학생은 답답할 정도로 조심조심 엉금엉금 차를 몰기도 했다. 운전 방식은 각기 달랐지만, 다들 너무도 신이 나서 운전석에서 소리를 질렀다. 비록 지금은 앞을 보지는 못해도, 그날 데이비드의 운전대를 잡고서는 자신들의 미래를 본 것이다. 직접 자신이 자동차를 운전하며 자유를 누리는, 언젠가는 오게 될 미래를 경험한 것이다.

그날 캠프를 취재하러 온 《워싱턴포스트》의 기자가 그 광경을 보았다. "제 인생에서 가장 값진 경험이었어요!"라고 외치는 학생들을 취재하면서 그는 데이비드의 기술에 대해 관심을 갖기 시작했다. 그는 몇 시간 동안이나 프로젝트를 진행하고 있던 우리 학생들을 인터뷰하며 이런저런 질문을 했다. 다음 날 아침, 아무 생각 없이 《워싱턴포스트》를 펼친 나는 1면 머리기사에 대문짝만 하게 실린 기사를 보고 놀라 자빠질 뻔했다. "달 착륙에 버금가는 성과"라는 헤드라인으로 우리가 이룬 성과를 극찬하고 있었다. 2009년 8월 1일에 실린 그 기사는 2면까지 이어졌다.

이후부터 우리 프로젝트는 여러 매스컴을 타며 순식간에 많은 사람들에게 알려지기 시작했다. 전화, 이메일, 편지들이 쇄도하기 시작했다. 대부분 시각장애인들이나 그 가족들에게서 온 감사의 인사였다. 우리의 노력이 그들에게 얼마나 희망과 용기를 주는지 모른다며, 정말 행복하고 한없이 고맙다는 내용이었다. 또 어떻게 해야 자신들이 도움이 될 수 있을지, 시제품 자동차를 운전해볼 수 있는 기회를 얻을 수 있는지에 대한 다양한 질문들도 쏟아졌다. 눈물을 흘리지 않고는 읽을 수 없이 슬프고 감동적인 이야기들도 있었다. 그 이야기들은 우리에게 용기를 내라고 다독이며 힘이 되어주었다.

좋은 내용의 편지만 받은 건 아니었다. 생각지도 못했던, 태어나서 처음으로 욕설이 담긴 편지들을 받아 읽어보고는 심장이 멎는 줄 알았다. 입에 담을 수도 없는 욕을 하며 "도대체 정신이 나간 거 아니냐", "누구를 죽이려 드는 것이냐", "당장 중단하지 않으면 가만두지 않겠다"라고 협박하는 내용도 있었다. 처음에는 충격을 받아 가슴이 쿵쾅쿵쾅 뛰며 편지를 잡은 손이 떨려 끝까지 읽지도 못했다.

세상을 돕기 위한 우리의 노력에 도대체 왜 그런 증오와 분노의 감정들을 내보이는지 이해할 수 없었다. 하지만 곧 시각장애인에 대한 편견이 가득 찬 일부 편지를 제외하고는 대부분이 '안전에 대한 오해'와 '검증되지 않은 새로운 기술에 대한 불안'에 보낸 편지였다는 것을 알게 되었다.

"지금도 운전 중에 휴대전화로 문자를 보내는 젊은이들 때문에 사고가 많이 나는데, 맹인이 운전해서 사고가 나 사람이 죽기라도 하면 당신이 책임질 건가요?"

"이건 미친 생각이에요! 기계는 결국 다 고장 나게 마련인데 당신이 만든 기계의 컴퓨터에 문제라도 생기면 어떻게 할 겁니까?"

"언제 어디서 무엇이 튀어나오고 어느 차가 끼어들지도 모르는 게 운전인데, 이걸 도대체 시각장애인들이 어떻게 하겠다는 겁니까? 말도 안 되는 바보 같은 생각이에요. 앞을 보지 못하면 택시를 타야지, 운전이 뭔 말입니까!"

언제나 새로운 기술이 나오면 불편해하거나 불안해하는 사람들이 있게 마련이다. 기존에는 없었던 혁신적인 기술, 업계를 완전히 재편성하게 만드는 파괴적 기술disruptive technology일수록 더욱 그렇다. 무인 자동차 기술은 하루가 다르게 발전하고 있다. 이제는 구글, 우버 등에서 만든 무인 자동차를 길에서도 볼 수 있다. 사람들은 무인 자동차는 곧 상용화 단계에 진입할 것이라고 생각하지만, 시각장애인들이 운전할 수 있는 자동차는 상용화되기 어렵다고 생각한다.

사실 무인 자동차처럼 센서들을 사용해 컴퓨터가 스스로 운전을 할 수

비록 지금은 앞을 보지 못하는 이들이지만, 언젠가는 직접 자신의 자동차를 운전하며
자유를 누리는 미래를 경험하게 될 것이다. 나와 로멜라는 그 미래를 위해 오늘도
직접 체험하고 배우고 노력하고 있다. 우리가 하는 일은 '세상을 바꾸는 일'이다.

있다면 같은 센서들을 사용해 앞을 보지 못하는 사람이 운전하는 것도 전혀 문제될 이유가 없다. 그래서 나는 이 시각장애인용 자동차가 상용화되기 위한 비시각 인터페이스 같은 기술적인 문제들은 모두 몇 년 안에 해결될 수 있다고 생각한다. 문제는 '우리 사회가 그러한 기술을 받아들일 준비가 되어 있는가'다.

그래서 나는 그러한 편지일수록 꼭 답장을 했다. "이 자동차는, 현재 우리가 타고 다니는 자동차만큼, 또는 그보다 더 안전하다고 판명되기 전까지는 일반 도로에서는 운행되지 않을 것"이라고 안심시켰고, "비행기도 자동 운전 장치인 오토 파일럿auto pilot이라는 컴퓨터가 조종하지만 비행기를 탈 때 의심하거나 걱정하는 사람이 아무도 없지 않냐'며 되묻기도 했다. 이 마법 같은 자동차로 인해 비롯되는 불안함을 없애기 위해 이 자동차의 복잡한 기술을 이해하기 쉽게 설명해주고, 우리가 하려는 일의 의미와 이 일이 담고 있는 더 큰 메시지를 전달하려고 애썼다.

어쩌면 이 모든 것은 나 스스로를 안심시키기 위한 노력이었는지도 모른다. 모두가 이 프로젝트의 참 의미를 알아야 한다고 생각했다. 우리 프로젝트에 대한 이야기가 TV, 잡지, 신문, 인터넷 기사, 라디오 등의 매스컴을 타기 시작하면서 나는 우리가 사용하는 기술에 대한 구체적인 설명보다는 그 참 의미에 대해 더 중점을 두고 이야기하곤 했다. 그 때문인지 점점 부정적인 편지는 오지 않았다. 하지만 우리의 노력에 대한 '저항'은 여기서 그치지 않았다.

미국에도 여러 시각장애인협회가 있다. 대부분의 조직들이 그러하듯

그들도 각자의 정치적인 견해가 있고 파벌이 존재하는 듯하다. 미국시각
장애인협회는 시각장애인들의 독립과 평등을 주장하며 이 프로젝트를
적극 지원하는 쪽이었다. 반면 다른 협회들은 시각장애인들이 다른 사
람과 똑같은 취급을 받기 시작하면 자신들을 위한 특별 시설들이나 혜택
이 줄어들 것이라고 걱정했다. 또한 운전하다 사고가 나기라도 하면 시
각장애인에 대한 부정적 시각이 커지고 악영향을 미칠 것이라는 이유로
이 프로젝트를 저지하도록 압력을 행사했다. 인터넷에서도 치열한 논쟁
이 벌어졌다. 내 이름을 거론하며 이 프로젝트를 막아야 한다고 호소하
는 이들도 있었다.

혼란스러웠다. 배신감마저 들었다. 시작은 불가능에 도전한다는 것이
었을지 모르지만, 막상 프로젝트를 진행하면서 나는 그들을 돕기 위해
열정을 불태우고 시간을 투자했다. 이런 나의 노력을 두고, 일부 일반인
들에게서 온 부정적인 편지들은 그렇다 치더라도, 시각장애인들마저 그
런 식의 반응을 보인다는 것이 충격이었고 믿을 수 없었다. 회의감마저
일었다. 연이은 걱정과 고민으로 스트레스성 두통까지 생겼다.

'어떻게 해야 하나……'

어느 날 아무것도 못 하고 힘없이 멍하게 앉아 있는데, 같은 학과의 나
이 지긋하신 동료 교수님 한 분이 지나가시며 한마디 툭 던지셨다.

"데니스, 저항이 있다는 것은 세상을 바꾸고 있다는 증거야If you are not
getting resistance, then you are not really changing the world."

저항이 있다는 것은 세상을 바꾸고 있다는 증거! 그 말이 내게 많은 위

로를, 더 나아가 용기를 주었다. 새로운 기술에 대한 압력과 저항이 담긴 공격적인 편지들은 결국 내가 하는 일이 곧 세상을 바꾸는 일이라는 사실을 확인해주는 셈이었다. 그렇게 생각하고 나니 모든 게 편해졌다. 이때의 경험이 나에게는 큰 자산이 되었다. 이제는 이러한 저항과 부정적인 의견들에 부딪힐 때면 흔들리지 않고 소통한다. 그러면 십중팔구는 고개를 끄덕이며 행운을 빌어주고 다독여준다.

데이비드로 촉발된 논란과 사람들이 그걸 받아들이는 과정을 보면서 나는 데이비드가 가진 잠재력과 그 기술이 미치는 영향력에 대해 다시 한 번 깨닫게 되었다. 데이비드는 사실 아무런 장애물도 없는 공터에서 트래픽 콘으로 정의된 길에서만 엉금엉금 갈 수 있는 조그마한 둔 버기 자동차에 불과했다. 하지만 진짜로 세상을 바꿀 수 있는 가능성을 품고 있는 꿈의 자동차이기도 했다. 데이비드는 그만큼 중요한 의미를 지니게 된 것이다.

그런 데이비드를 그저 가능성이나 꿈으로만 남길 수는 없었다. 나는 곧 다음 단계를 기획하기 시작했다. 시각장애인이 다른 자동차들이 다니는 실제 도로에서 운전할 수 있는 진짜 자동차를 만들기로 결심한 것이다. 잠시 동안이긴 했지만 저항과 부정적 의견들 때문에 겪었던 슬럼프에서 벗어났다. 나는 시각장애인협회에 사업 제안서를 제출하고 연구비를 마련했다.

개발 시간을 줄이기 위해 여러 가지 새로운 비시각 인터페이스를 장착해 실험하기 좋은 골프 자동차 비비안VIVIAN: Visually Impaired Vehicle Interfaces for

Advanced Navigation을 만들어 시각장애인들과 함께 매일같이 실험을 했다. 그리고 작업의 속도를 높이기 위해 다르파 어반 챌린지의 성공 이후 본격적으로 무인 자동차 개발과 연구를 위해 졸업생들과 함께 차린 스타트업 회사 토크TORC에 일을 주었다. 어반 챌린지에 사용했던 일부 기술들도 사용했다.

프로젝트의 의미를 인식하며 큰 뜻을 품었기 때문이었을까. 우리는 시각장애인들과 함께하며 1년이라는 아주 짧은 시간 안에 브라이언을 완성했다. 세상을 바꿀 진짜 자동차 브라이언은 이렇게 탄생했다.

브라이언이 성공할 수 있었던 이유 중 하나는 우리가 시각장애인들을 이해하려고 노력했고 또 그들과 함께 일했기 때문이라고 생각한다. 데이토나 국제 자동차 경기장에서 브라이언이 성공적으로 시연된 이후, 우리의 노력을 곱지 않은 시선으로 보던 시각장애인협회 중 한 곳의 블로그에서 다음과 같은 글을 보게 되었다.

"학자들, 과학자들, 엔지니어들이 우리를 많이 찾아와요. 개발한 결과물들을 가지고 와서는 이걸 개발했는데 우리가 한번 사용해보면 기가 막힐 거라고 이야기해요. 그런데 써보면 정말 쓸모없어요. 예를 들면 지팡이요. 사람들은 거기에 센서를 달아서 무언가를 인식하게 만들면 우리가 편할 것 같다고 생각해요. 근데 그런 것은 필요 없어요. 지팡이는 그 자체로 완벽하거든요. 값도 싸고 가벼우니까요. 그걸로 다 할 수 있어요. 사람들이 괜히 이상하고 쓸데없는 걸 만든 거지요. 그건 다 우리를 몰라서 그런 거예요. 그런데 브라이언은 달라요."

브라이언은 직접 시각장애인의 곁에서 보고 듣고 경험하면서 그들의 삶을 이해하려 노력했던 우리의 진심이 만들어낸 결과물이다. 시각장애인과 함께 개발한, 그들을 위한 자동차라는 사실이 결국은 전해진 것이다.

허름한 주차장의 영웅들

데이토나 국제 자동차 경기장에서 일반인들에게 브라이언의 주행을 시연하기 바로 전날, 우리는 경기장 뒤 조그마한 주차장에서 남들의 눈을 피해 연습을 했다. 위낙 중요한 시연이라 시간이 조금이라도 나면 운전대를 잡고 연습했다. 또 호텔 방에서도 우리가 개발한, 전자오락실의 자동차 운전 기계 같은 브라이언의 시뮬레이터로 연습했다. 우리가 운전 연습장으로 사용한 주차장은 가게들이 문을 달아 텅 비어 있었는데, 허름했고 아스팔트 바닥도 엉망이었다. 안전을 위해서 입구를 차단하고 트래픽 콘을 세운 코스를 만들어 연습했다.

1월답지 않게 따사로웠던 그날, 주차장에 도착한 마크의 표정이 왠지 여느 날과는 달라 보였다. 큰일을 앞두고 긴장한 모습은 아니었다. 뭔가 표정이 평소와는 좀 다른 느낌이었다. 슬픈 것도 아니고, 기쁜 것도 아니고, 어떤 북받치는 감정들이 쏟아져 나와 감당 못 하는 표정이라고밖에 표현할 수 없는 묘한 얼굴…… 천천히 내 쪽으로 걸어오는 마크의 손에

마크는 연구자로서의 역할을 다시금 깨닫게 해준 친구다.
그는 말했다. "데니스가 하려는 도전은 매우 중요해요.
세상을 바꾸는 일이에요." 그리고 우리는 함께 해냈다. 이후로
나는 기술을 개발할 때마다 '이 기술은 누구를 위한 것인가'를
먼저 생각한다. _____

무언가가 있다는 것을 알아챘다. '저게 뭐지?' 하는 의문은 그가 가까이 다가오자 금방 풀렸다.

'어린이용 자동차 안전 의자다!'

마크의 뒤를 따라 그의 아내 멜리사가 한 손에는 흰 지팡이를 들고, 다른 한 손에는 어떤 꼬마의 손을 잡고 걸어왔다. 이 귀여운 꼬마는 마크의 세 살짜리 아들 오스틴. 마크는 태어나서 처음으로 아내와 아들을 차에 태우고 운전을 하려는 것이다! 나의 가족을 태우고 운전을 한다는 것. 보통의 사람들에게는 당연한 일이겠지만, 마크에게는 그렇지 않았다. 그 벅찬 의미를 누가 알겠는가. 나도 모르게 눈물이 흘러내렸다. 몸이 얼어붙었다. 어린이용 안전 의자를 차에 장착하는 마크에게 '도와줄까?'라는 말도 못했다. 보통의 사람들에게도 어린이용 안전 의자를 장착하는 것은 꽤 까다로운 일이다. 시각장애인 마크에게는 더욱 더 어려운 일일 터. 설명서를 읽을 수도 읽어본 적도 없었을 테고, 실제로 해본 적도 없었을 것이다. 거기에 생각이 미치고 나서야 나는 정신을 차렸다. 마크에게 도와주겠다고 말하니 그가 떨리는 목소리로 말했다.

"아니, 내가 할게. 혼자 할 수 있어. 내가 직접 하고 싶어."

놀랍게도 그는 서툰 손놀림으로 꽤 빠르게 안전 의자를 장착했다. 그의 눈빛에 어린 '뿌듯함'을 볼 수 있었다. 그의 뒤를 애니메이션 〈카〉의 주인공인 맥퀸이 그려진 빨간색 티셔츠를 입은 오스틴이 "부아앙" 하고 운전하는 흉내를 내면서 뛰어다녔다. 그러다 "이제 운전할 준비 됐어, 아빠?"라고 말하며 깡총깡총 제자리에서 뛰었다. 마크는 그런 오스틴을 두 손으로 번쩍 안아 올린 뒤 안전 의자에 앉히고 벨트를 채워주었다. 그 뒤에서 조용히 기다리며 아들과 남편의 모습을 그려보는 멜리사의 얼굴에 퍼지던 잔잔한 미소를 난 잊을 수가 없다. 잠시 뒤 마크는 멜리사를 위해 신사답게 옆문을 열어주었다.

"여보, 타!"

어색한 듯 머뭇거리다 피식 웃으며 타던 그녀의 행복한 모습. 가슴이 또 찡하게 아려왔다.

그 뒤로는 솔직히 잘 기억나지 않는다. 마크가 조그마한 주차장을 두 번 정도 무사히 돌고 가족들을 내려준 것 같은데 왠지 그 모습이 잘 생각나지 않는다. 나도 앞을 볼 수 없는 그들처럼 그 당시의 느낌을 간직하려고 했기 때문일까? 그저 그때의 벅찬 기분만은 지금도 기억하고 있다.

그날 브라이언 옆에는 브라이언과 똑같이 생긴 자동차가 하나 더 있었다. 그 자동차의 이름은 안드리아ANDREA: Automobile for Non-visual Driving Research, Education, & Advancement다. 혹시라도 브라이언에게 기계적으로 문제가 생길 경우를 대비해 브라이언과 똑같이 만들어둔 예비 자동차였다. 첫 시연이 성공이냐 실패냐 하는 것은 매우 중요했다. 단순히 이 연구 과제에만 국한된 문제가 아니었기 때문이다. 시각장애인들에게는 희망을, 다른 연구자들에게는 가능성을 보여주는 일이었다. 그런 역사적인 시연이니만큼 실패하지 않도록 우리는 완벽을 기해야만 했다. 그렇기에 모든 시스템을 백업해두었고, 네 명의 운전 후보자를 뽑아 그들에게 운전을 가르쳐주고 연습을 시키고 또 시켰다. 그리고 시연 한 달 전, 최종적으로 두 명을 뽑왔다. 마크와 애닐이었다.

애닐과 나는 2009년 여름 메릴랜드주립대학교에서 열린 캠프에서 처음 만났다. 그때 브라이언을 타본 애닐은 신이 나서 흰 지팡이를 높이 쳐들고 "맹인이 운전을 해요! 맹인이 운전을 해요!"라며 큰 소리로 노래를 부르며 돌아다녀 많은 이들에게 웃음을 선사했다.

웃음기와 장난기가 많은 애닐은 젊었을 때는 스포츠카도 타고 다니던 멋쟁이였다고 한다. 지금도 베레모를 쓰고 늘 멋지게 차려 입고 다니는 멋쟁이 친구다. 가수 스티비 원더를 연상시키는 그는 태어날 때부터 망막색소변성증을 앓았으며, 대학 졸업을 며칠 앞두고 갑자기 시력을 잃었다. 그래도 용기를 잃지 않고 점자도 배우고 흰 지팡이를 들고 혼자 다니는 법도 배웠다. 이제는 시력을 잃게 된 다른 젊은이들을 돕고 있다. 점자 교과서를 보급하는 일에도 힘쓰는 등 시각장애인 교육에 앞장서고 있다.

시연 이틀 전에 시각장애인협회에서 마크와 애닐 둘 중에 역사적인 첫 시연 운전자를 지명하기로 했다. 그날이 다가올수록 사람들은 그날의 영광을 과연 누가 얻을까 하며 쑥덕거렸다. 두 사람은 겉으로는 태연한 척했지만, 속으로는 심히 애가 탔을 것이다. 시각장애인협회는 결국 마크를 선택했고 애닐은 만일의 경우를 대비한 예비 운전자로 정해졌다. 애닐은 이 중요한 '사건'의 처음이 될 수 있는 기회를 놓쳤는데도 특유의 유머 감각을 잃지 않고 "아, 나는 이제 보험이네!"라고 우스갯소리를 했다.

어쩌면 실망이 컸을지 모를 우리의 '보험' 애닐은, 그럼에도 이 프로젝트의 중요성을 알고 끝까지 함께해주었다. 진지하게, 단 한마디의 불평도 없었다. 마크의 시연 바로 전까지도 운전 연습을 게을리하지 않았다. 완주에 성공한 마크가 관중의 환호성을 한 몸에 받고, 끊임없이 질문하는 기자들과 카메라 플래시에 둘러싸여 영웅 대접을 받을 때에도 섭섭한 기색 하나 없이 마크 옆에서 함께 웃어주었다. 그 모습에 존경스러운 마음이 들기까지 했다.

데이토나에서의 모든 일정을 마친 뒤, 남은 장비들을 회수하고 짐을 싸기 위해 다시 그 허름한 주차장에 들렀다. 아무도 없을 줄 알았던 그 한적하고 외진 곳에 애닐을 비롯한 몇몇 사람이 와서 기다리고 있었다. 안드리아에 앉아서 운전하는 모습을 카메라에 담기 위해 왔다고 했다. 사진을 찍어봤자 자기는 보지도 못할 것이지만 그래도 후손들에게는 남겨야 하지 않겠냐며 허허 웃던 애닐.

애닐은 내게 "사람들은 나를 볼 수 있어도 나는 그들을 볼 수 없다. 하지만 눈으로는 보지 못하더라도 가슴으로 느낄 수는 있다"라고 말했다. 데이토나 국제 자동차 경기장에서의 마크는 온 세상이 지켜봤지만, 그 옆에 있던 애닐을 보고 기억하는 사람은 얼마나 될까? 눈으로 볼 수 없는 애닐이 가슴으로 사람을 느끼듯, 그의 존재를 느낀 사람이 한 명이라도 있었을까? 그런데 애닐은 이렇게 말했다.

"사람들이 나를 보든 느끼든 상관하지 않아. 기억할 사람도 없을 거야. 그런 건 중요하지 않아. 중요한 건 세상이 '우리'를 보았고 함께한 성공을 느낀 거겠지. 우리가 함께 이루었다는 것, 모두가 자기가 맡은 일을 진심으로 받아들이고 함께 이루었다는 것이 자랑스러워. 그래서 더없이 기뻐. 그리고 무척 고맙군, 친구. 이제 나도 널 '우리와 같은 사람'이라고 받아들이겠어. 허허허!"

오히려 애닐은 나를 그들과 같은 사람으로 받아들이겠다고 말했다. 그러고는 "맹인이 운전을 해요"라며 한껏 노래를 불렀다. 나는 호탕하게 웃으며 돌아가는 애닐의 뒷모습을 오래 바라보았다.

어렵게 성공한 우리의 프로젝트. 하지만 내게 진짜로 중요한 교훈을 가르쳐준 곳은, 화려한 데이토나 경기장도, 영웅이라 환호하는 사람들의 함성으로 가득 찬 멋진 파티장도 아니었다. 경기장 뒤의 허름한 주차장이었다. 우리가 연습을 거듭하던 지저분하고 조그마한 주차장. 그곳에서 내가 경험하고 배운 일들이 내게는 참으로 소중하다.

진정한 용기를 보여준 마크와 헌신적인 책임감을 보여준 애닐. 이 두 영웅과 함께하면서 나는 내가 하는 일이 사람들에게 진정으로 행복을 가져다줄 수 있음을 알았고, 그들도 우리와 똑같은 삶을 살 수 있다는 걸 알았다. 그들을 진심으로 응원하고, 내가 해야 할 일에 대한 책임감을 가슴 깊이 느꼈다.

앞으로도 공학자로서 연구하고 일하면서 여러 가지 어려운 일에 부딪힐 것이다. 힘든 일도 더 많아질 것이고, 고민도 더 늘어날 것이다. 그런 때가 오면 나는 조용히 눈을 감고 그때의 그 기분을 되새길 것이다. 사람들이 행복해지는 데 도움을 주는 따뜻한 기술을 개발하는 것이 바로 나의 일임을 다시 한 번 느낄 것이다. 이 값진 경험이 나를 이끌어주는 중요한 길잡이 역할을 해줄 것이다. 흔들릴 때마다 나를 잡아주고 앞으로 나아가게 할 것이다. 내 자리가 어디인지, 내가 왜 이 자리에 왔는지, 내가 어떻게 여기까지 왔는지 일깨워줄 것이다.

하나의 길이
또 다른 길이 된다

시각장애인을 위해 개발한 브라이언이지만 여기에서 개발된 기술은 기존 자동차를 더 안전하게 만드는 데도 사용될 수 있다. 우리가 사용한 센서들은 비나 눈이 와도, 안개가 끼고 어두워도, 차 주변의 장애물을 쉽게 인지할 수 있게 해주고, 위험한 상황이면 운전자에게 경고도 해준다. 무인 자동차에도 사용될 수 있음은 물론이다.

하지만 이 프로젝트는 사실 '자동차 기술 개발'을 위한 것은 아니었다. '운전'에 관한 프로젝트도 아니었다. 이 프로젝트는 비시각 인터페이스 개발에 관한 것이었다. 보지 못하는 사람에게 정보를 정확하고 빠르게 전달할 수 있는 기술을 만드는 것이 이 프로젝트의 핵심이었다. 그렇기에 '자동차 운전'을 주제로 삼은 것이다. 일상생활을 하면서 우리가 시각에 가장 많이 의존하는 일이 자동차 운전이라고 생각했기 때문이다. 결론적으로 브라이언에서 성공적으로 입증된 비시각 인터페이스 기술들을 다른 곳에서도 적용할 수 있다는 말이다. 특히 스마트폰같이 터치를 주 인터페이스로 하는 기기들이 점점 더 늘어나고 있다. 이는 시각장애인이 사용하기 어려운 방식이다. 때문에 비시각 인터페이스 개발의 중요성도 점점 더 높아지고 있다.

시각장애인들이 일상생활뿐 아니라 직장, 학교에서도 일반인과 동등하게 정보에 접근할 수 있도록 비시각 인터페이스를 개발하는 것은 매우 중요하다. 컴퓨터는 물론이고 심지어는 사용법이 간단한 복사기까지도 시각장애인이 사용할 수 있도록 해야 한다. 시각장애인들에게 '아무 필요 없는 기계'가 되도록 해서는 안 된다. 교실에서 선생님이 칠판에 글씨를 쓸 때, 비시각 인터페이스 기술을 사용해 시각장애인이 칠판의 글씨를 알 수 있으면 얼마나 좋을까? 이보다 더 값지고 따뜻한 기술이 또 있을까?

나는 내가 살아 있는 동안에 언젠가 내 옆 차선에서 시각장애인이 운전하는 모습을 보게 되는 날이 오리라 확신한다. 물론 시각장애인용 자동차가 상용화되려면 아직 더 많은 연구와 개발이 필요하다. 우리가 데이토나 국제 자동차 경기장에서 세상에 보여준 것은 그 가능성의 토대일 뿐이었다.

그 광경을 지켜본 많은 연구자들로부터 수없이 연락이 오기 시작했다. 본인들이 개발한 인터페이스 기술을 어떻게 바꾸면 시각장애인이 사용할 수 있을지, 그들이 개발한 알고리즘을 우리 차에 적용할 수 있을지 하고 말이다. 브라이언이 비시각 인터페이스 연구에 중요한 출발점이 된 것이었다. 그래서 우리는 시각장애인협회에 우리가 개발한 '역사적인 차' 브라이언을 기증했다. 대신 '브라이언과 함께 전국의 연구소들을 방문하면서 그곳의 과학자들, 엔지니어들과 새로운 비시각 인터페이스 기술을

데니스 홍, 상상을 현실로 만드는 법

개발하고 협업하는 데 사용해야 한다'는 조건을 달았다.

　내 전문 분야는 로봇공학이지 시각장애인을 위한 비시각 인터페이스 기술이 아니다. 하지만 시각장애인을 위한 자동차 개발에 내가 기여하고, 이루고자 했던 일들이 모두 성공적인 결실을 맺어 다행이라고 생각한다. 덕분에 많은 사람들을 위한 따뜻한 기술 개발의 중요성을 가슴 깊이 새길 수 있었다. 시각장애인에게 세상이 조금이라도 좋은 쪽으로 변화될 수 있도록 하는 일의 첫 단추를 잘 꿴 것 같아 뿌듯하기도 하다.

　이것은 시작에 불과하다. 시각장애인과 함께 생활하고 대화를 나누면서 새롭게 알게 된 사실이 있다. 시각장애인이 흰 지팡이를 사용해 장애물을 피하고 걷는 것은 그리 어려운 일이 아니라고 한다. 오히려 실내에서 목적지를 찾는 것이 굉장히 어렵다고 한다. 예를 들면 쇼핑몰 안에서 특정 가게를 찾는 것, 공항에서 탑승 게이트를 찾는 것, 큰 레스토랑에서 화장실에 갔다가 자기 테이블로 되돌아오는 것 같은. 그런 어려움을 풀수 있는 기술들도 앞으로 개발될 것이다. 브라이언이 보여준 다양한 가능성을 다른 전문 분야의 연구자들이 이어받아 개발하게 될 것이다.

　시각장애인용 자동차를 만들기 위해 열정적으로 일한 3년의 나날들. 정말 값지고 멋진 경험을 한 시간이었다. 만약 2009년의 그 화창한 봄날, 난생처음으로 운전하는 웨스의 그 행복한 미소를 보지 못했다면, 나는 그저 "너희들 이거 못 한다고 했지? 근데 내가 해냈어!"라고 우쭐대며 자랑만 했을지도 모른다.

　그러나 이제는 알고 있다. 우리의 프로젝트는 단순히 시각장애인이 운전할 수 있는 자동차를 위한 기술을 개발하는 것이 아니었다. 나와 같은 과학자, 엔지니어가 개발하는 '어떤 기술'이 평범하지 않은 일상을 사는 누군가에게 편리함과 행복함을 줄 수 있다는 메시지를 주려고 한 것이다. 그것이 중요하다. '인간은 누구나 똑같이 행복한 삶을 누릴 권리가 있다. 우리는 이에 어떻게 다가갈 수 있는가'에 대한 하나의 예시가 될 수 있기 때문이다.

이런 커다란 메시지를 얻기 위해서 나는 수많은 시행착오를 겪어야 했다. 데이비드와 브라이언을 시운전하고 기뻐하는 시각장애인들이 없었다면 깨닫지 못했을 것이다. 이것이 불가능을 가능케 했던 반전의 힘이다. 이 '짜릿한 반전'의 쾌감이 나를 또 다른 불가능에 도전하게 만든다.

브라이언은 시각장애인에게는 자유와 독립, 희망의 메시지를 주고, 다른 사람들에게는 실패를 두려워하면 성공할 수 없다는 메시지를 전달했다. 무엇보다 이 과정을 통해 나 자신이 바뀌었다. 하나의 가능성은 또 다른 가능성을 열어준다는 것을 믿게 되었으며, 내가 그리고 우리가 좀 더 나은 세상을 위한 기술을 만들어낼 수 있다는 것을 알게 되었다. 그로 인해 우리는 더 큰 가능성을 보고 더 큰 꿈을 꾸게 되리라는 것도. 나는 필요하다면 언제든 도전할 것이다. 언제나 가능성을 열어둘 것이다.

나는 내가 만든 기술이 사람들에게 행복을 주고,
사회를 이롭게 한다는 믿음과 신념이 있다.
그것이 내 도전의 추진력이다.

위기가 닥치면 그 앞에서 생각을 바꾸세요.
내가 공들여 만든 것들이 사라졌을 때,
그때를 더 새로운 것을 할 수 있는 기회로 만드세요.
고난과 실패는 오히려 스스로에게
당당해질 수 있는 더 큰 기회입니다.

Chapter 3

넘어졌을 때
더 새로워져라

하루아침에
로봇을 빼앗기다

"데니스 홍 교수님이 만든 로봇들을 보내줄 수 없습니다."

캘리포니아의 화창한 날씨와 긍정적 에너지가 넘치는 UCLA의 활기찬 분위기 속에 마음이 들떠 있던 어느 날, 내게 청천벽력 같은 내용의 이메일이 도착했다. 이게 무슨 일일까? 내가 만든 로봇을 보내줄 수 없다니. 순간 눈앞이 캄캄해졌다. 지난 몇 달 동안의 일이 머릿속을 빠르게 스쳐 지나갔다. 그래, 내막은 이런 것이었구나.

2009년 나는 유명 과학저널 《파퓰러사이언스Popular Science》의 '과학을 뒤흔든 젊은 천재 10인'에 뽑히는 영광을 누렸다. 2011년에는 시각장애인을 위한 자동차 개발에 성공해 《워싱턴포스트》로부터 '달 착륙에 버금가는 성과'라는 극찬을 듣기도 했다. 자연스레 로멜라로 연구 기금이 몰려들었고, 그만큼 많은 학생들을 뽑아 신나게 연구하며 멋진 결과물들을 만들어낼 수 있었다.

미국에서의 소식이 알려지며 한국에서도 나를 주목하기 시작했다. 각종 기사가 쏟아지고 강연 요청이 빗발쳤다. 하루가 다르게 성과가 쌓여가니 여러 곳에서 스카우트 제의가 오기 시작했다. 몇몇 글로벌 IT기업에서 좋은 조건으로 로봇공학 디렉터 자리를 제안하기도 했다. 기업이 아니라 다른 대학에서도 제안의 움직임이 있었다. 보통 미국의 교수들은 커리어가 쌓이면 다른 대학이나 기업으로 이직하는 것을 자연스럽게 여긴다. 내게도 새로운 변화의 때가 찾아온 것이다. 11년간 버지니아테크에서 학생들을 가르치고 로봇 연구를 했던 나는 새로운 기회를 찾고 도전하기 위해 UCLA로 가기로 했다.

UCLA는 공과대학이 유명하지만, 사실 그때까지는 로봇공학을 전문으로 연구하는 교수는 없었다. UCLA는 차세대 연구 분야로 로봇공학에 초점을 맞추고 새로운 로봇공학기관을 만들 계획에 있었다. 이에 기관을 세우고 이끌 사람을 찾고 있었다. 나로서는 솔깃한 기회였다. 어떻게 보면 개척자가 되는 셈이다. 게다가 UCLA는 세계 최고의 의과대학으로도 유명한 곳이다. 근처에는 영화산업의 메카 할리우드도 자리하고 있었다. 의료 분야는 앞으로 로봇이 활용될 곳이 무궁무진했고, 영화산업 역시 최첨단 로봇의 수요가 큰 분야였다.

다양한 협업과 새로운 연구를 할 수 있다는 가능성을 생각하면 UCLA는 내가 선택할 수 있는 최고의 선택지였다. 무엇보다 캘리포니아는 내가 태어나 세 살까지 살았던 곳이기도 했고, 한국에서의 활동까지 고려하면 미국 서부 지역만큼 이동하기에 딱 알맞은 곳도 없었다. 언제나 화창한 날씨와 밝은 에너지가 가득한 그곳의 분위기도 좋았다.

로스엔젤레스로 날아가 며칠 간의 긴 인터뷰를 마치고 UCLA로부터 공식 제안을 받았다. 나는 그 자리에서 흔쾌히 승낙했다. 보통 이런 경우 여러 가지 조건을 맞춰가며 긴 협상을 하게 마련이다. 하지만 나는 단번에 오케이를 했다. 지루한 협상을 예상하던 담당자의 놀란 얼굴이 지금도 잊히지 않는다.

그렇다고 이직에 대한 고민이 없던 건 아니었다. 버지니아테크는 내가 교수로 첫 발을 내디딘 곳이고, 지하의 작은 방에서 시작한 로멜라를 세계적인 로봇연구소로 키울 수 있도록 도와준 고마운 곳이다. 로멜라의 활약 덕분에 버지니아테크는 2011년 《로봇 매거진Robot Magazine》이 선정한 '미국 최고의 로봇 연구 대학' 3위를 차지하기도 했다. 경험이 많지 않은 나를 믿고 지지해주던, 나의 친구이자 멘토인 교수도 있었다. 그만큼 정든 곳이었다. 하지만 도전을 즐기는 나의 천성이 나를 내버려두지 않았다. 그 뜨거운 열정을 따르기로 했다. 새로운 환경에 나를 던져보자!

UCLA의 제안을 받아들이고 돌아오자마자 제일 먼저 나의 친구이자 멘토인 교수님을 찾아갔다. 이 소식을 제일 먼저 알려주고 싶었다. 그동안 보내준 지지와 응원에 정말 감사한다고, 덕분에 지금의 내가 있을 수 있었다고 직접 말해주고 싶었다. 나의 이야기를 들은 그는 조용히 내 어깨에 손을 올리고는 "그래, 언젠가는 이런 날이 올 줄 알았지. 축하하고, 앞으로의 도전을 계속 응원하겠네. 정말로 자랑스러워"라고 말해주었다. 인사가 끝나고 우리는 잠시 말 없이 서 있었다. 지난날들이 스쳐가며 마음이 찡했다. 악수를 하고 짧은 포옹을 나눈 뒤 나는 그의 사무실에서 나왔다.

동료 교수들에게도 이직 소식을 알리고 작별인사를 나눴다. 자기도 데리고 가라며 농담하는 이도 있었고, 혹시 안 쓰는 장비는 다른 사람 말고 내게 먼저 달라며 우스갯소리를 하는 이도 있었다. 모두가 축하한다며 나의 앞날에 행운을 빌어주었다.

연구소를 옮기는 작업은 신경 쓰고 처리해야 할 일들이 많았다. 먼저 가져갈 것과 놓고 갈 것을 분류하고 정리해야 했다. 미국에서는 교수가 학교를 옮기는 경우, 대개 진행 중인 연구의 지원 자금과 연구소의 장비들을 가져갈 수 있다. 연구의 연속성을 위해서다. 나는 최첨단 장비들은 UCLA에서 새로 구입할 계획이었기에 무겁고 덩치가 큰 공작기계 같은 건 놓고 가려 했다. 대신 지난 11년 동안 내가 열심히 개발한 로봇들은 꼭 가져가기로 했다. 스트라이더, 찰리, 하이드라스, 다윈, 라파엘, 마스, 사파이어, 데이비드 등. 모두가 나의 사랑스럽고 자랑스러운 작품들이었다.

같이 일하는 학생들의 진로도 살펴야 했다. 연구생들 중 핵심 멤버 몇몇은 나와 같이 UCLA로 가기로 했다. 캘리포니아까지 오기 어려운 학생들은 각기 상황에 맞게 졸업을 빨리 시켜주거나 내가 원격 지도를 해주거나 지도교수를 새로 소개시켜주었다.

학교에서 벌여놓은 일이 워낙 많아 이를 마무리하기에도 바빴다. 다르파 대회 결선 준비가 대표적인 일이었다. 그때 나는 팀을 꾸려 다르파 챌린지에 출전해, 간신히 턱걸이로 예선을 통과하고 결선 준비에 힘쓰고 있는 상황이었다. 팀의 리더인 내가 학교를 옮기게 되었으니 자연스레 우리 팀도 UCLA로 옮겨야 했다.

그렇게 정신없이 이직 준비를 하고 있는데, 멘토인 교수님으로부터 전화가 왔다. 그는 나와 재계약을 하고 싶다는 버지니아테크의 제안을 전했다. 지금보다 더 전폭적인 지원을 약속한다고 했다. 교수로서 상상할 수 없는 대단한 그 제안이 무척이나 고마웠다. 존중받고 있는 느낌이 들었다. 하지만 아무리 고맙고 정든 곳이어도 떠날 시기가 있는 것이다. 게다가 난 이미 UCLA의 제안을 공식적으로 수락한 상태였다. 나는 그 제안을 정중히 거절했다. 그런데 이후 상황이 다르게 돌아갈 줄 꿈에도 몰랐다.

내가 학교를 옮긴다는 소식은 빠르게 퍼져나가기 시작했다. 대부분이 축하해주었지만, 나의 이직이 학교에 미칠 영향에 대해 걱정하는 사람도 있었다. 로멜라 때문에 버지니아테크에 지원했는데 어떻게 하면 좋냐는 학생들의 걱정스런 이메일이 오고 있다는 말도 들렸다.

그로부터 얼마 뒤, 여느 때처럼 로멜라연구소로 출근했는데 문이 열리지 않았다. 출입문의 비밀번호가 바뀌어 있었다. 나는 과사무실에 찾아가 출입문이 고장난 게 아니냐고 물었다. 과사무실 직원은 어디로 전화를 걸더니 내게 수화기를 건네주었다. 수화기 넘어 멘토 교수의 목소리가 들려왔다.

"데니스, 이거 참 곤란하게 되었지뭔가……."

그의 말인즉슨, 학교를 옮기는 과정에서 내가 이상한 소문에 휩싸일 수

이삿짐을 싸면서 찍은 마지막 사진. 내 오른쪽에
'토르-OP', '토르'가 나란히 있고, 멀리 '찰리'와
'사파이어'의 하체가 보인다. 이것이 내 로봇들과
함께 찍은 마지막 사진이 될 줄은 이때는 몰랐다.

있으니 학교에서 먼저 조치를 취하기로 했다는 것이었다. 조치가 끝날 때까지는 내가 연구소에 출입할 수도, 내 연구 자료에 접근할 수도 없다고도 했다. 학교를 보호하고 나를 보호하기 위함이니만큼 이해해달라고도 했다. 어떤 상황인지 정확하게 이해할 수 없었으나 나는 그 말을 믿기로 했다. 그동안 학교와 나 사이에 쌓인 믿음이 있으니, 잠깐의 불편쯤이야 감수하기로 했다.

시간이 흘러 UCLA로 떠나는 날이 되었다. 하지만 연구소 안으로 여전히 들어갈 수는 없었다. 메일을 확인해보니 멘토 교수로부터 메일이 와 있었다. 아직 학교 측의 조치가 끝나지 않아 로봇과 연구 자료를 옮겨 갈 수 없어 미안하게 되었다며, 조치가 끝나면 직접 포장을 해서 UCLA로 보내주겠다는 내용이었다. 이쯤되면 누구나 뭔가 잘못되었다고 의심할 만도 한데, 나는 또 바보같이 그 말을 믿었다. 내가 직접 귀찮게 로봇을 옮길 필요 없게 되었으니 좋다고까지 생각했다.

나는 로봇을 두고 UCLA에 홀로 도착했다. 신나게 UCLA에서 내가 할 일을 시작했다. UCLA는 대도시에 있는 학교여서 공간이 넉넉하지 못했다. 그래서 로멜라에 배정된 공간도 예전에 비해 너무 작았다. 효율적으로 공간을 사용하기 위한 방안을 세우면서 나는 로멜라를 다시 꾸릴 채비를 했다. 아직은 아무것도 없는 텅 빈 방이었지만, 내 눈에는 새롭게 시작하는 로멜라의 멋진 미래가 보였다. 같이 연구할 새로운 학생들도 뽑았다.

하지만 보내주겠다던 로봇과 연구 자료는 감감 무소식이었다. 로봇 없이 빈손으로 할 수 있는 일은 많지 않았다. 다르파 재난 구조용 로봇 챌린지 결선도 준비해야 하는데, 로봇이 없으니 할 수가 없었다. 버지니아테크 측에서는 아직 아무런 소식이 없었다.

내가 UCLA로 왔다는 소식에 여러 곳에서 접촉을 해왔다. 내가 UCLA를 택한 이유 중 하나였던 할리우드에서도 연락이 왔다. 그들은 연구 지원 여부를 결정할 수 있도록 연구소에 와 로봇들을 둘러봤으면 했다. 할리우드와 함께 일한다면 막대한 지원은 물론 다양한 분야에 도전을 해볼 수 있을 터였다. 하지만 나는 보여줄 수 있는 로봇이 하나도 없었다. 그렇게 어렵게 찾아온 기회는 없던 일이 되어버렸다.

이런 날들이 계속되자 마음이 초조해지기 시작했다. 그러던 어느 날, 다르파 재난 구조용 로봇 챌린지 총괄 디렉터로부터 전화가 왔다.

"다르파 챌린지에 출전 안 한다며? 정말이야?"

뚱딴지같은 말에 나는 외려 그게 무슨 소리냐며 되물었다. 그의 말에 의하면, 버지니아테크에서 다르파 챌린지에 참여할 버지니아테크 팀의 리더를 바꾸겠다는 연락이 왔다고 했다. 그 연락을 받고 뭔가 이상해서 내게 확인차 전화를 한 것이었다.

무슨 일인지 알아봐야 했다. 버지니아테크 측에 문의하기 위해 메일함을 열었다. 그때, 그 이메일이 와 있었다. 내가 만든 로봇들을 보내줄 수 없다는. 눈앞이 까마득해졌다. 열리지 않던 연구소의 출입문, 여기저기서 들리던 이상한 소문들, 빈손으로 이사 올 수밖에 없던 상황, 다르파 챌린지 총괄 디렉터의 확인 전화 등이 그제야 이해가 되었다. 내가 재계약을 거절하자마자 내 뒤에서 조용히 벌어진 일들이었다. 나는 새로운 곳에서 도전한다는 들뜬 마음에 그 많은 경고 신호를 보지 못했던 것이다.

학교에서 낸 특허를 제외하고는 교수의 연구물은 소속 대학의 것이 아니다. 공식적으로 학교 자산으로 분류된 것을 제외하면 로봇들도 소속 대학의 것이 아니다. 그럼에도 나는 2003년부터 11년간 내 영혼을 쏟아부어 만든 나의 모든 로봇을 하루아침에 빼앗겨버렸다.

"한번 만들어본 만든 로봇이니, 다시 만들면 되지 않습니까?"

이렇게 생각할 수도 있다. 물론 다윈같이 설계 데이터를 오픈 소스한 뒤라 다시 만들 수 있는 로봇도 있었다. 하지만 사파이어나 다르파 재난 구조용 로봇 챌린지를 위해 준비하고 있던 토르 같은 로봇들은 메커니즘이 복잡해 다시 만드는 게 불가능했다. 게다가 나는 지금까지 쌓아왔던 내 연구 데이터에도 접근할 수 없는 상황이었다.

허망했다. 꿈을 뺏긴 것만 같았다. 앞으로 누굴 믿을 수 있을까. 왜 내가 이런 일을 당해야 하나. 믿었던 이들에게 당한 배신의 상처는 깊고 컸다. 설레고 부푼 마음이 순식간에 지옥으로 변했다. 내가 만든 로봇들이 다른 이름을 달고 버젓이 소개되었다. 그런 기사를 볼 때마다 화가 치밀었다. 연구소로 향하는 발걸음이 한없이 무거웠다. 미래가 보이던 텅 빈 연구소가 참으로 쓸쓸했다. 세상에 홀로 남은 기분이었다. 하지만 서서히 다가오고 있었다. 다시 도약할 기회가.

로봇은 모터가 달린
막대기일 뿐

어느덧 다르파 챌린지 결선이 1년 앞으로 다가왔다. 나는 혼이 빠진 사람처럼 사방을 헤매며 이 문제를 해결하기 위해 발버둥쳤다. 우여곡절 끝에 예선을 통과한 터라 결선에서는 더욱 완벽한 로봇을 보여주려고 준비 중이었다. 하지만 내가 UCLA로 오면서 팀이 쪼개지고 말았다. 대회 출전을 위해 밤을 세워가며 만든 야심작 토르는 버지니아테크 차지가 되었다. 결승전에 나가야 하는데 로봇이 없었다. 눈물을 머금고 출전을 포기할까 한참 고민하고 있을 때, 다르파 챌린지 총괄 디렉터로부터 연락이 왔다.

"데니스, 지나간 로봇들에 미련 가지지 마. 지금 UCLA에서 네가 해야 할 일들이 얼마나 많은지 알아? 뭐 하러 이런 싸움에 에너지를 낭비해. 그러지 말고 더 중요한 일들에 집중해. 로봇은 결국 모터가 달린 막대기일 뿐이잖아robots are just sticks with motors."

그 말에 정신이 번쩍 들었다. 그래, 로봇은 내가 만들어야 탄생할 수 있는 것이다. 물론 단번에 뚝딱 만들 수 있는 것은 아니지만, 만들 수 있다는 사실은 분명했다. 로봇 또한 넘어지고 고장 나면서 점점 더 다듬어지고 완성되어 가는 것이다. 나는 넘어진 로봇을 일으켜 세우고 다시 걷도록 하는 일을 나는 10년 넘게 반복해왔다. 그런데 이쯤에서 걸려 넘어졌다고 다시 일어나지 못하는 건 말이 되지 않았다.

넘어진 로봇을 다시 일으켜 세우는 나처럼, 내게도 이런 사람들이 있었다. 친구의 말에 기운을 차린 나는 주변을 한번 둘러봤다. 언제나 힘이 되는 사랑하는 가족들이 보였다. 내가 책임져야 하는 연구소의 새 사람들이 보였다. 이깟게 뭐라고, 내가 계속 주저앉아 있어야 한단 말인가.

'그래, 이게 다 내가 대단한 사람이라 벌어진 일일 거야. 그렇게 좋게 생각하자.'

난생처음 겪는 쓰라린 아픔에 저 깊이 숨어버렸던 내 긍정의 힘이 다시 고개를 치켜들었다. 아무것도 없는 상태에서 다시 시작한다는 게 말처럼 쉽지는 않았지만, 나는 다시 일어나 걷기 시작했다. 다음 해에 벌어질 다르파 챌린지 결승전에 출전한 로봇을 새로 만들기 시작했다.

그렇게 새로 만든 로봇을 들고 간 2015년 다르파 재난 구조용 로봇 챌린지 결승전. UCLA로 옮기고 난 후 첫 공식대회였다. 매우 의미 있는 순간이었지만, 다른 의미로 나는 이날을 결코 잊지 못한다. 버지니아테크 팀이 가져온 '나의' 로봇과 싸워야 했기 때문이다. 마치 납치당한 아들이 나를 공격하는 느낌이었다. 한편으로는 응원하고 싶었지만 한편으로는 화가 나기도 했다. 이렇게 감정이 뒤섞인 탓에 대회장에 가는 것이 너무 힘겨웠다. 그럴수록 나는 되뇌고 되뇌었다.

"올바른 가치관, 긍정적 생각, 나 자신에 대한 강한 믿음은 어려운 문제를 이겨내게 해준다. 복잡한 문제에 유연하게 대처할 수 있게 도와준다. 실패와 역경은 내 영역 밖의 문제. 나는 그저 넘어지더라도 다시 일어날 뿐이다. 그것이 나를 더욱 좋은 길로 안내해줄 것이다."

데니스 홍, 상상을 현실로 만드는 법

사람들은 나의 성공만 보고 그 뒤에 있는
실패는 별로 보려고 하지 않아요. 나도 실패한 적이 많아요.
심지어 믿었던 사람에게 배신당한 적도 있는걸요.
하지만 그마저도 하나의 과정이라고 생각합니다.
긍정은 언제나 내게 길을 찾아주었어요.

그렇게 나는 다시 일어섰다. 그 대회에서 나는 입상하지는 못했다. 그러나 버지니아테크보다는 높은 순위를 받았다. 순위가 중요한 게 아니라, 그 짧은 시간에 다시 로봇을 만들고 출전했다는 것만으로도 기적 같은 일이었다.

이후 나는 더 열심히 연구에 몰두했다. 이듬해인 2015년 로보컵 대회에서 우승했다. UCLA로 옮긴 후 첫 우승이었다. 더 많은 로봇들을 만들어냈다. 발이 네 개 달린 로봇, 풍선 몸체를 가진 로봇, 마술하는 로봇 등 UCLA로 와서 만든 로봇들은 더 새로워졌고 더 다양해졌다. 2017년 나는 'UCLA 명예로운 인물'로 선정되는 영예를 안았다. 캠퍼스 곳곳에 내 사진이 걸렸다. 도로 광고판에도 내 얼굴이 대문짝만 하게 실렸다. 불과 4년 만에 이전의 성과를 뛰어넘는 결과물을 낸 것이다. 그것을 해냈기 때문에 지금 그 지난날을 이야기할 수 있는 것이다. 도로에 걸린 UCLA 광고판에는 내 사진과 함께 나의 신조가 써 있다.

"긍정은 언제나 길을 찾는다Optimism Always Finds A Way."

앞으로도 분명 내가 생각지도 못한 힘든 일들이 닥칠 것이다. 그러면 나는 2014년에 내가 경험한 일들을 떠올릴 것이다. 인생의 멘토로 여겼던 이에게서 배신을 당하고, 11년간 만들었던 로봇들을 모두 빼앗겼지만 다시 일어섰던 나를 떠올릴 것이다. 이 시절의 경험은 나를 더 단단하게 만들어준 것은 물론, 긍정의 힘을 다시금 깨닫게 해주었다.

데니스 홍, 상상을 현실로 만드는 법

아들과 지켜야 할
세 가지 약속

"아빠, 찰리는 어디 있어요? 찰리가 보고 싶어요!"

어느 날, 새 연구소에 놀러 온 아들 이든이 찰리와 다른 로봇들이 보이지 않자 이상했는지 물었다. 이든은 갓난 아기 때부터 로멜라에서 로봇들과 함께 자랐다. 그런 이든이 제일 좋아하는 로봇은 찰리였다. 2010년 찰리가 처음 소개된 과학잡지에는 당시 만 두 살이었던 이든의 손과 젖병을 잡고 있는 찰리의 사진이 실리기도 했다. 이든에게 찰리는 친구와도 같은 로봇이었다.

이든의 질문에 마음이 미어졌다. 어떻게 답해야 할지……. UCLA로 옮겨온 당시 이든의 나이는 만 여섯 살이었다. 아빠가 겪은 사건을 이해하기에는 너무 어렸다. 솔직히 이에 대해서 이든에게 알려주고 싶지도 않았다. 세상의 아름다움과 바른 모습만 보고 자라기에도 부족한 나이인데. 그래서 그냥 버지니아에 두고 오기로 했다고 둘러댔다.

"그럼 다시는 볼 수 없는 거예요?"

나를 올려다보는 아들의 슬픔 가득한 눈망울을 보니 또 마음이 아팠다. 그래서 이든에게 세 가지 약속을 했다. 첫째, 언젠가 반드시 찰리를 만나게 해주겠다. 둘째, 이든에게 자랑스럽게 말할 수 없는 일이라면 절대 하지 않겠다. 셋째, 이든이 다 자라서 아빠 마음을 이해할 나이가 되었을 때 어떤 일이 있었는지 다 이야기해주겠다. 내 말을 곰곰이 듣던 이든은 찰리가 보고 싶어서 그랬는지, 내 마음을 읽었는지 모르겠지만 나에게 와락 안기며 이렇게 속삭였다.

"아빠, 힘내세요. 나는 아빠가 늘 자랑스러워요!"

울컥 눈물이 나왔다. 그 모습을 이든에게는 보여주기 싫었다. 얼른 이든을 번쩍 들어올려 어깨 위에 앉히고는 집으로 돌아왔다.

얼마 지나지 않아 이든에게 한 첫 번째 약속을 지킬 기회가 생겼다. 나는 UCLA로 오기 전부터 시카고산업과학박물관Museum of Science and Industry– Chicago에서 2015년 5월에 개최하는 '로봇 혁명Robot Revolution'이라는 이름의 전시회 기획을 도와주고 있었다. 나는 이 전시회의 공식 호스트였다. 전시회의 콘셉트부터 내용은 물론 전시될 로봇 선정과 기술적인 부분까지 관여하고 있었다. 기발한 생각이 떠올랐다. 나는 박물관 측에 버지니아테크에 연락해 전시회에 사용할 수 있도록 '찰리'를 기증해달라고 하면 어떻겠냐는 의견을 냈다.

내가 낸 의견이었지만 사실 딱히 달갑지는 않았다. 당시만 해도 버지니아에 있는 로봇들을 가져오기 위해 이런저런 노력을 기울이던 때였다. 그 과정에서 너무 상처받은 나머지, 급기야는 로봇들을 다 가져오더라도 모조리 다 부숴버려야지 하는 생각까지 했었다. 로봇을 볼 때마다 배신의 상처와 아픔이 다시 떠오를 것만 같았다. 그래도 아들과의 약속은 지키고 싶었다.

전시회 개장일, 우리 가족은 시카고로 날아갔다. 멋지고 웅장한 박물관 입구 한쪽에 찰리를 비롯한 세 대의 로봇 사진이 크게 걸려 있었다. 엄

비록 로봇을 뺏겼어도 아들과의
약속은 꼭 지키고 싶었다. 찰리는
내 소중한 발명품이기도 했지만,
아들 이든의 친구이기도 했다. 그렇게
우리는 시카고산업과학박물관에서
'우리의 찰리'를 다시 만났다. _____

청나게 큰 찰리의 사진을 본 이든의 눈이 번쩍 뜨였다. 뒤도 돌아보지 않고 찰리를 향해 신나게 뛰어갔다. 전시장에 들어가니 유리 케이스 안쪽에 전시되어 있는 찰리가 보였다. 이든이 한걸음에 다가갔다. 오랜 옛 친구를 다시 만난 듯한 표정의 이든을 보고 나도 기뻤다. 아마 평생 남을 기억일 것이다. 나는 그렇게 이든과의 첫 번째 약속을 지켰다.

전시회는 대성공을 거두었다. 지금도 이 전시회는 미국 곳곳의 과학박물관을 돌며 많은 이들에게 꿈과 희망을 심어주고 있다. 전시회를 마치고 부모님 댁을 찾았다. 오랜만에 온 가족이 만나 즐거운 시간을 보냈다. 집으로 돌아오는 길, 아버지께서 배웅을 나오셨다. 아마도 그 당시 내가 처한 사항 때문에 아버지도 마음이 쓰이셨던 모양이다. 아버지가 말씀하셨다.

"많이 힘들지? 당장은 힘들고 어렵겠지만 훗날 지금을 돌아본다면 스스로가 자랑스러울 날이 올 게다. 잘하고 있는 거니 걱정하지 마라. 우리는 너를 믿는다."

나는 울음을 터뜨리고 말았다. 그런 나를 아버지가 따뜻하게 안아주셨다. 아버지의 그 말씀이 어떤 의미인지 이제 나는 확실히 안다. 덕분에 나는 이든과 한 두 번째 약속을 지키고 있다.

어렸을 때 부모님은 항상 말씀하셨다. 인생에 있어 중요한 결정을 해야 할 때는 언제나 '정도正道'를 따르라고 말이다. 하지만 인생이 말처럼 쉽지 않다. 막상 살면서 마주치는 문제들은 영화나 소설에서처럼 '올바른 길'과 '올바르지 않은 길'이 잘 보이지 않는다. 나 역시 그랬다. 그래서 흔

데니스 홍, 상상을 현실로 만드는 법

부모님은 항상 말씀하셨다. 인생에 있어 중요한 결정을
해야 할 때는 언제나 올바른 길을 따르라고. 나는 아들
이든이 보았을 때 올바르지 않은 길은 가지 않을 것이다.

들리기도 했다. 주변에서 나를 도와준다고 하는 말 중에 불법적인 건 아니더라도 '편법'적인 것들은 있었다. 그 편법을 이용하면 버지니아에 남아 있는 내 로봇들을 가지고 올 수도 있었다. 하지만 나는 끝내 내가 옳다고 생각하는 방향으로 움직였다. 그 결과가 로봇을 다 잃는 것이라 할지라도 말이다.

다행히도 나는 UCLA로 옮긴 이후 지난날을 훌쩍 뛰어넘는 결과를 내며 완전히 정착했다. 내 로봇들을 다 잃은 상황에서 이뤄낸 성과이기에 더욱 자랑스럽고 만족스럽다. 나는 매 순간 내가 할 수 있는 최선을 다 했다. 내가 옳다고 여기는 방향으로 현명하게 대처했다. 그래서 얻은 결과인지도 모르겠다.

캘리포니아로 이사 온 후 나는 집 근처 산타모니카 해변을 자주 산책한다. 한창 힘들고 답답할 때 바닷바람이나 쐴까 했던 것이 이제는 아예 일과 중 하나가 되어버렸다. 가족들과 함께 저녁을 먹은 후 해변으로 나와 석양을 보며 걷는다. 하루하루 다르게 이든이 커가고 있다. 이든과 한 세 번째 약속을 지킬 날도 그리 머지 않은 것 같다.

로봇도 사람도
넘어져야 배운다

나는 쾌활함을 타고난 사람이다. 언제나 에너지가 넘치고 긍정적으로 생각하는 사람이다. 어떻게 보면 큰일 없이 평탄한 인생을 살아왔단 뜻일지도 모른다. 물론 나는 천성적으로 유쾌한 사람이다. 내가 봐도 그렇고 누가 봐도 그렇다.

하지만 버지니아테크에서 UCLA로 옮기는 과정에서 나의 그런 모습은 온 데 간 데 없이 사라졌다. 난생처음 인생의 큰 고난에 부딪히니 혼이 빠지고 얼얼했다. 내 긍정의 힘이 좌절의 발밑에 깔려 힘쓰질 못했다. 하지만 나는 곧 알게 되었다. 그보다 더한 일도 생기는 게 인생이란 것을. 사람들은 저마다의 인생의 무게를 견디고 살아간다는 것을. 누군가는 그 고통을 이겨낸다는 것을. 내가 인생의 큰 고난을 경험하고 이겨낸 것은 정말 돈 주고도 못 살 값진 경험이라는 것을.

나 못지않게 인생에서 큰 고난을 이겨낸 이들이 많이 있다. 어린이들에게 꿈과 즐거움을 선사한 월트 디즈니도 그중 한 명이다. 1923년 애니메이션 스튜디오를 차린 월트 디즈니는 3년 만에 직원이 11명이나 되는 회사로 성장시켰다. 회사 이름도 '월트 디즈니 스튜디오'로 바꿨다. 1927년 월트는 이전까지의 만화 캐릭터와는 전혀 다른 '행운 토끼 오스왈드 Oswald the Lucky Rabbit'를 만들고 프로듀서인 찰스 민츠에게 유니버설영화사와의 배급 논의를 맡겼다. 엄청난 성공이 목전에 다가온 순간이었다. 그때, 찰스 민츠가 다른 애니메이터들을 부추겨 스튜디오를 새로 차리고는 오스왈드 캐릭터로 만화를 제작해 유니버설에 배급권을 팔아버렸다.

한순간에 월트는 그간에 이룬 모든 것을 잃고 말았다. 믿었던 사람한테 배신당하고, 피땀 흘려 창조한 캐릭터마저 빼앗겨버렸다. 굳게 믿었던 인생의 멘토로부터 배신당하고, 11년간 만든 로봇을 빼앗긴 나처럼.

인생의 크나큰 절망 속에서 월트는 어떻게 했을까? 그는 좌절하고 포기하는 대신 메모지와 펜을 꺼냈다. 새로운 캐릭터를 만들기 시작했다. 그렇게 탄생한 캐릭터가 바로 '미키 마우스'다. 오늘날까지도 전 세계인의 사랑을 받고 있는 귀엽고 사랑스러운 미키 마우스는 월트 디즈니 사를 상징하는 동시에 애니메이션의 대명사가 되었다. 반면 찰스 민츠는 그 역시 배신을 당해 빈털터리가 되고 말았다.

신기한 것은 오스왈드 캐릭터를 기억하는 사람이 그리 많지 않다는 사실이다. 월트 디즈니 사는 2006년 오스왈드의 캐릭터 판권을 사들였다. 80여년 만에 오스왈드는 그가 태어난 곳으로 돌아왔다. 월트 디즈니 사는 2010년에 발표한 '에픽 미키Epic Mickey'라는 비디오 게임에서 미키 마우스에 대한 질투심이 가득한 캐릭터로 오스왈드를 다시 등장시켰다.

생각해보자. 월트가 오스왈드를 빼앗기지 않았다면 미키 마우스가 탄생할 수 있었을까? 내가 만든 로봇들을 빼앗기는 경험을 하지 않았다면 지금의 내가 있었을까?

월트 디즈니의 이야기를 한 이유가 이것이다. 위기 앞에서 우리의 생각을 바꾸는 것이다. 월트가 어이없게 오스왈드를 빼앗기지 않았다면 미키 마우스가 탄생할 수 없었을 것이다. 내가 만든 로봇들을 빼앗기지 않았다면, 지금의 나 역시 없었을 것이다. 인생의 고난과 실패는 우리를 더 단단하게 만든다. 스스로에게 당당할 수 있게 만든다. 그렇게 더 큰 기회를 우리 앞에 가져다준다. 그래서 나는 요즘 강연이나 인터뷰를 할 때마다

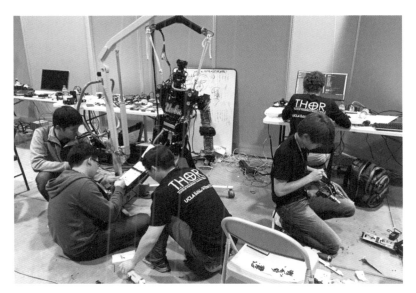

나는 학생들에게 로봇을 고장 내보라고 한다. 로봇이 넘어지고 고장 나지 않으면 로봇공학자는
아무것도 배울 수 없으니까. 넘어지지 않으면 우리는 아무것도 배울 수 없다. _____

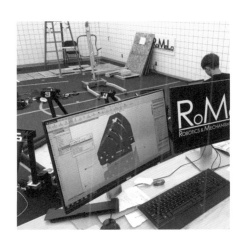

지금 이 순간에도 로멜라에서는 많은
로봇이 넘어지고 고장 나고 있다.
처음의 목표와는 전혀 다른 엉뚱한 로봇이
나오기도 한다. 그렇다고 해서 우리는
절대 '실패했다'라고 하지 않는다. 그 또한
우리가 이루어가는 과정이기 때문이다. _____

내가 이룬 성공보다는 내가 겪은 좌절과 실패의 이야기를 더 많이 한다.

"저는 학생들에게 로봇을 고장 내보라고 해요. 로봇이 넘어지고 고장 나야 배울 수 있으니까요. 그렇지 않으면 저 같은 로봇공학자는 아무것도 배울 수 없어요. 사람도 마찬가지예요. 넘어지지 않으면 우리는 아무것도 배울 수 없어요. 누구나 한 번쯤 넘어지는 날이 와요. 그럴 때 그냥 누워만 있을 건가요? 툭툭 털고 일어나야죠. 그리고 가던 길 가야죠. 그리고 내가 왜 넘어졌는지 생각해봐야죠. 넘어진 건 중요하지 않아요. 중요한 건 넘어진 것으로 인해 내가 무언가를 배우고 얻었느냐 하는 거예요."

우리는 항상 승리하고 성공할 수 없다. 시련은 누구에게나 닥친다. 그렇다고 멈출 수는 없다. 어느 길로 가는 게 옳은지 모를지라도, 가야 할 길이 확실한데 그 앞에 위험이 버티고 있더라도 결국 발을 내디뎌야 한다. 삶은 그런 것이다. 어떻게든 가야만 한다. 이렇게도 가보고, 이렇게 가봤는데 안 됐으니 저렇게도 가보고, 이렇게 가봤더니 재미없었으니 또 다르게도 가보고. 그렇게 가다 보면 우리는 또 승리의 문과 성공의 문을 맞이할 수 있다.

지금 이 순간에도 로멜라에서는 많은 로봇들이 넘어지고 고장 나고 있다. 처음의 목표와는 전혀 다른 엉뚱한 로봇들이 나오기도 한다. 그렇다고 해도 우리는 절대 '실패했다'라고 하지 않는다. 그 또한 우리가 이루어가는 과정이기 때문이다. 때로는 그보다 더 뛰어난 성능을 자랑하는 로봇이 나오기도 한다. 그런데 원래의 목표와 달랐으니 실패라고 할까? 결국 실패란 어떻게 받아들이냐에 따라 달라지기도 하는 것이다.

데니스 홍, 상상을 현실로 만드는 법

'다른 결과가 나왔으니 실패야', '고장 났으니 실패야'라고 규정 짓고 낙담해서는 안 된다. '모든 걸 잃었으니 난 이제 끝이야'라고 포기하고 절망해서는 안 된다. 다시 걸어가면 된다. 다시 시작하면 된다. 실패와 고난을 겪지 않는 것이 가장 좋겠지만, 어쨌든 실패와 고난을 통해 우리는 인생의 중요한 가치를 배울 수 있다. 포기하고 좌절하지 않는다면 오히려 더 큰 기회를 맞이할 수 있게 될 것이다. 넘어지고 고장 나야 더 성능이 업그레이드되는 로봇처럼 말이다.

휴머노이드 로봇을 넘어서

앞에서도 잠깐 밝혔지만, 2014년 후쿠시마 재난 현장을 직접 목격한 이후 나는 내 로봇 개발 방향을 다시 생각했다. 그전까지는 어떻게 하면 '인간에 더 가까운 휴머노이드 로봇을 만들 수 있을까'를 고민했다. 이제는 어떻게 하면 '인간에게 실질적 도움을 줄 수 있는 로봇을 만들 수 있을까'를 고민한다. 내가 로봇을 만드는 이유, '이 로봇은 누구를 위한 것인가' 하는 근원적 질문에 다시 집중한 까닭이다.

마침 UCLA로 학교를 옮기면서 그간 만든 로봇들도 다 잃었다. 다시 시작하기에 이보다 더 적절한 타이밍이 있었을까. 그때는 힘든 마음에 가려서 보지 못했지만, 지금 생각해보니 나를 위해 준비된 기회 같다는 생각이 든다. 나는 UCLA에서 새로 꾸린 로멜라에서 새로운 관점으로 새로운 로봇을 만들기 시작했다.

로봇연구소가 휴머노이드 개발을 보류한다는 결정을 내리는 것은 절대 쉬운 일이 아니다. 휴머노이드는 궁극적인 로봇의 이상향이다. 이 세상에 인간처럼 사고하고 움직이는 생명체는 없다. 그런 인간을 닮은 휴머노이드를 개발한다는 것은 어쩌면 신이 인간을 창조한 것과 같은 맥락인지도 모른다. 하지만 단순히 그 때문만은 아니다. 알고 보면 휴머노이드는 인간 세상을 이해하는 도구이기도 하다. 로봇공학자들이 휴머노이드 로봇 제작에 열심인 이유는 크게 두 가지다.

첫째, 우리가 살고 있는 환경이 인간을 위해 설계돼 있기 때문이다. 문에 달린 손잡이 하나만 봐도 알 수 있다. 계단의 높이와 폭, 쓰는 도구들도 마찬가지다. 모두 인간의 체형을 고려해서 제작된다. 그렇다면 결국 인간의 형태를 닮는 게 가장 이상적이라는 결론이 나온다. 사실 알고 보면 다르파 재난 구조용 로봇 대회 규정에 휴머노이드를 출전시켜야 한다는 항목은 없다. 하지만 참가 팀의 로봇들은 대부분 휴머노이드다. 차를 타고 운전하고, 장애물을 통과하고, 폐기물을 치우고, 기계를 다루는 등 수행 과제를 보면 모두 인간처럼 움직여야 하기 때문이다.

둘째, 인간을 이해하기 위해서다. '인간이란 무엇인가'와 같은 철학적 문제에 대한 해답을 구한다는 의미는 아니다. 인간의 신체적·물리적 기능에 관한 이해다. 예를 들어 '인간은 어떻게 두 발로 이동이 가능한가'와 같은. 현재 인간의 보행 메커니즘에 대해 아직까지 완벽하게 밝혀진 것

데니스 홍, 상상을 현실로 만드는 법

은 없다. 그렇다고 인간을 뜯어보고 고쳐볼 수는 없는 일. 대신 휴머노이드를 만드는 과정을 통해 배우고 알아갈 수는 있다. 최근 몇 년 사이 놀라운 기능의 의족들이 속속 등장하고 있는 것도 이러한 연구 결과로 얻은 성과다. 즉 인간을 닮은 로봇을 연구함으로써 인간에 대한 이해가 더 깊어지고 있는 것이다.

문제는 아직까지 휴머노이드가 너무 불안정하다는 것이다. 무엇보다 자꾸만 넘어진다. 자주 넘어지니 당연히 위험하다. 만약 집에서 청소하던 수백 킬로그램짜리 도우미 로봇이 넘어져 어린아이를 덮치기라도 한다면? 상상만 해도 끔찍하다. 또한 너무 인간의 움직임을 흉내 내려다 보니 로봇의 구조가 너무 복잡하다. 구조가 복잡하니 또 제작비가 많이 들수밖에 없다. 게다가 걷는 속도도 매우 느리다. 이런 문제들을 개선하기위해 다각도로 노력하고는 있지만, 아직 멀었다. 그래서 나는 아예 달리생각해보자 마음먹은 것이다.

"2족 보행 로봇은 필요하지만, 그게 꼭 사람처럼 생긴 휴머노이드일 필요가 있을까?"

나는 유명한 건축가인 루이스 설리번Louis H. Sullivan이 한 말에 주목했다.

"형태는 기능을 따른다Form follows function."

그러고 보니 우리 주변에는 벌써 기능에 따라 최적화된 모양을 하고 있는 로봇들이 많지 않은가. 현재 미국의 대형 병원 중에는 로봇이 환자에게 음식과 약을 배달하고 있는 곳이 있다. 이 로봇이 간호사처럼 생겼을까? 천만의 말씀. 전혀 그렇게 생기지 않았다. 자동으로 움직이는 카트

모양이다. 그렇다고 기능이 떨어지는 것도 아니다. 집에서 사용하는 로봇 청소기는 사람의 모습이 아니어도 집 구석구석을 빠르게 돌아다니며 청소를 할 수 있다. 결국 물건의 형태는 어디에 사용되느냐에 따라 달라지는 것이다. 그래서 기능에 중점을 두고 로봇을 개발하기로 했다.

그렇게 연구 방향을 바꿔 처음 개발한 로봇이 바로 나비NABi: Non-Anthropomorphic Biped다. 나비는 2족 보행 로봇이지만 사람처럼 생기지 않았다. 사람이 일반적으로 걷거나 뛸 때처럼 좌우의 다리를 교차하지 않고 걷도록 설계했다. 마치 펜싱선수가 몸을 틀어 앞뒤로 움직이는 것처럼 말이다. 따라서 좌우 다리의 간격 때문에 생기는 휴머노이드 특유의 뒤틀림 현상이 없어 넘어지지 않는다. 그래서 더 빠르게 움직일 수 있다. 나는 나비가 걷는 방향을 알려주는 얼굴도 만들었다. 한 걸음 더 나아가 과감하게 발목도 없앴다. 이렇게 기능에 맞춰 모양을 바꾸다 보니 나비는 2족 보행 로봇이면서도 인간과 전혀 닮지 않은 형태가 되었다.

미 해군을 위해 함정 화재 진압용으로 개발하고 있던 사파이어SAFFiR: Shipboard Autonomous Fire Fighting Robot도 개발 방향을 바꾸었다. 그때까지 개발하던 휴머노이드 로봇 사파이어는 높은 문턱을 넘을 수 없었다. 그런데 '꼭 사람의 모습을 할 필요가 있을까?'라고 생각하니 답이 보였다. 무릎을 360도 회전시켜 높은 문턱을 넘을 수 있게 했다.

그렇다면 또 생각해보았다. 꼭 발이 두 개일 필요가 있나? 아니, 꼭 형태가 다리일 필요가 있나? 그래서 탄생한 것이 알프레드ALPHRED: Autonomous Legged Personal Helper Robot with Enhanced Dynamics다. 알프레드는 네 개의

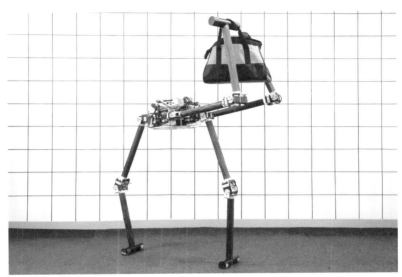

위쪽_네 개의 림이 환경에 따라 발이
되기도 하고 팔이 되기도 하는 알프레드.
발이 두 개일 필요도, 다리의 모양을 할
필요도 없다는 생각에서 비롯되었다.

아래쪽_개발 방향을 바꾸고 처음 만든 나비.
나비는 사람처럼 생기지 않아도 두 발로
걸을 수 있다는 고정관념을 깬 로봇이다.

림limb을 이용해 여러 가지 방법multi-modal으로 움직이는 로봇으로, 경기도에서 연구비를 지원받아 개발한 로봇이다. 알프레드는 팔도 되고 다리도 되는 사지로 전후좌우 전 방향으로 움직일 수 있다. 강아지처럼 걸을 수도 있고 텀블링도 할 수 있다. 멀티 이동 로봇으로 개발된 알프레드는 2018년 말쯤 택배 운송 시연을 할 예정이다. 택배를 실은 무인 자동차가 도착하면 알프레드가 사지로 택배를 받아 계단을 오르고 문을 열어 사람에게 배달하는 모습을 볼 수 있을 것이다.

더 나아가 이번에는 절대 넘어지지 않는, 아니 넘어질 수가 없는 로봇을 만들어보고 싶었다. 그래서 연구원들을 모아 놓고 이런 질문을 던져보았다.

"중력의 방향을 바꿀 수 있다면 무엇을 할 수 있을까?"

내가 황당한 질문을 던지자 로멜라 연구원들은 신나게 머릿속 상상을 이야기하기 시작했다. 달에서 걷는 우주인, 영화 속의 풍선을 달고 날아오르는 집, 절벽 위에서도 잘 뛰어다니는 산양, 물속에서 추를 달고 걷는 다이버, 물에서 우아하게 걷는 홍학 같은 답들이 쏟아져 나왔다. 그런 대답들을 통해 하나씩 아이디어를 찾아내고 조합해 나가자 해결의 실마리가 보였다.

헬륨 가스를 채운 몸체가 하나의 아이디어로 나왔다. 그렇게 탄생한 로봇이 바로 발루BALLU: Buoyancy Assisted Lightweight Legged Unit다. 몸체가 헬륨 풍선으로 이뤄진 발루는 2족 보행 로봇으로 그 특성상 중력의 영향을 덜 받기 때문에 넘어지지 않는다. 넘어지지 않기 때문에 옆에 갓난아기가 자

데니스 홍, 상상을 현실로 만드는 법

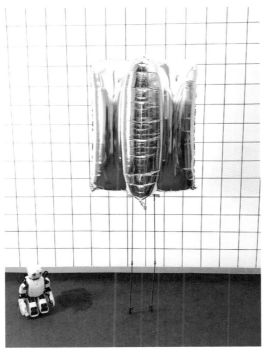

위쪽_헬륨 풍선 몸체의 2족 보행 로봇 발루. 매우 가볍고, 절대 넘어지지 않는 안전한 로봇이다.

아래쪽_여섯 개의 다리를 가진 실비아. 어떤 방향으로 든 움직일 수 있으며, 스파이더 맨처럼 벽 사이를 걸어 다닐 수 있다.

고 있어도 걱정할 필요가 없다. 게다가 걸음걸이는 또 어찌나 우아한지 마치 홍학 같다. 그런데도 계단도 잘 오르고, 장애물도 잘 넘고, 춤도 기가 막히게 잘 춘다.

점점 자신감이 생겼다. 어떤 로봇을 상상하든 만들어낼 수 있을 것 같았다. 후속 로봇 개발이 착착 이루어졌다. 세계 최초로 스파이더 맨처럼 벽 사이를 걸어 다닐 수 있는 실비아SiLVIA: Six Legged Vehicle with Intelligent Articulation가 탄생했다. 6개의 다리를 가진 실비아는 어떤 방향으로도 움직일 수 있으며, 그림을 그리고 지울 수 있는 다소 우아한(?) 작업부터 암벽을 탈 수 있는 등의 험난한 작업까지 가능하다.

이어 전 세계적으로 하루에 수백 명의 사람이 지뢰 때문에 희생 당한다는 소식에 개발한 지뢰 탐지 로봇 헥스HEX: Hexapod Enhancment Xperiment. UCLA로 옮겨온 로멜라가 처음으로 제작한 로봇이다. 소형 자동차 크기의 헥스는 같은 크기의 다리가 여러 개 달려 있어 험난한 지형에서도 자유자재로 이동할 수 있다. 헥스가 몸체 아래에 장착한 탐지 센서로 지뢰를 발견하면 지뢰제거반에 신호를 보낸다. 그러면 사람이 안전한 곳에서 헥스의 배에 달린 팔을 조종해 지뢰를 제거한다.

내친 김에 나는 보조 로봇 마지MAGI: Magic, Art and Gaming Initiative도 만들어 보았다. 내 또 다른 꿈인 요리사와 마술사를 생각하고 다양한 일을 할 수 있도록 만들었다. 마지는 2018년 여름 넷플릭스가 제작하는 영화에 출연해 실제 마술사와 마술 경연을 펼칠 예정이다.

최근에는 액추에이터actuator 제작에도 도전해보았다. 액추에이터란 출

위쪽_지뢰 탐지 로봇 헥스. 인간을 대신해 위험한 지역에서 위험한 일을 수행한다.
아래쪽_보조 로봇 마지. 내 또 다른 꿈인 요리사와 마술사를 생각하며 만들어보았다.

력된 신호를 바탕으로 물체를 동작시키고 제어하는 기계장치를 말한다. 로봇을 예로 들어 설명하면, 로봇의 다리와 팔을 움직이는 인공근육과 같은 것이라고 할 수 있다.

역동적dynamic으로 움직이는 로봇을 만들기 위해서는 액추에이터의 탄성을 조절하는 것이 중요하다. 탄성이 없으면 로봇이 점프를 하거나 착지를 할 때, 로봇에 가해지는 충격 때문에 비싼 기어나 모터가 박살이 나버리기 때문이다. 그렇기에 험난한 지형에서 돌아다니며 사람 곁에서 일할 수 있는 안전한 로봇을 만들기 위해서는 기술이 개선되어야 할 필요가 있었다.

이제까지 액추에이터는 스프링 없이는 충격을 제어할 수 없었다. 하지만 우리가 제작한 액추에이터 베어BEAR: Back-drivable Electromagnetic Actuator for Robots는 다르다. 스프링이 없이도 힘과 탄성을 마음대로 제어할 수 있다. 베어는 탄성뿐 아니라 힘, 마찰, 제동과 같은 물리적인 특성도 자유자재로 제어가 가능하다. 로봇이 망가지지 않고 제 기능을 다할 수 있게 하는 혁신적인 기술이다. 이에 전 세계 로봇연구소에서 우리가 개발한 액추에이터에 대한 문의가 빗발치고 있다.

지금도 UCLA의 로멜라에서는 신기하고 재미있고 기상천외한 연구들이 진행 중이다. 물 위를 걷는 로봇, 외줄 타는 로봇도 만들었다. 말도 안 된다고, 황당하다고 생각할지도 모른다. 하지만 만들어보지 않고서는 알 수가 없다. 그것이 가능한지 불가능한지. 길고 짧은 건 대봐야 안다.

혹은 대체 이런 로봇이 무슨 소용이냐고 말할지도 모르겠다. 하지만 하나의 로봇이 개발되면 그걸 토대로 다음 단계, 또 그다음 단계로 넘어갈 수 있다. 물 위를 걷는 로봇이 성공한다면 수해 현장이나 해상 재난에도 사용할 로봇이 만들어질 수 있다. 외줄 타는 로봇이 성공한다면 고층 건물 화재 현장에 사용 가능한 로봇이 만들어질 수 있다. 그렇다면 해야 하는 것이 당연하다. 사람을 닮았는지 아닌지 형태는 중요하지 않다. 사람을 위한 로봇이라면 나는 그 어떤 것도 만들 것이다.

"한 사람의 꿈에 날개를 달아주는 것만큼 아름답고 가치 있는 일은 없어요."

Q 장래 희망에 대해 고민하는 청소년들이 많습니다. 꿈꾸는 것을 따라야 할지, 현실적인 여건을 따라야 할지도 문제고요. 이런 학생들에게 한 말씀 해주신다면요?

생각해보면 저는 정말 행운아예요. 어릴 때부터 일찍 꿈을 찾았고, 다행히 내가 꿈꾸던 대로 지금 로봇을 만들며 행복하게 살고 있으니까요. 그래서 청소년들을 대상으로 강연을 하고, 이야기를 나누며 멘토링을 할 때면 미안한 마음이 들기도 해요. 꿈을 이룬 사람이 그것에 대해 이야기하는 것만큼 쉬운 일이 또 어디 있겠어요? 그래서 조심스럽긴 한데요. 그래도 내 꿈을 찾고 싶은 학생이라면 다음의 세 가지는 꼭 기억했으면 좋겠어요. "내가 좋아하는 일인가", "내가 잘할 수 있는 일인가", "사회에 도움이 될 수 있는 일인가".

취업이 잘 되는 것? 돈을 많이 버는 것? 이런 현실적이고 외형적인 조건도 물론 중요해요. 하지만 그에 앞서 이 세 가지를 먼저 고민해봐야 한다고 생각합니다. 내가 좋아하는 일이면 당연히 좋아서 스스로 열심히 하게 되고, 내가 잘하는 일이면 더 많은 기회를 만날 수 있고, 가치 있는 일을 하게 되면 돈과 명예는 자연스럽게 따라오기 때문이에요. 이왕 꿈을 꾼다면 멋진 목적에 부합되는 꿈을 꾸어야 하지 않을까요?

한번은 어떤 학생이 제 페이스북을 통해 연락을 해왔어요. 음악을 하고 싶어 하는 중학교 3학년 학생이었는데, 자기의 꿈을 좇는 것과 부모님의 바람 사이에서 생긴 마찰로 괴로워하고 있더라고요. 저는 그 학생에게 이렇게 말했어요. 자신의 꿈을 좇는 것은 중요한 일이지만, 그건 꿈을 이룰 수 있는 확률을 높이는 일이지 100퍼센트 나의 행복을 보장해주지는 않는다고요. 다만 행복할 수 있는 확률을 높이기 위해 취미로라도 계속 음악을 하면서 꿈을 키워나가면 좋겠다고 응원해주었어요. 부모님께는 연주나 작곡한 곡을 들려드리면서 음악에 대한 본인의 열정을 보여주면 좋겠다는 조언과 함께요.

그 학생과 나눴던 대화를 학생의 허락을 받고 페이스북에 올렸어요. 비슷한 상황으로 고민하는 학생들이 정말 많았나 봐요. 많은 학생들이 공감을 해줘서 저도 기뻤습니다.

Q 교수님은 연구와 강연을 비롯해 많은 일을 하고 있습니다. 보통은 한 가지 일도 제대로 하기 힘든데, 그 많은 일을 하시는 교수님만의 노하우가 있을 것 같습니다.

로멜라에서 제가 다루는 메인 프로젝트는 보통 3~4개 정도 되고, 서브 프로젝트도 10개가 넘어요. 그 밖에 최소한 한 달에 한 번은 한국을 찾아와 연구 관련 미팅도 하고, 강연, 멘토링, 방송 출연 등 제가 가치 있다고 믿는 외부 활동들도 많이 하고 있고요. 감사하게도 저를 찾아주시는 곳이 많아요. 정말 감사한 일이지만, 안타깝게도 모두 다 할 수는 없어서 나름의 기준을 세워 우선순위를 선택하고 있어요.

지금 개발하고 있는 인공심장을 예로 들어볼게요. 만일 제가 인공심장 개발에 성공한다면 어떻게 될까요? 심장질환을 앓는 수많은 환자들에게 혜택이 돌아가게 되겠죠. 그런데 현실은 개발에 성공할 확률이 무척 낮은 게 사실이에요. 반대로 성공할 확률은 높아도 사회에 별로 도움이 되지 않는 일도 있을 거예요. 그러면 저는 아무리 성공할 확률이 높아도 그 일은 과감히 포기해요. 이렇게 '기댓값'을 중요하게 생각합니다.

저는 매일매일 포기해요. 힘들어서 포기하는 게 아닙니다. 아닌 것을 붙잡고 늘어지는 것은 어리석은 일이라고 생각하기 때문에 그런 거예요. 아닌 일이라면 포기하는 것이 현명해요. 인생을 살 때 '무조건 열심히!'라는 자세는 사실 효율적이지 못해요. 아무리 뛰어난 사람이라 할지라도 모든 것을 잘할 수는 없으니까요. 그래서 일의 우선순위를 매기는 것이 중요합니다. 남들이 말하는 우선순위가 아니라, 내 의지와 철학이 담긴 우선순위를요.

Q 그렇다면 교수님에게 있어 인생의 최우선순위가 있다면 무엇일까요?

'제 행복'입니다. 저는 사실 미국에서는 외부 활동을 전혀 하지 않아요. 미국에서는 연구소와 집만 왔다 갔다 해요. 한국에서는 외부 활동, 미국에서는 연구와 가족. 이렇게 완전히 구분을 하지요. 그래야 가정도 행복하고, 연구도 잘할 수 있고, 가치 있는 외부 활동을 왕성하게 할 수 있어요.

밀린 이메일, 마감 기한이 지난 리포트, 시작도 안 한 연구 발표 자료 준비, 제출하지 못한 연구 제안서 등 해야 할 일이 정말 많아요. 그렇더라도 저는 집에서 맛있는 요리를 만들어 가족들과 같이 즐겁게 먹고, 아들과 '스타워즈' 놀이를 하고, 사람들과 만나서 이야기를 나누고, 조용히 산책을 하며 하루를 돌아보는 일을 절대 빼놓지 않아요. 그래야 제가 행복하니까요. 저는 해야 할 일이나 하고 싶은 일을 먼저 하지 않습니다. 그런 것들을 모두 포함해서 제 행복에 중요한 순서대로 선택하고 있어요. 일에 우선순위를 두다 보니 어느 순간 정작 제가 하고 싶은 일들은 하나도 못 하게 되더라고요.

결국 저는 행복을 위한 '삶의 밸런스'를 가장 중요하게 생각합니다. 좋은 남편, 좋은 아버지가 되는 것. 이게 언제나 제게 1순위예요.

Q 엔지니어로서, 로봇공학자로서 가장 중요한 가치는 무엇이라고 생각하세요?

'소통'입니다. 저는 로봇을 만들 때 중요하게 생각하는 것이 있어요. "이 로봇은 어디에 사용될 수 있을까? 이 로봇이 사회에 어떤 영향을 미칠까?" 그런데 이에 대한 대답들은 책에서 배울 수 있는 게 아니더라고요. 많은 사람과 소통하면서 가슴으로 느껴야 합니다. 내가 만든 기술을 실제로 사용할 사람들과 마음을 열고 소통하면서, 그들의 관점에서 왜 이 기술이 필요한지 마음으로 깨달아야 해요. 그래야 비로소 기술에 대한 영감을 얻을 수 있습니다.

저는 사람들을 만나는 것을 굉장히 좋아해요. 제 친구들 중에는 정말 별의별 사람이 다 있어요. 그중에는 우연히 만난 사람도 많아요. 저와 생각이 같고 추구하는 가치가 비슷한 사람들을 만나 이야기 나누는 것은 언제나 즐거워요. 즐겁게 만나 가벼운 이야기를 나누다 보면 새로운 아이디어가 떠오르기도 합니다. 새로움은 결국 사람들 속에 있어요. 그래서 저는 누군가와 함께 일할 때 그 분야에서 가장 유명한 사람을 찾기보다는 나와 잘 통하는 사람인지를 먼저 생각합니다.

Q 로봇 연구로 바쁘신 와중에도 특별히 계속 한국을 찾으시는 이유가 있으신지요? 이젠 한국에서도 유명 인사가 되셔서 그로 인해 불편한 점도 생기셨을 텐데요?

솔직히 처음에는 신나고 재미나서 한국을 찾았어요. 최신 로봇 기술을 한국에 소개하고, 청소년들에게 용기를 심어주고 싶어서요. 하지만 차츰 이름이 알려지고 길거리에서 저를 알아보는 사람이 생기니까 기분이 좋았어요. "와, 데니스 홍이다! 로봇 박사님이다!" 하고 외치고, 같이 사진 찍자고 하고, 사인을 해달라고 하니까 신이 났어요. 어린이들이 많은 행사에서는 아이돌 같은 인기를 누리기도 했어요. 진짜 연예인이 된 기분이었습니다.

그러던 어느 날, 세수를 하다가 거울에 비친 제 얼굴을 보고 깜짝 놀랐어요. 거울 속에 내가 아니라 웬 거만한 남자가 있더라고요. 소름이 돋았어요. 그제야 주위 사람들이 보내던 걱정스런 시선이 이해됐습니다. 지금 생각하면 창피하지만, 당시에는 제가 부러워서 그러는 거라고 생각했거든요. 그런데 정말 제가 잘못된 길을 가고 있던 거예요. 유명하다는 것으로 유명해져서는 안 된다는 사실을 깨달았습니다.

그 뒤로 저는 한국에서의 일정을 마치고 미국으로 돌아오면, 한국에서의 나를 상자 안에 꾹꾹 눌러 담아 뚜껑을 덮어요. 제가 있어야 할 곳은 제 연구소, 제 가족 안이니까요.

운이 좋게도 저는 로봇계에서 조금 유명해졌어요. 이왕 유명해진 거 저를 더 좋은 쪽으로 사용하고 싶어요. 제가 할 수 있는 한 최대한 한국의 젊은이들을 좋은 방향으로 이끌어주고도 싶어요. 부모님들이 백날 공부 좀 해라 잔소리하는 것과, 제가 악수하고 포옹하며 "우와, 로봇에 관심 있다고? 그럼 열심히 공부해서 우리 연구소로 오지 않을래? 기다리고 있을게"라고 말하는 것은 전혀 다르거든요. 실제로 지금 우리 연구원 중에도 어렸을 때 저를 만나 로봇을 만들겠다는 꿈을 키운 사람이 있어요.

한 아이의 꿈에 날개를 달아주는 것만큼 아름답고 가치 있는 일이 어디 있겠어요. 제가 힘들어도 계속 한국을 찾는 이유에요.

Q **그렇다면 교수님을 롤 모델 삼아 공학자를 꿈꾸는 학생들에게 한 말씀 해주세요.**

흔히 로봇을 좋아하고, 손재주가 있거나 창의적 아이디어가 많으면 로봇공학자가 될 수 있다고 생각들 하는 것 같아요. 하지만 절대 그렇지 않거든요. 그런 생각에 머물면 로봇은 그저 취미밖에 되지 않아요. 정말로 로봇공학을 공부하고 싶다면 수학과 과학 공부를 열심히 해야 해요. 왜 공부해야 하는지 스스로 목적을 가지고서 해야 합니다.

사실 나도 수학을 별로 좋아하지는 않았어요. 하지만 로봇공학자가 되려면 수학이 필요하니까 열심히 공부했어요. 목표가 있다 보니 싫은 것도 참고 공부할 수 있었죠. 그러다 보니 흥미가 생기기도 하더라고요.

로봇공학뿐일까요? 우리 집 근처에 채소 가게가 하나 있는데요, 언제 한번 채소 가게 사장님한테 왜 이 일을 하시냐고 물어본 적이 있어요. 그랬더니 지역 농장에서 키운 맛있고 건강한 채소를 지역 주민들에게 널리 소개하기 위해서래요.

이처럼 나의 목표를 명확히 해야 합니다. 단지 돈을 잘 버는 게 목표라면, 그건 우리의 삶과 꿈을 피폐하게 만들 뿐이에요. 나는 많은 분들이 사회적 가치가 높은 명확한 꿈과 목표를 가지셨으면 좋겠어요. 그러면 어떤 일을 하든 성공할 가능성이 높다고 생각합니다.

특별히 사용할 곳도 없고 어떻게 쓰이게 될지
모르는 아이디어들이 모여서 미래가 됩니다.
자신에게 떠오른 생각들을 소중히 정리해주세요.
무엇보다 그 일에 재미를 느끼세요.
재미있었던 상상은 사라지지 않습니다.

Chapter 4

모든 상상은
결국 실현된다고
믿는다

작은 아이디어를
큰 아이디어로

나는 항상 연필과 '아이디어 노트'라고 부르는 조그마한 노트를 꼭 들고 다닌다. 일상을 관찰하다 보면 언제 어디서 아이디어가 튀어나올지 모르기 때문이다. 재미있는 아이디어가 떠올라 꼭 기억해둬야 아무리 다짐을 해도 적어두지 않으면 몇 시간 지나 다 잊어버린다. 주변의 아무 종이에나 메모를 남길 때도 간혹 있는데, 낱장의 종이라 잃어버리기 일쑤여서 메모한 종이를 스마트폰으로 사진을 찍어 저장해두기도 한다. 여러 다양한 메모 어플리케이션, 아이디어 정리 어플리케이션도 찾아봤지만, 종이와 펜을 대체할 만한 도구를 아직 찾지 못했다.

이상하게도 나는 아침 샤워 시간에 기발한 아이디어가 자주 떠오른다. 하루는 갑자기 아이디어가 떠올라 샤워하다 말고 수건 한 장만 걸치고 뛰어나와 허겁지겁 종이와 펜을 찾아 메모를 했다. 하지만 머리에서 물이 뚝뚝 떨어지는 바람에 잉크가 다 번져 알아보지 못했다. 한번은 김 서린 욕실 거울에 손가락으로 일단 스케치를 해놓고 샤워를 마친 후에 그림을 확인했더니 이미 사라지고 없었다. 떠오른 아이디어에 너무 골몰한 나머지 머리만 세 번 넘게 감은 적도 있다.

새벽 서너 시쯤 침대에 누워 잠이 들락말락 할 때는 머릿속에 떠오르는 재미난 생각들을 '보기'도 한다. 이상한 삼차원 도형이며 여러 색깔의 다양한 모양들이 둥둥 떠다니다가 서로 엉키고 뒤집어지고 돌아가면서 신기한 동작의 메커니즘이 만들어진다. 루빅스 큐브나 퍼즐처럼 도형들이 척척 들어맞아 이상한 기계적 형상을 이루기도 한다. 대개 수학적 개념에 대한 기하학적 형상들이다. 샤워 중에 떠오르는 아이디어는 구체적이고 정리가 잘된 편이라면, 새벽에 떠오르는 생각들은 무의미한 것들이 대부분이다. 그럼에도 찰나의 아이디어를 놓치지 않기 위해 협탁에 아이디어 노트와 작은 LED 전구가 달린 펜을 두고 잔다.

매일 눈을 뜨자마자 협탁 위 노트를 열어본다. 아무것도 적혀 있지 않을 때도 있고, 잘 정리되어 있을 때도 있다. 기억 나지 않는 추상화 같은 이상한 스케치도 있고, 알아보기 힘든 글씨체로 마구 휘갈긴 것도 있다. "지난밤에 내가 무슨 생각을 했던 거야?"라며 수수께끼 풀 듯 메모를 해독한다. 그러다 '앗!' 하고 기발한 아이디어를 찾아내면, 바로 서재로 달려가 컴퓨터 데이터베이스에 정리를 해놓는다. 특별히 사용할 곳도 없고, 어떻게 쓰이게 될지 모르는, 그저 단순히 재미있는 아이디어에 그칠 때도 많다. 그럼에도 언젠가 쓸모있을지도 모른다는 생각에 소중히 정리해두고 있다.

딱히 로봇 연구를 위한 것만은 아니지만, 이렇게 정리된 아이디어들은 필요한 순간에 유용하게 사용된다. 예를 들면 연구 제안서 등을 쓸 때다. 특정 연구 과제에 연구비를 지원한다는 펀딩 에이전시의 공문이 오면, 나는 일단 그 과제가 내 연구 분야인지 평소 관심 있던 주제인지를 살핀다. 만약 이 두 가지 조건이 일치하면 주제를 분석하고 문제 해결책을 고민한다. 아이디어 노트와 데이터베이스를 뒤적이며 적합한 게 있는지 찾아본다. 그렇게 찾아낸 아이디어를 이렇게 저렇게 구성하고 다듬어서 하나의 솔루션을 만들어 연구 제안서를 제출한다. 제안서가 통과되면 새 프로젝트가 시작된다. 작은 아이디어가 많은 사람을 이롭게 하는 기술로 가치를 얻게 되는 것이다.

다리가 세 개 달린 로봇 스트라이더STRiDER: Self-excited Tripedal Dynamic Experimental Robot도 이렇게 탄생했다.

대학원생 때 공원 벤치에서 한 아주머니가 귀여운 여자아이의 머리를 땋아주는 모습을 보았다. 땋아 놓은 머리는 많이 봤지만, 그 과정을 보는 것은 처음이라 조용히 신기하게 관찰했다. 머리카락이 질서 있게 움직이는 모습이 매우 흥미로웠다. 머리카락을 세 갈래를 나누어 저글링하듯 손가락 사이로 왔다 갔다 하는 손놀림이 어쩜 그렇게도 자연스럽고 우아한지. 마치 무대 위에서 공연하는 발레리나를 보는 듯했다. 게임이나 퍼즐에 응용할 수 있지 않을까 하는 생각이 들어 재빨리 주머니에서 연필과 노트를 꺼내 세 가닥의 머리카락이 왔다 갔다 하는 과정을 순차적으로 스케치하고 간단히 메모했다.

데니스 홍, 상상을 현실로 만드는 법

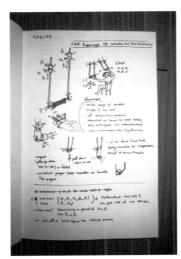

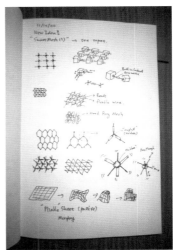

언제 어디서 아이디어가 튀어 나올지 모르기에
나는 번뜩이는 생각이 스칠 때면 꼭 메모를 한다.
스마트한 시대이지만 여전히 종이와 펜은 뛰어난
아이디어 도구다. 이렇게 모아 놓은 아이디어는
내 프로젝트의 원천이 된다.

이후 버지니아테크 교수가 되어 한창 연구 제안서를 작성하고 제출할 때였다. 미국 해군연구소Office of Naval Research에서 새로운 종류의 기동성 높은 로봇에 관한 연구 제안서를 모집한다는 공고를 보았다. 새로운 방식으로 움직이는 로봇이라……. 머리를 굴려보았다. 〈스타워즈〉의 R2-D2가 다리 세 개로 움직이는 모습이 떠올랐다. 그런데 어떻게 해야 세 발로 움직이는 로봇을 만들 수 있지? 고민 끝에 대학원 시절의 아이디어 노트를 꺼내 뒤적였다.

이상한 바퀴 모양, 삼각형의 링키지 메커니즘linkage mechanism, 단순한 기계 요소를 조합해 운동을 구현하는 것, 형태가 변하는 피라미드 구조, 천장에 매달려 여러 형태로 움직일 수 있는 봉, 여러 방법으로 연결되는 블록들……. 그러다 머리를 땋는 스케치가 딱 눈에 들어왔다. 세 가닥의 머리카락의 우아한 움직임이 어떤 유기체의 움직임처럼 보였다. 복잡하지만 자연스러운 그 움직임이 로봇의 다리 운동으로 겹쳐 보였다. 이걸 적용해보자! 하지만 머리를 땋는 움직임 그대로 응용하면 다리들이 서로 꼬일 수밖에 없다.

'한 발짝씩 디딜 때마다 몸체가 180도 뒤집어지면 다리가 안 꼬이지 않을까? 그래, 바로 그거야!'

하나가 풀리자 기관총에서 총알들이 '따따따따' 나오듯 이후 과정이 술술 풀리기 시작했다.

• 카메라 삼각대처럼 다리가 세 개니까 서 있을 때 안정적이겠네. 정지 상태에서의 안정성 확보!

데니스 홍, 상상을 현실로 만드는 법

- 로봇이 걷다가 방향을 바꾸려면 어떻게 해야 하지? 아, 한 발은 제대로 짚을 수 있을 테니 디디는 순서만 바꾸면 되지 않을까? 그러면 왼쪽, 오른쪽으로 쉽게 방향을 바꿀 수 있겠다!

- 걸을 때마다 로봇 몸체가 왼쪽, 오른쪽으로 휘청거리지 않을까? 아니지. 사람도 걸을 때 왼발, 오른발 교대로 나가지만 몸은 흔들리지 않고 직진으로 나아가잖아.

- 한쪽 다리가 나머지 두 다리 사이로 들어갈 때는 땅에 끌린 것 같은데. 무릎을 굽혀 돌게 해야겠군.

- 몸체의 두 어깨 관절이 서로 직선상에 놓여야 몸을 뒤집을 수 있잖아. 각각 모터를 달아 제어하려면 너무 무거워지니 기계적인 자체 메커니즘을 구상해볼까?

- 몸이 180도씩 돌아가면 몸에서 다리로 연결되는 전선들은 어떻게 하지? 걸을 때마다 계속 꼬일 텐데……. 아, 슬립 링slip ring. 회전 전기자에 전류를 유도하기 위해 사용하는 접촉용 링 장치를 쓰면 되겠구나!

- 다리를 돌릴 때 모터를 쓰지 않고 중력으로 진자 추처럼 돌게 하면? 그렇지! 다리를 스윙하듯이 움직이면 다리가 세 개라도 사람과 비슷한 걸음걸이가 되겠네.

- 다리가 길어서 키가 크니까 카메라를 장착하면 장애물이 있어도 저 멀리 볼 수 있겠는데. 그럼 정찰용으로도 활용 가능하겠다. 어? 그러면 몸체에 인식용 카메라를 달아야 하는데, 발을 디딜 때마다 몸이 뒤집어지면 어쩌지?

여러 질문들과 해답들이 마치 그 세 가닥의 머리카락이 움직이는 것처럼 뒤엉키며 서서히 정리가 되었다. 새로운 로봇, 스트라이더의 형태가 잡혀가기 시작했다. 허버트 조지 웰스H. G. Wells의 소설 『우주전쟁』에 나오는 기괴한 삼발이 외계인 로봇과도 흡사하고 카메라 삼각대처럼 생긴, 다리가 세 개지만 사람처럼 걷는 스트라이더는 이런 과정을 거치며 만들어졌다.

어렸을 때부터 생물체에 관심이 많던 나는 자연에서 영감을 얻어 아이디어를 발현시키기도 한다. 대부분의 아이들이 그렇듯 나 역시 동물원에 가는 것을 좋아했다. TV에서 〈동물의 왕국〉 같은 다큐멘터리에 심해의 수중동물이나 해파리, 문어, 게 등이 나올 때면 TV 앞에 바짝 다가가 그 안에 빨려 들어갈 것처럼 넋 놓고 시청했다. 초등학생 때는 학교 연못의 물을 컵에 받아 집으로 가져와서는 형, 누나와 함께 현미경으로 별의별 모습의 생물체들을 들여다보았다. 외계 생물처럼 생긴 단세포동물들이 물속을 헤엄쳐 다녔다. 신기하고 참 재미있었다.

그래서일까, 나는 〈터미네이터 2〉에 나오는 액체 금속 로봇과 유사한 형태의 로봇을 영화가 개봉되기 한참 전부터 상상해왔다.

'부드러운 젤리처럼 형체가 변하고 액체처럼 흐르면서 움직이는, 아메바처럼 땅에서도 위족僞足. 일시적으로 세포의 한 부분이 밖으로 돌출되면서 이동함으로 움직이는 로봇을 만들면 어떨까?'

그 상상을 실현할 기회가 찾아왔다. 버지니아테크 교수로 임용되고, 나는 아메바 로봇 개발을 주제로 '커리어 어워드NSF CAREER award'를 준비하기로 했다. 커리어 어워드란 한국의 '젊은 과학자상'처럼 우수한 젊은 과학자를 지원하기 위한 일환으로 미국립과학재단에서 수여하는 상

데니스 홍, 상상을 현실로 만드는 법

세 발을 가진 로봇 스트라이더. 일상을
관찰하면서 적어 놓은 아이디어에서 얻은
영감으로 구상된 로봇이다.

이다. 연구 제안서를 토대로 수상 자격을 심사하며, 수상자가 되면 5년 간 지원을 받을 수 있다. 젊은 신참내기 교수들에게는 더할 나위 없이 좋은 기회다. 그만큼 중요하기 때문에 연구 주제를 창의적으로 잘 정해야 한다.

나는 원래 박사과정 때 연구한 주제를 발전시킨 제안서를 커리어 어워드에 제출할 생각이었다. 그러고 나서 여준구 박사님께 자문을 구했는데, 박사님이 생물과 관련된 로봇으로 제안서를 써보면 어떻겠냐고 하시는 것이었다. 박사님의 말씀을 듣고 연구 주제를 바꾸기로 했다. 그때 아메바처럼 움직이는 로봇이 떠올랐다.

하지만 막상 시작하려니 막막했다. 지금이야 생명체를 본떠 만드는 소프트 로보틱스가 새롭게 각광받고 있지만 당시에는 그렇지 않아 정보가 부족했다. 젤리나 액체 같은 로봇이 과연 가능할지도 도통 감이 안 잡혔다. 어떤 식으로 만들지? 어떻게 움직이게 하지? 자연 속 아메바는 잘도 움직이는데…… 결국 발상의 시작인 아메바를 먼저 연구해야겠다는 생각이 들었다. 도서관으로 가서 단세포동물에 대한 책을 찾아 공부했다. 다른 생물학자들을 찾아가 궁금한 것이 있으면 물었다. 아메바에 대해 많은 걸 배우고 알 수 있게 되었다.

아메바가 움직일 수 있는 것은 '세포질 유동' 때문이다. 아메바는 내부는 유동성 있는 액체, 외부는 젤리 같은 표피로 이루어져 있다. 내부의 액체가 앞으로 흐르면서 젤리로 변해 '머리' 부분의 표피를 만드는데(위족운동), 이때 꼬리 쪽 표피가 다시 액체로 변하면서 몸속으로 흡수된다. 즉

내부의 액체가 표피로, 외부의 표피가 내부의 액체로 변환되는 과정에서 움직임이 일어나는 것이었다. 정말 신기했다. '자연은 종종 우아한 해결책을 찾는다Nature often has an elegant solution'라는 말이 떠올랐다.

아메바가 움직이는 원리는 이해했으니 로봇을 구현할 방법을 찾아야 했다. 몇 달 동안 고민하다가 장난감 가게에서 해답의 실마리를 찾았다. 세로로 기다란 튜브처럼 생긴 물풍선, 워터 위글러Water Wiggler를 발견하는 순간, 나는 "이거다!" 하고 외쳤다. 워터 위글러가 뒤집어지면서 돌아가는 모습이 마치 몸에서 흘러나온 액체가 젤리가 되고, 그 젤리가 다시 액화되어 몸으로 흡수되는 아메바의 움직임과 비슷해 보였다. 나는 아메바의 이동 원리를 바탕으로 커리어 어워드에 연구 제안서를 작성하고 제출했다. 이 제안서는 결국 수상의 영광을 안겨주었고, 내게 수많은 '기회의 문'을 열어주었다.

커리어 어워드 수상을 계기로 본격적으로 더블유에스엘WSL: Whole Skin Locomotion이라고 이름 붙인 아메바 로봇 개발에 들어갔다. 몸을 둘러싸고 있는 표피 가운데 어떤 부분이라도 외부 환경에 닿으면 그 마찰로 움직일 수 있다는 의미를 담고 있다. WSL은 물렁물렁한 재료로 만들어져 좁은 공간을 비집고 들어갈 수 있다. 뒤집어 움직일 수도 있어서 자신의 3분의 1 크기만 한 작은 구멍도 통과할 수 있다. 따라서 무너진 건물 속을 들어가야 하는 구조 로봇이나 인간의 몸속을 검사하는 내시경 등 의학용으로도 개발하기에 안성맞춤이다. 이렇게 WSL로 새로운 움직임을 선보이며 나는 소프트 로보틱스 분야의 선구자가 되었다.

이후 나는 WSL을 발전시켜 카이메라ChIMERA: Chemically Induced Motion Everting Robotic Amoeba라는 이름의 아메바 로봇을 개발했다. 이 개발에는 펜실베이니아대학교의 마크 임 교수가 함께했다. 틀에 박힌 생각에서 벗어나 매번 놀라운 아이디어를 내놓는 그는, 나와 지향하는 바가 같다. 그래서일까, 우리가 함께 만든 로봇도 성과가 좋았다. 카이메라는 전기 모터로 움직이는 것이 아닌, 100퍼센트 화학 반응으로만 움직이는 최초의 로봇이었다. 로봇 표면에 화학물질을 뿌려주면, 탄성이 있는 표면에서 에너지 불균형이 일어나 이동하는 기상천외한 로봇이다.

머리 땋는 모양, 아메바의 움직임, 장난감으로부터 영감을 얻었듯이, 호기심을 가지고 관찰만 한다면 우리는 언제 어디서나 주변에서 아이디어를 얻을 수 있다. 다만 아무리 창의적인 아이디어라도 실제로 만들어내지 않으면 소용이 없다.

상상을 현실로 만들어내기 위해서는 언제 어디서 나올지 모르는 아이디어를 잠자리 잡듯 낚아채야 하고 기록해야 한다. 작은 아이디어를 큰 아이디어로 만드는 과정도 필요하다. 관찰하고 아이디어를 모으는 데서 끝나서는 안 된다. 그걸 어떻게 적용시킬 것인지 다음 단계를 끊임없이 생각해야 한다. 필요한 정보를 얻기 위해 다방면으로 노력해야 한다. 배움을 게을리 해서는 안 된다. 결국 아이디어를 완성하는 것은 체계적인 지식이다. 그래서 나는 교수가 되고 나서 더 많은 공부를 하고 있다.

듣고 배우고
협업하라

심장에 치명적인 상처를 입은 한 남자. 그는 자신의 심장을 대체하기 위해 상온 핵융합 반응을 일으키는 또 다른 심장을 만들어 넣는다. 그 심장을 동력으로 강철 수트를 만들어 입고 슈퍼 히어로로 거듭난다. 바로 영화 〈아이언 맨〉의 주인공 토니 스타크다. 토니 스타크의 심장처럼 로멜라에서는 얼마 전부터 '체내 반영구 인공심장' 연구를 시작했다.

앞서도 잠깐 언급했지만, 내가 UCLA로 학교를 옮긴 이유 중 하나가 세계 최고를 자랑하는 의과대학 때문이다. UCLA로 옮겨오기 전 로멜라에서는 뛰어난 성능의 의수 라파엘을 만드는 데 성공했다. 더욱 놀라운 건 라파엘의 시제품을 만드는 데 들어간 비용이 200달러에 불과했다는 점이다. 기존 제품 중에도 훌륭한 의수가 많았지만 만드는 데 비용이 너무 많이 든다는 게 문제였다. 그런데 로멜라에서는 새로운 아이디어로 접근 방식을 달리 해 저렴하면서도 뛰어난 성능을 갖춘 의수를 개발한 것이다.

이처럼 의학도 로봇공학이 필요한 분야 중 하나다. 인공심장도 그렇다. 인공심장은 정확히 말하면 로봇은 아니다. 하지만 사람을 위한 기술 개발이라는 측면에서 보면 충분히 로봇공학 기술이 접목될 수 있다. 그러면 토니 스타크의 가슴에 박혀 있는 아크 원자로처럼 혼자 작동하는 인공심장을 만들 수 있지 않을까 싶었다.

내가 제안한 '체내 반영구 인공심장'은 기존의 체외에 부착해 심장 기능을 조절하는 장치가 아니다. 토니 스타크의 아크 원자로처럼 체내에서도 효율적이고 안전하게 작동하도록 새로운 펌프 메커니즘을 고안했다. 이 인공심장은 몸 곳곳에 부착한 여러 센서에서 들어오는 신체 정보로 심장 박동을 스스로 조절할 수 있도록 만들 예정이다.

문제는 이러한 인공심장을 제대로 만들기 위해서는 로봇공학뿐 아니라 의학 전문 지식도 필요하다는 것이다. 어떤 기능이 있는 로봇을 만드느냐에 따라 기계, 전기, 전자, 컴퓨터 공학, 인공지능, 재료, 생물 등 수많은 학문과 접목해야 한다. 아무리 천재적인 학자라고 한들 모든 분야를 다 잘할 수는 없는 법. 따라서 해당 학문의 전문가와 팀을 만들어 협업하는 것이 좋다.

협업하기 위해서는 자기 전공 분야에 대한 깊이 있는 지식은 물론, 다른 분야의 전문가와 대화가 될 만큼 깊이 있고 폭넓은 지식을 갖춘 'T자형 지식인'이 되어야 한다. T자형 지식인은 시스템 통합을 위해 꼭 필요한 자질이다. 개발할 로봇에 어떤 분야의 지식이 필요한지, 어떤 문제가 발생할지 추론이 가능해지기 때문이다. 그 문제를 해결해줄 전문가를 찾는 것도 한층 수월해진다. 그만큼 더 좋은 팀을 짤 수 있고, 프로젝트 성공 가능성도 높아진다. 따라서 나는 교수가 된 뒤로 더 열심히 공부하고 있다. 내 전공 지식만으로는 절대 더 좋은 로봇을 만들 수 없기 때문이다. 참고로 나는 기구학機構學으로 학위를 받았다. 기구학이란 기계를 구성하는 각 부분의 짜임새와 그 기능에 관한 이론을 다루는 학문으로 로봇공학에서는 필수적이다.

실제로 나는 다른 전문가들과의 교류로 연구의 범위와 분야가 더 확대되는 경험을 자주 하고 있다. 2005년에 나는 미국항공우주국^National Aeronautics and Space Administration, 나사의 하계 교원연구원^Faculty Research Fellow 으로 선정되어 캘리포니아 패서디나에 있는 JPL^Jet Propulsion Laboratory, 나사제트추진 연구소에서 석 달 동안 연구한 적이 있다. 그곳에서 나는 리머 2a^LEMUR 2a: Limbed Excursion Mechanical Utility Robot 2a 로봇을 개발하는 프로젝트에 참여했다. 리머 2a는 거미 혹은 게처럼 생긴 로봇으로, 북처럼 납작한 둥근 원통형의 몸체에 여섯 개의 다리가 60도 간격으로 대칭을 이루며 달려 있어서 앞뒤, 좌우 구분 없이 전 방향으로 걸을 수 있는 로봇이다.

리머 2a는 지구나 다른 혹성의 땅 위를 걷고 돌아다니는 용도보다는 무중력상태의 우주 공간에서 우주왕복선이나 우주정거장 밖에서 자율적으로 걸어 다니고 조사하고 보수하는 용도로 개발되었다. 처음 설명을 듣고 고개를 갸우뚱거렸다. 무중력상태에서 어떻게 걷는다는 거지?

'로봇이 걷기 위해선 다리가 우주선 바깥쪽 선체에 닿아야 힘이 전달될수 있는데, 지구에서는 중력이 잡아 당기니 괜찮지만 우주는 무중력상태 잖아? 아, 발에 자석을 쓰면 되겠다!'

'그런데 우주왕복선의 아랫부분은 세라믹 재질이고, 우주정거장은 대부분 알루미늄으로 만들어져서 자석이 안 붙을 텐데?'

'로봇 등쪽에 작은 로켓을 달아서 역분사하면 그 추력^推力으로 로봇을 바닥 쪽으로 밀어붙일 수 있겠구나.'

하지만 나사에서는 리머 2a가 우주정거장 밖에 상주하는 로봇이기에 연료를 계속 주입해야 하는 상황은 곤란하다고 했다. 방법이 없을까? 다른 나사 엔지니어들과 브레인스토밍을 해봤다. 생체 모방 방식으로 접근해보자는 의견이 나왔다.

스파이더 맨처럼 벽에 붙어 다닐 수 있는 동물을 떠올려봤다. 도마뱀이 생각났다. 도마뱀은 벽도 기어 올라가고, 천장에서도 거꾸로 매달려 돌아다닐 수 있다. 대체 도마뱀의 발이 어떻게 되어 있기에 그게 가능할까? 한 연구진이 그 원리를 밝혀냈다. 도마뱀의 발에는 수백만 개의 미세한 털들이 달려 있다. 그러다 보니 '판데르발스의 힘van der Waals force'이 작용해 중력을 극복할 수 있는 것이다. 판데르발스의 힘이란 아주 가까운 거리에 있는 두 분자 사이에 작동하는 힘이다. 도마뱀의 발에 달린 수많은 털이 벽과의 접촉면을 넓게 해 판데르발스의 힘이 커져 강력한 접착력을 지니게 되는 것이다.

우리는 이러한 원리를 적용해 무중력상태에서도 걸을 수 있는 로봇을 개발하기로 했다. MIT 김상배 교수가 스탠퍼드에서 박사과정 중에 연구한, 벽을 기어 올라가는 도마뱀 로봇과도 비슷하다. 이 프로젝트를 실행하기 위해서는 로봇공학자뿐 아니라 재료공학자와 생물학자까지 필요했다. 그래서 우리는 생물학을 로봇에 접목시킨 연구로 유명한 카네기멜론대학교의 메틴 시티Metin Sitti 교수를 초빙, 함께 프로젝트를 진행했다.

하계 교원연구원을 마치고 돌아온 뒤에도 JPL의 연구원들과 계속 같이 작업하고 싶었다. 그러려면 리머 2a가 필요했다. 하지만 이 로봇은 우주용으로 만들어진 것이라 비쌌다. 나는 로멜라의 학부 연구원들과 저렴하면서도 리머 2a와 성능이 비슷한 복제품 마스^MARS: Multi Appendage Robotic System를 만들었다. 딱히 화성에 보내고 싶어서는 아니었지만, 화성 탐사 로봇으로 유명한 JPL의 복제품에 딱 맞는 이름이었다.

우리는 마스로 전 방향으로 이동하고 걷는 알고리즘을 개발해 JPL과 공유하고, 다른 연구에도 활용했다. 고운 모래, 굵은 모래, 마른 모래, 습한 모래 등 모래 상태에 따라 알맞게 걸을 수 있는 미 해군을 위한 로봇 연구에도, 관절의 탄성을 이용해 울퉁불퉁한 표면을 걷는 연구에도 사용했다.

다시 돌아가서, JPL에서 하계 교원연구자로 있는 동안 매우 즐거웠다. 특히 자연과학자들과 만나 카페에서 점심을 먹으며 이야기 나누는 것이 좋았다. 이야기가 길어져 점심을 두 시간 이상 먹는 날도 많았다. 나는 그 중에서도 지질학자들과 대화를 자주 했다.

화성 탐사 로봇 듀오인 스피릿^Spirit과 오퍼튜니티^Opportunity가 막 활동하고 있는 시기여서 우주 탐사에 관심 있는 사람이라면 누구나 들떠 있었다. JPL에서 개발한 스피릿과 오퍼튜니티는 2004년에 화성에 무사히 도착, 활동을 하기 시작했다. 이 두 로봇은 그간 실패를 거듭한 나사의 체면을 회복시키고 우주 탐사에 다시 활기를 띠게 해주었다.

지질학자들은 스피릿과 오퍼튜니티가 날마다 보내오는 이미지와 데이터에 대해서 열띤 토론을 벌였다. 자신들의 추론을 침이 튀도록 열정적으로 늘어 놓았다. '화성에 생명체가 과연 있을까? 아니면 있었을까?', '탐사선이 막 보내온 화성 사진 속의 이상한 구슬들은 무얼까?' 그 모습이 어찌나 귀여워 보이던지. 매일 초롱초롱한 눈으로 신이 나서 이런 이야기를 하던 그들이 하루는 아쉬운 얼굴로 말했다.

"화성 표면의 계곡과 절벽을 보고 싶은데, 안타깝게도 그 두 로봇이 거기에 갈 수 없대요. 우리가 꼭 보고 데이터를 구하고 싶은 절벽의 지층이 바로 거기에 있는데 말이에요."

이렇게 말하는 그들은 심지어 슬퍼 보이기까지 했다. 나는 이를 통해 실험실이 아닌, 험한 환경에서 실제로 작동할 수 있는 로봇을 개발하는 일이 얼마나 어려운지 다시금 깨달았다. 두 화성 탐사 로봇은 바위가 울퉁불퉁한 험한 지형에서도 돌아다닐 수 있는 로커보기 메커니즘rocker-bogie mechanism, 굴곡진 길도 잘 넘어갈 수 있는 구동 휠이 장착된 구조로 나사가 화성 탐사 로봇 개발 때 같이 개발으로 설계되었다. 그럼에도 절벽 근처에는 얼씬도 못한 것이다.

로멜라로 돌아온 뒤에도 그들의 얼굴이 잊히지 않았다. 맘에 드는 장난감이 생겨 신나게 장난감 가게로 갔는데, 마침 그 장난감이 다 팔려 슬퍼하는 아이 같달까.

절벽을 기어오르고 내려오는 로봇. 이런 로봇을 만든다면 화성의 비밀이 풀리지 않을까? 그뿐이랴. 탄광의 터널에 갇힌 광부를 구출하고, 헬리콥터가 접근하지 못하는 절벽을 오르다 다친 사람을 구출하는 데도 유용할 것 같았다.

그래, 이거다! 내 박사학위 논문「로봇의 각 발이 벽을 오를 때 가하는 힘의 분배에 대한 연구Multi contact force distribution」가 떠올랐다. 그저 학위만 따고 끝나는 건가 싶어 아쉬웠는데, 활용 방법을 찾은 것이다. 내가 박사

데니스 홍, 상상을 현실로 만드는 법

과정 때 연구 개발했던 이 방법을 이용한다면 사람들이 줄을 타고 암벽을 오르듯이, 윈치로 줄을 타고 오르내리며 발 디딜 곳을 찾아 이동할 수 있는 로봇을 만들 수 있을 것 같았다. 논문에 나온 방법을 이용해 로봇에 달린 각각의 발이 절벽에 '얼마만큼의 힘'을 '어느 방향'으로 가해야 하는지 계산한다면 발이 미끄러지지 않고 평형을 이루며 안정적으로 절벽을 오르내릴 수 있는 로봇이 개발 가능하리라.

하지만 아쉽게도 연구를 지원해줄 펀딩 기관과 프로그램을 찾지 못했다. 그래서 나는 로멜라의 학부 연구원인 한 학생과 함께 절벽을 오르내리는 로봇 클라이머CLIMBeR: Cable-suspended, Limbed Intelligent Matching Behavior Robot를 직접 개발했다. 학부 연구원의 졸업과 연구 자금의 부족으로 더 이어가지는 못했다. 항상 이 점이 아쉬웠다. 하지만 시간이 흘러 드디어 박사 학위 논문에 나온 대로 움직임을 구현할 수 있는 하드웨어 기술을 가진 로봇을 만들 수 있게 되었다. 그 로봇이 바로 실비아다.

이처럼 로봇을 만들기 위해서는 다양한 분야의 전문가의 식견이 필요하다. 나의 필요에 의해서가 아닌, 정말 그 분야에서 필요한 로봇에 대한 아이디어가 생겨나고 만들 수 있기 때문이다. 그렇기에 다른 전문가들의 의견을 귀담아듣고 필요하면 협업도 해야 한다. 하지만 협업이 말처럼 그리 쉬운 것은 아니다. 체내 반영구 인공심장 프로젝트의 경우, 공학계와 의학계에서 사용하는 용어 자체도 다를뿐더러 의사들은 로봇 쪽 기술을 모르고, 로봇공학자들은 의사들이 필요로 하는 것을 정확히 캐치하지 못한다. 이래서는 성공 가능성이 낮을 수밖에 없다.

결국 협업보다 소통이 우선이라는 생각이 들었다. 나는 의사들은 로멜라를, 로봇공학자들은 UCLA병원을 주기적으로 견학하는 과정을 프로그램에 포함시켰다. 그 과정에서 마치 자신이 사람의 목숨줄을 쥐고 있고 자신의 판단이 다른 사람의 견해보다 옳다고 믿는 몇몇 의사들 때문에 곤란을 겪기도 했다. 더 많은 생명을 살리고 더 나은 사회를 만들자는 공동의 목표를 가졌는데도 공학자들을 의료기구 제작 보조쯤으로 여기는 의사들이 더러 있었다. 시너지 효과는커녕 일이 어그러질 판이었다. 그렇다고 그만둘 수는 없었다. 그럴수록 우리는 보다 긴밀한 소통을 하려고 노력했고, 결국은 서로의 전문 분야를 존중하는 분위기를 이끌어낼 수 있었다.

체내 반영구 인공심장 프로젝트는 현재 진행형인지라 어떤 결과가 나올지 아직은 모른다. 하지만 오래 걸리지 않아 좋은 소식이 있으리라고 믿는다. 만약 실패하더라도 의사들과 함께한 이 프로젝트의 과정은 앞으로 '사람을 위한 새로운 기술 개발'에 분명 또 다른 문을 열어줄 것이라 기대한다.

더 신나게
더 즐겁게 더 재미있게

누구나 살아가면서 힘든 시절이 있게 마련이다. 나라고 해서 예외일 리

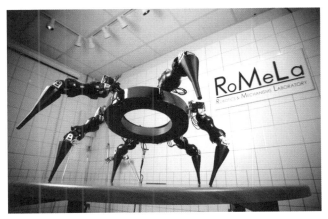

로봇은 로봇공학자의 기술로만 만들어지지 않는다. 그 로봇이 필요한 분야의
전문 지식과 전문가의 식견도 필요하다. 따라서 다양한 분야의 전문가와 협업이
필요하다. 나는 나사의 공학자들과 함께 연구를 하면서 관련 로봇 연구를
시작했고 마스(위쪽)와 클라이머(아래쪽)를 개발할 수 있었다.

없다. 스물한 살에 미국으로 건너와 공부할 때는 외로웠다. 교수가 되고 제출한 연구 제안서들이 계속 거절당했을 때는 힘들었다. 버지니아테크에서 UCLA로 옮겼을 때는 그 어느 때보다 괴로웠다. 그럼에도 참고 견딜 수 있었던 것은 나의 열정을 발산할 곳을 찾아 움직였기 때문이다. 그것이 새로운 환경이든 새로운 과제이든 상관없다. 무엇이든 그 상황에 집중해 재미를 느끼고 열정을 불태우다 보면 힘들다는 생각은 저 멀리 사라져버린다.

나는 사실 어려운 일이 닥쳐도 거기에 오래 빠져 있는 성격이 아니다. 그저 될 때까지 여러 가지로 헤쳐 나갈 뿐이다. 가던 길이 막히면 되돌아나와서 전체를 다시 조망해보고 가는 길을 수정할지언정 목적지를 향해 묵묵히 간다. 그러다 보면 의외의 결과를 얻기도 한다. 내 로봇들은 그렇게 탄생했다. 물론 "열심히 하면 다 되니까! 신나게, 즐겁게 해보자!"라고 주문을 외워도 고생은 고생이다. 힘든 생각이 잊힐 뿐 힘든 상황이 변하는 것은 아니니까. 아무리 긍정적인 마인드가 주특기라 해도 아무렇지 않을 수는 없다.

대학 입학 후에도 그랬다. 남들이 다 좋다고 하는 대학에 입학했건만 나는 하나도 좋지 않았다. 재미도 없었고, 학교에 가기도 싫었다. 내게 대학이란 답답한 고등학교 시절을 버티게 해준 희망이었다. 교실에 처박혀서 온종일 주입식 수업만 받던, 창의성을 발휘할 기회라곤 눈곱만치도 없는 입시 생활을 버틴 건 대학에 가면 신세계가 펼쳐지리라는 기대 때문이었다. 진짜 하고 싶은 공부는 대학에 가면 할 수 있다고, 그때까지만 참자고 좁은 독서실의 의자에 앉아 매일같이 스스로를 다독였다. 이 시간만 지나면 내가 원하는 대로 신나고 즐겁게 지낼 수 있겠지.

그런데 웬걸, 첫날부터 신입생 환영회에 불려 다니며 술만 마셨다. 여기저기서 속을 게워냈고, 그러는 사이 아침이 밝았다. 실망스러웠다. 물론 왜 그 난리인지 모르는 바는 아니었다. 일종의 보상 심리도 있었을 테고, 고등학교 시절의 찌든 것들을 게워낸다는 의미도 나쁘지 않았다. 하지만 내가 원한 건 열정이었다. 자유로운 탐구였다. 이제 원하는 걸 찾아 공부할 기회를 맞이했는데, 이렇게 시간 낭비를 하는 것이 속상했다. 실험과 연구에 몰두하고 싶었다. 초등학생 때의 과학부 생활이 그리웠다.

대학 2학년 때 잠시 스탠퍼드대학교의 서머스쿨을 다녀왔는데, 그것이 유학을 결심하게 된 결정적 계기가 되었다. 학부생들도 실제 연구에 참여할 수 있는 그 환경이 부러웠다. 한국에 돌아와서도 계속 생각났다. 참 재미있었는데……. 더는 견딜 수 없었다. 그때 아버지께서 나를 불러 말씀하셨다.

"물론 지금 다니는 학교도 좋은 데니까 졸업하면 좋은 점이 많겠지. 그런데 대학원을 미국에서 다닐 생각이 있다면 좀 더 일찍 가는 게 어떻겠니? 그러면 적응도 더 빨리 할 수 있을 테고."

풀이 죽어 시들해진 대학 생활을 하는 나를 보며 부모님이 꽤 오랫동안 논의하신 모양이었다. 다른 곳에서 새로운 경험을 한다는 것, 기쁘고 설레었다. 하지만 늘 가족과 함께 지냈던 내가 과연 혼자 잘 지낼 수 있을까? 걱정도 들었다.

결국 나는 미국 중북부에 위치한 위스콘신매디슨대학교로 편입했다. 캠퍼스가 참 예쁜 학교였다. 학교 홍보 책자를 보니 호수와 나무가 어우러진 광경이 마치 천국 같았다. 하지만 내가 도착한 때는 겨울. 위스콘신의 겨울은 말 그대로 지옥 같았다. 추위가 장난 아니었다. 세찬 바람에 귀마저 꽁꽁 얼어 떨어져 나갈 것만 같았다. 밤에는 영하 20도까지 내려갔다. 눈은 왜 그리 많이 오는지. 학사 일정 때문에 어쩔 수 없이 겨울에 갔던 터라 그곳이 11월에 눈이 내리면 4월까지 녹지 않는 혹한으로 유명하다는 사실을 그때까진 몰랐다.

어머니와 함께 학교가 있는 매디슨에 도착했다. 방학이라 캠퍼스는 텅 텅 비어 있었다. 눈 내리는 겨울 길이 그렇게 우중충해 보일 수 없었다. 기숙사가 문을 열지 않아 모텔에 짐을 풀고 학교 안을 둘러보는데 암담했다. 이런 곳에서 혼자 지내야 하나, 어머니가 좀 더 계셔주시면 좋을 텐데……. 이런 내 마음도 모르시는지 어머니는 나를 꼭 안아주시며 "큰 뜻을 품고 여기 왔으니, 아들 열심히 해"라고 하시고는 택시를 타고 공항으로 떠나셨다. '이제 정말 나 혼자네…….' 절로 한숨이 나왔다. 나는 어머니를 태운 택시가 떠난, 그 눈 내리는 회색빛 길을 오랫동안 멍하니 바라보고 서 있다가 털털 걸어 숙소로 돌아왔다. 텅 빈 숙소는 쥐 죽은 듯 조용했다. 영하의 추위에 마음까지 시렸다.

하지만 감상에 빠지는 건 사치였다. 해야 할 일이 많았다. 먼저 능숙하지 않은 영어를 하루 빨리 익혀야 했다. 그렇지 않으면 학과 공부를 따라갈 수가 없었다. 당시에는 영어가 익숙하지 않아 하루하루가 고달팠다.

방법은 딱 하나, 고등학교 3학년 때처럼 공부하는 것이었다. 어쩌면 그때보다도 더 열심이었는지 모른다. 혹시라도 영어와 멀어질까 봐 일부러 한국 사람도 만나지 않았다.

유학 오기 전까지는 영어가 두렵지 않았다. 미국에서 태어나 어려서부터 영어를 사용한 터라 일상적인 대화는 얼마든지 할 수 있었다. 공부도 쉽게 할 수 있으리라 생각했다. 하지만 달랐다. 익숙하지 않은 전문용어들부터 일상 영어와는 확실히 다른 영역이었다.

처음에는 사소한 것도 잘 몰라 헤매기 일쑤였다. 한번은 교수님이 시험 볼 때 블루 북blue book, 시험 보기 전에 미리 준비해야 하는 제출용 답안 노트을 준비해 오라고 하셨는데, 무슨 말인지 못 알아듣고 아무 종이에다 써서 답안을 제출하기도 했다. 과제도 어떤 식으로 제출하는지 몰라 허둥댔다. 미국의 대학 교육은 팀 프로젝트와 토론을 중시하는 터라 능숙하게 자기 주장을 펼치고 발표까지 해야 했다.

그럼에도 적응이 빨랐던 것은 내 열정 때문이었다. 낯선 환경에서 익숙지 않은 언어로 공부한다는 건 쉬운 일이 아니었지만, 나는 내가 원하던 대로 공부할 수 있어서 즐거웠다. 시들해진 열정이 다시 샘솟았다. 내가 연구하는 로봇에 대해 사람들에게 신나게 설명하고 다녔다. 사람들이 재미있게 들어주었다. 그러면 나는 더 신이 나서 이야기했다. 그러기를 반복하니 영어로 생활하는 게 어렵지 않았다. 한번은 누가 요구한 것도 아니고 굳이 할 필요도 없었는데 리포트 표지를 삼차원 컴퓨터 그래픽으로 멋있게 꾸며서 제출했다. 리포트 내용을 표현한 그래픽이었는데, 개인 컴퓨터가 보급되기 시작한 지 얼마 안 된 때라서 친구들도 감탄했다.

과제 하니까 '열역학 프로젝트'가 생각난다. 당시 "여름철, 밀폐된 차 안의 강아지가 죽는다"란 기사가 화제였는데, '자동차 안의 강아지를 안전하게 만드는 장치를 개발하라'는 개방형 과제가 주어졌다. 나는 수업 시간에 배운 대로 열의 대류, 전도, 복사의 열역학 공식들을 사용해 한낮에 실외에 주차된 자동차의 실내 온도 상승 폭을 계산했다. 얼마만큼의 열을 빼내야 강아지가 안전한지도 계산했다. 그리고 태양열을 이용해 자동차 밑바닥과 연결된 파이프에서 물을 분사시켜 실내의 열을 식히는 장치인 '핫도그 쿨러Hot Dog Cooler'를 고안해냈다. 핫도그 모양의 로고와 포스터도 만들어 세일즈맨이 자사의 신제품을 판매하듯 발표했다. 모두가 내 발표를 즐거워하며 좋아해주었다.

하지만 열 대류 계산이 틀리는 바람에 발표 직후 교수님께서 "데니스, 미안하지만 강아지는 죽었어"라고 말씀하셨다. 모두들 한바탕 웃어댔다. 결국 B학점을 받게 되었지만, 뭐 어떤가. 나는 과제를 하고 발표를 준비하는 그 시간이 신났고, 교수님과 수업을 함께 들은 학생들도 즐거워했다. 게다가 내가 뭘 틀렸는지도 덤으로 알게 되었다. 그것이 공부하는 재미 아닌가. 과제 하나에도 열정을 불태울 수 있는 환경에 있다는 것이 나는 좋았다.

돌이켜보면 유학 초창기 생활이 힘들었던 이유는 낯선 곳에 있다는 사실보다도 홀로서기를 해야 한다는 것 때문이었다. 누구나 성인이 되면 한 번쯤 겪는 일이라지만, 나는 유독 그 시간이 견디기 힘들었다. 외롭고 또 외로웠다. 서울에 있는 가족들이, 친구들이 그립고 보고 싶었다.

하지만 긴 겨울이 지나고 새 학기가 시작되니 조금씩 달라졌다. 기숙사에서 지내며 친구들을 사귀면서 허전한 마음이 채워지기 시작했다. 다시 열정이 샘솟았다. 그렇다고 친구들과 어울려 놀기만 한 것은 아니다. 사실 공부 외에 다른 것은 신경 쓰지도 않았다. 노는 것도 담배도 끊었다. 대신 운동을 열심히 했다. 일찍 일어나서 자전거를 타고 공부하고, 도서관 앞 호수에서 요트를 타거나 윈드서핑을 하고 공부하고. 아주 규칙적이고 착실하게 살았다. 슬럼프에 빠져들 시간도 없었다. 그렇게 밤낮으로 열심히 공부한 결과 성적도 만족할 만큼 잘 나왔다.

학부생인데도 로봇공학연구실의 존 유이커 교수님 밑에서 연구도 할 수 있었다. 성적과 연구 결과들도 좋아 대학 졸업 전에 대학원에도 합격했다. 덕분에 마지막 학기에는 여유를 부릴 수 있었다. 그제서야 다른 한국인 유학생 친구들도 만나고 그랬다. 나는 졸업식 때 우등생만 할 수 있는 빨간 띠를 두르게 되었다. 부모님이 무척이나 좋아하신 건 말할 것도 없다.

그러고 보면 나를 움직이는 것은 열정, 재미, 이런 것들이다. 나의 에너지는 재미있는 것, 열정적인 것으로부터 온다. 나를 설레게 하고 신나게 하는 것들을 보면 그 안에 푹 빠져든다. 내가 자꾸 불가능한 일에 뛰어드는 것도, 상상 속 기상천외한 로봇들을 만들어내는 것도 결국은 거기서 희열을 느끼기 때문이다. 재미가 없으면, 열정을 불태울 수 없으면 나는 하고 싶지가 않다.

나는 내가 만든 로봇을 설명할 때도 '이 로봇이 재미있는 건'이란 표현을 자주 쓴다. 그만큼 새롭고 기발하다는 뜻이다. 내게 열정은 즐거움이고, 그 즐거움은 새로운 것을 발견하고 연구하고 개발하는 데서 온다. 나는 만든 로봇을 업그레이드하는 것보다는 누구도 상상 못 한 로봇을 만들어 세상에 선보이는 일이 더 좋다. 그것보다 신나는 일은 내게 없다.

나의 이런 성향은 로멜라에도 이어진다. 갖가지 아이디어가 살아 숨쉬고, 전혀 새로운 로봇, 고정관념을 깨는 로봇을 만드는 곳. 이것이 로멜라의 핵심이다. 그러기 위해서는 로멜라가 즐거운 곳이어야 한다. 신나는 곳이어야 한다. 그런 로멜라를 위해 나는 노력하고 있다. 이런 분위기에서 나온 황당한 아이디어들이 하나의 로봇으로 탄생하는 과정이 얼마나 재미있는 일인지, 로멜라의 연구원들이 느꼈으면 좋겠다. 아무리 좋아하는 일이라도 그 일에 대한 열정은 결국 즐거워야 생기는 법이니까. 열정은 몸이 아니라 마음에서 나오는 것이다.

데니스 홍, 상상을 현실로 만드는 법

나는 로멜라를 즐거운 곳으로 만들고 싶다. 즐거운 분위기 속에서 나온 황당한 아이디어들이 하나의 로봇으로 탄생하는 과정. 이 과정이 얼마나 즐겁고 재미난 일인지! 아무리 좋아하는 일이어도 그 일에 대한 열정은 즐거워야 생긴다. 나는 로멜라의 연구원들이 그런 즐거움에 빠져봤으면 한다. 열정은 몸이 아니라 마음에서 나오는 것이다.

저는 정답을 요구하는 문제는 내지 않습니다.
공식으로 풀 수 있는 것도 내지 않습니다.
중요한 건 의문을 갖는 겁니다. 세상에
존재하는 규칙을 의문 없이 받아들이면
생각이 깨지지 않습니다.

Chapter 5

문제에
정답이 있다는
생각을 버려라

계속 다르게
생각하라

어느 분야든 마찬가지겠지만 로봇공학에서도 창의력은 필수적이다. 새로운 로봇을 구상하는 일도 그렇지만, 로봇을 만들 때 생기는 문제들을 해결하려면 새롭게, 다르게 생각할 줄 알아야 하기 때문이다. 문제를 여러 각도에서 살피고 해결의 실마리를 찾아야 한다. 절대 기존의 공식대로만 만들어지는 것이 아니다.

나는 창의력이란 무에서 유를 창조하는 것뿐 아니라 '전혀 다른 분야의 것들을 연결시키는 능력'까지도 포함한다고 생각한다. 문제를 다른 방식으로 접근해 풀이해보거나 전혀 다른 분야의 것에서 영감을 얻어 새로운 것으로 '탈바꿈'시키는 것도 창의력이다. 요즘 같은 세상에서는 이러한 융합이나 탈바꿈시키는 능력이 더 요구되기도 한다. 내가 창의력을 발산하는 것도 이러한 방식이다.

"바퀴를 다시 발명하는 것Reinventing the wheel"이란 말이 있다. 쓸데없는 일

데니스 홍, 상상을 현실로 만드는 법

로 시간과 노력을 낭비하는 것을 이르는 말이다. 그만큼 바퀴는 인간의 가장 훌륭한 발명품 중 하나다. 간단하면서도 효율적인 바퀴는 모든 구동 장치에 사용되고 있다. 자동차는 물론이고 마트에서 밀고 다니는 쇼핑 카트까지. 하지만 지구는 육지의 반 이상이 바퀴나 무한궤도^{탱크나 불도} ^{저 같은 차 바퀴의 둘레에 강판으로 만든 벨트를 걸어 놓은 장치}가 말을 듣지 않는 험준한 곳이다. 이런 지역에서 과학적 탐사를 한다거나 재난 당한 사람을 구조하는 로봇을 만든다고 한다면 당연히 기동성에 대한 새로운 메커니즘이 필요하다.

하지만 이런 곳도 사람이나 동물은 움직일 수 있다. 다리로 걸어가면 된다. 자, 그렇다면 어떻게 하면 좋을까? 로봇에 다리를 적용하면 되지 않을까? 물론 그 기술은 이미 개발되어 계속 진행되고 있다. 다만 아직 로봇이 다리를 사용하기에는 구조적으로 너무 복잡하고 구현도 어렵다. 나는 새로운 해결책을 찾고 싶었다. 바퀴처럼 단순하면서도 다리처럼 기동성이 좋은 것은 없을까? 바퀴의 장점과 다리의 장점을 하나로 합칠 수는 없을까? 그렇게 태어난 것이 임패스^{IMPASS: Intelligent Mobility Platform with Active Spoke System}다.

여기 바퀴의 둥근 체 없이 바큇살만 있는 게 있다. 임패스는 바큇살 하나하나가 다리 역할을 하며 바퀴처럼 돌아간다. 더욱이 중심을 관통하는 바큇살은 개별적으로 움직일 수 있다. 그래서 임패스는 바퀴처럼 굴러가지만, 필요할 경우 바큇살이 저마다 들어갔다 나왔다 하면서 움직이기도 한다. 임패스의 바큇살 끝에는 사람의 발과 같은 촉각 센서가 달려 있어

시각장애인이 지팡이로 더듬어 길을 찾아가듯 지형을 파악하며 움직일 수 있다. 아주 큰 장애물을 만났을 때도 몸체에 달린 카메라와 센서로 장애물의 크기와 모양을 파악, 각 바큇살의 움직임을 계산하고 제어해 장애물을 넘을 수 있다. 연구소에서 테스트했을 때 임패스는 자기 키의 세 배나 되는 장애물을 넘는 탁월함을 보였다.

임패스는 다르게 움직이는 것도 가능하다. 바큇살 세 개가 땅에 닿아 있을 때는 중심 회전축만 돌리면 몸체만 돌아가기도 한다. 이런 동작을 활용해 긴 꼬리 끝에 카메라를 달아두면, 임패스 앞에 높은 장애물이 있더라도 그 너머에 있는 것이 관찰 가능하다.

바퀴가 달린 로봇은 두 가지 방식 중 하나를 사용해 방향을 바꾼다. 하나는 왼쪽 바퀴와 오른쪽 바퀴를 다른 방향으로 돌려 바꾸는 방식 Differential Steering이다. 그런데 임패스는 오른쪽 바퀴와 왼쪽 바퀴가 연결되어 있어 이 방식을 사용할 수 없다. 그렇다고 앞바퀴를 틀어 방향을 바꾸는 방식Ackerman Steering도 사용하지 않는다. 뻗어 있는 바큇살을 올리고 내림으로써 각 바퀴의 지름을 바꿀 수 있기 때문이다. 왼쪽 바퀴 지름이 오른쪽 바퀴보다 커지면 오른쪽으로, 오른쪽 바퀴 지름이 왼쪽 바퀴보다 커지면 왼쪽으로 도는 것이다. 어떻게 기존의 방식과 완전히 다른 기발한 움직임이 가능할까? 전혀 다른 방식으로 움직이는 두 가지, '바퀴'와 '다리'를 '연결'시켰기 때문이다.

새로운 움직임으로 뛰어난 기동성을 보여주는 임패스.
전혀 다른 방식으로 움직이는 '바퀴'와 '다리'를 '연결'시켜
탄생시킨 것이다. 이렇게 나는 전혀 어울리지 않는
것들, 전혀 관계 없어 보이는 것들을 연결시켜 새로운
것을 만들어내는 것이 좋다. 이것이 바로 창의성이다.

비판을 접어둘 때
나오는 창의력

어느 봄날의 토요일, 늦은 오후. 기대감으로 부푼 초롱초롱한 눈들이 강의실에 가득하다. 바로 '로멜라 브레인스토밍 세션'에 참여하기 위해 온 학생들이다.

버지니아테크에 있을 시절부터 나는 '로멜라 브레인스토밍 세션'을 개최했다. 이미 학교 내에 유명해서 다른 학과 학생들도 많이 참여했다. 나는 이 시간을 참 좋아한다. 많은 사람들이 창의력이 무엇인지 느끼고 배워갈 수 있는 경험을 제공할 수 있기 때문이다. 나의 지식과 경험을 다른 사람과 공유한다는 것은 매우 기쁜 일이다. 그런 자리를 통해 나도 많은 에너지를 얻는다.

사람들은 나를 두고, 내 로봇을 보고 창의적이라고 말한다. 그런 말을 들을 때면 기분이 좋다. 하지만 창의성이란 나 혼자만 갖고 있는 것이 아니다. 누구에게나 있다. 그걸 이끌어내고 발전시키는 방법을 잘 모를 뿐이다. 어떻게 하면 다른 사람들도 창의성을 이끌어낼 수 있을까? 내가 아이디어를 찾고 현실화하는 과정을 공유하고 싶은데 어떻게 하면 좋을까? 수업 시간만으로는 이 과정을 보여주기에는 부족한데. 그래서 '로멜라 브레인스토밍 세션'을 창안한 것이다. 짧은 시간이나마 내가 어떻게 아이디어를 발견하고 발전시켜 가는지 알려주고 싶었다.

브레인스토밍 세션에는 규칙이 있다. 나는 세션을 시작할 때마다 이 규칙에 대해서 먼저 언급한다.

"로멜라 브레인스토밍 세션에 온 여러분, 반갑습니다. 이제 여러분과 함께 아이디어 여행을 떠날 거예요. 우리가 가려는 곳은 정해져 있지만 누구도 거기까지 가는 방법은 몰라요. 그 길을 여러분과 함께 찾을 겁니다. 가다 보면 우리가 정한 목적지가 아닌, 전혀 다른 곳에 도착할 수도 있어요. 그래도 괜찮습니다. 더 재미있는 곳이라면요. 대신 규칙이 하나 있습니다. 모두 이 규칙을 따라주셔야 해요. 어길 시에는 그 즉시 퇴실입니다. 꼭 지켜주셔야 해요!"

세션 참석이 처음인 학생은 도대체 무슨 말인가 싶어 의아해하는 반면, 여러 번 참석했던 학생들은 열정 가득한 눈빛으로 나를 응시한다. 나는 칠판 한가운데에 큰 글씨로 문장 하나를 또박또박 적는다.

"누구도 다른 사람의 생각을 비판할 수 없다Nobody criticizes anybody's ideas!"

브레인스토밍이 시작되는 순간부터 끝날 때까지 꼭 지켜야 할 규칙이다. 비판이 나쁘다는 뜻은 아니다. 분명 도움이 되기도 한다. 하지만 창의적인 아이디어를 자유롭게 꺼내는 순간에는 유용하지 않다. '이런 말을 해도 될까? 반응이 별로면 어쩌지?', '내가 이상하다고 생각하지 않을까?', '웃음거리가 되면 어떻게 해.' 이렇게 비판이 두려워 자기방어에 골몰하는 사이 기발한 생각은 사라지기 때문이다.

브레인스토밍 세션을 할 때는 정답을 요구하는 문제는 내지 않는다. 공식으로 풀 수 있는 것도 내지 않는다. 발상의 전환이 필요한 주제를 제시해 '무엇'이 아니라 '어떻게'를 찾고, '어떻게'를 찾아가는 과정에서 '왜'를 반복할 수 있는 토론을 유도한다. 한번은 환경오염 데이터를 측정하는 로봇에 대한 주제를 냈다.

"야외에서 오랫동안 작동해야 하는 로봇을 개발할 겁니다. 환경오염을 측정하는 로봇으로 한 6개월가량 혼자 숲속을 돌아다녀야 해요. 이 기간 동안 로봇이 계속 작동하려면 어떤 에너지원을 사용해야 할까요? 이 문제를 해결할 아이디어를 모아봅시다. 말도 안 되는 황당한 생각도 괜찮습니다. 그런 아이디어가 생각지도 않던 좋은 해결책을 제시해주기도 하니까요. 단 아까도 말했지만, 누구도 다른 사람의 의견을 비판해서는 안됩니다!"

학생들은 수수께끼를 받은 것처럼 고개를 갸웃거리며 생각에 잠겼다. 강의실은 조용했다. 한 학생이 손을 들며 정적을 깼다.

"대용량 건전지를 탑재합니다!"

"에이, 그러면 무거워서 못 움직이지······."

구석에 있던 한 학생의 혼잣말이 들렸다. 나는 그쪽을 바라보고 손가락을 좌우로 흔들며 주의를 줬다.

"잠깐만요, 누구도 다른 사람의 의견을 비판할 수 없어요. 알고 있죠?"

갑자기 학생들이 서로 먼저 말하겠다고 자신 있게 나서기 시작했다.

"원자로를 탑재합니다. 화성 탐사 우주선처럼요."

"태양전지를 달아서 스스로 태양에너지로 충전하게 해요!"

곳곳에서 기발한 의견들이 쏟아져 나왔고, 나는 바쁘게 그 아이디어들을 칠판에 옮겨 적었다. 학생들은 쉬지 않고 계속 아이디어를 냈다. 강의실이 창의적 에너지로 가득 찼다.

커다란 칠판은 어느새 학생들의 아이디어로 빼곡했다. 그중에는 진짜 말도 안 되는 황당한 공상도 있었다.

"로봇에 다람쥐 쳇바퀴를 달아서 그 동력으로 발전기를 돌립니다!"

"숲속의 로봇을 충전시키는 로봇들을 6개월 동안 계속 보내는 건 어떨까요? 그럼 무사히 임무를 마치고 돌아오지 않을까요?"

"로봇이 숲속의 벌레들을 잡아먹게 하고 그 화학에너지를 전기에너지로 변환해 작동하게 합니다!"

그렇더라도 '그건 정말 말도 안 돼요'라는 피드백은 하지 않았다. 그저 의견을 낸 학생들의 이름을 불러 눈을 맞추고 "오케이", "좋은 의견이에요", "정말 기발해요"라고만 답해주었다. 학생들 역시 서로에게 박수를 아끼지 않았다.

이제 칠판은 빈 공간 없이 빽빽했다. 본격적으로 아이디어를 묶기 시작했다. 방식은 다르더라도 방향성이 같은 아이디어를 묶고 또 묶었다. 묶을 수 없는 요상한 의견, 망상과 공상은 과감히 버렸다. 그러자 아이디어군이 여덟 개로 정리됐다. '비판 없는 브레인스토밍'은 여기까지였다.

"그 많던 아이디어가 여덟 개로 묶였죠? 이제부터는 이 여덟 개를 현실 가능하게 만들어봅시다. 지금부터는 다른 사람의 의견을 비판해도 좋습니다. 단, 왜 그렇게 생각하는지 이유를 덧붙여야 해요."

여덟 개의 아이디어군만 남겨 놓고 칠판을 정리하자 강의장 분위기가 달라졌다. 학생들은 치밀하게 하나씩 짚어가며 가능한 것과 불가능한 것에 관해 의견을 냈다. 이 과정에 진지하게 임했다. 하나를 뒤집어 새로운 걸 만들어내기도 하고, 여러 의견이 합쳐져 또 다른 방안이 나오기도 했다. 여기에 내 의견도 덧붙이자 여덟 개로 시작한 아이디어 묶음은 마침내 하나의 해결책으로 모아졌다. 드디어 목적지에 도착한 것이다!

간혹 나는 실제로 연구할 때 생긴 문제를 브레인스토밍 세션을 통해 해결하기도 한다. 물론 모든 브레인스토밍 세션이 이렇게 좋게 끝나지는 않는다. 주제에 대한 해결책을 얻지 못할 때도 있다. 아이디어를 다음 단계로 발전시키지 못하고 칠판에 끄적거리다 끝나는 경우도 있다. 그래도 괜찮다. 학생들이 이 세션을 통해 아직 다듬어지지 않은 머릿속 생각들을 어떻게 유용한 아이디어로 발전시키는지를 많은 사람과 함께 경험하고 배우는 것으로 충분하다.

대략 한 시간 정도 걸리는 짧은 아이디어 여행이지만, 이 여행은 목적지에 도달하는 것보다는 도달하는 과정이 더 중요하다. 내가 학생들에게 알려주고 싶은 창의성의 개념이 그대로 드러나는 이 한 시간. 로봇을 만드는 것처럼 즐겁고 짜릿하다.

아파트 옥상에서
터트린 실험

나는 천성이 장난꾸러기다. 호기심 어린 반짝이는 눈으로 틈만 나면 신

데니스 홍, 상상을 현실로 만드는 법

전혀 다른 황당한 질문을 해보세요.
황당한 질문은 황당한 답변을 낳고,
새로운 창의적인 해답으로 인도해줍니다.

나고 재미난 일을 찾는다. 밤낮을 가리지 않고 집에서, 연구실에서, 심지어는 강의실에서도 주위를 살피고 뭔가 신기한 것을 보면 참지 못한다. 그게 무엇인지 물어보고, 어떻게 작동되는지 뜯어보고, 관련된 정보를 더 찾아본다. 어렸을 때도 그랬고 지금도 그렇다.

부모님 말씀에 의하면, 나는 뱃속에 있을 때부터 장난꾸러기였다. 어느 날 아침, 어머니 뱃속에 있는 내가 발길질을 심하게 하더란다. 아버지께서 신문을 읽고 계셨는데, 마침 신문에 연재된 만화 〈개구쟁이 데니스〉가 눈에 들어오셨다고 한다. 그래서 만화 속 주인공, 볼 빵빵한 주근깨 소년의 이름을 따서 내게 '데니스'란 이름을 붙이셨단다. 지금의 내 영어 이름은 그렇게 만들어졌다.

말도 못하던 꼬꼬마 시절, 나는 새벽에 누나와 함께 부엌으로 엉금엉금 기어들어가 찬장에 있는 커피와 설탕, 밀가루, 소금, 꿀 등을 다 꺼내 마법의 약을 만든다고 소동을 피운 적도 있었다. 카펫의 솜을 죄다 뜯고는 누워서 그 솜들을 얼굴에 올려 놓고 간질간질하며 재미있어 했다. 유치원에 다닐 때는 불장난 때문에 혼도 많이 났다. 사실은 다른 아이들이 불장난하는 것을 보고 이렇게 저렇게 해보라고 참견만 했던 거였지만. 놀이터에서는 모래를 얼마나 파고 들어가야 땅끝이 나오는지 궁금해 땅을 파다가 자정이 넘도록 집에 들어가는 걸 잊은 적도 있었다. 책에서 지렛대 원리를 묘사한 그림을 보고는 거실 테이블 위의 큰 통유리를 시소처럼 비스듬히 테이블에 기대 놓고 올라가려다 유리가 와장창 깨지는 바람에 크게 다칠 뻔한 적도 있었다. 초등학교 때는 한강 공원에서 무선 조종

비행기를 날리다 간첩으로 오해받고 경찰서에 잡혀가 심문을 받은 적도 있었다.

감사하게도 부모님은 내 호기심으로 인해 벌어진 일들에 대해서는 야단치지 않으셨다. 오히려 그런 호기심이 잘 발현되도록 이끌어주셨다. 내가 유치원에 다닐 즈음 아버지께서는 손수 나무로 짠 공작대를 만들어주셨고, 실제 사용하는 톱, 망치, 드라이버, 펜치, 칼 등의 공작 도구들도 마련해주셨다. 그때부터 나는 공구로 뭔가를 뚝딱뚝딱 만들며 놀았다. 하지만 아버지는 미처 모르셨던 것이다. 내가 그 공구들로 집 안에 있는 물건들을 부수게 될지는.

'이거 어떻게 작동하는 거지?' 호기심에 집 안 가전제품을 뜯어 내부를 관찰하는 지경에 이르렀다. 라디오, 청소기, 세탁기, 믹서기 등 내가 분해하지 않은 물건이 하나도 없을 정도였다. 그중엔 새로 산 지 사흘밖에 안 되는 컬러TV도 있었다. 그럼에도 부모님은 전혀 혼내지 않으셨다. 내 '분해 작업'이 일종의 놀이라는 걸 이해해주셨다.

그때 나 때문에 버리게 된 가전제품들을 값으로 따지면 얼마나 될까? 지금 생각해보면, 그때 분해된 전자제품은 부모님의 훌륭한 투자였다. 그렇게 놀이처럼 직접 뜯어보고 관찰하던 경험이 하드웨어에 대한 감각을 익히는 것으로 이어졌고, 결과적으로 오늘날 로봇을 만드는 창의력으로 이어진 것이 아닌가 싶다. 하도 가전제품을 분해했던 터라 이제는 그 구조를 훤히 다 꿰고 있다. 부모님이 뭐가 고장 났다고 하시면 나는 공구상자를 들고 부모님 집으로 출동, 모두 수리해드린다.

이뿐 아니다. 부모님은 내가 초등학생 때는 집에서도 화학 실험을 할 수 있도록 유리로 된 비커, 시험관, 플라스크, 피펫, 심지어는 염산과 황산 같은 위험한 화학약품까지도 사주셨다. 한번은 TV에서 하늘로 날아오르는 로켓 모형을 보고, 직접 로켓을 만들어 날리고 싶었다. 이런저런 책을 뒤적이며 방법을 찾아본 결과, 식초와 베이킹 소다를 섞을 때 발생하는 이산화탄소를 이용해 로켓을 만들면 좋을 것 같았다. 두 가지 모두 부엌에서 많이 쓰는, 쉽게 구할 수 있는 것들이었다. 문제는 액체인 식초와 고체인 베이킹 소다를 섞으면 발사된 로켓에서 부글부글 끓어 나오는 기포를 피할 새도 없이 뒤집어 써야 했다는 것이다. 그러다 보니 몸에서 식초 냄새가 진동했다. 보다 확실한 해결책이 필요했다. 나는 발사 단추를 누르면 바로 발사되는 로켓을 만들고 싶었다. 식초와 베이킹 소다를 따로 분리해두었다가 신호와 함께 섞이게 하는 방법은 없을까? 아무리 고민해봐도 뾰족한 수가 나오지 않았다. 그래서 문제를 바꾸어 생각해보았다.

"그럼 두 재료를 안 섞이게 해볼까?"

문제를 바꾸니 해답이 나왔다. 베이킹 소다를 물로 반죽해 회전할 수 있게 만든 발사대 받침에 떨어지지 않게 장착했다. 로켓이 달린 발사대 부분을 거꾸로 세워 식초를 넣은 로켓을 식초가 흐르지 않도록 장착했다. 발사대에 끈을 연결시키고 멀리서 잡아당겼더니 로켓이 바로 세워지면서 식초가 발사대 받침으로 흘렀다. 마침내 식초를 뒤집어쓰지 않고도 로켓이 발사되었다. 와, 됐다! 더할 나위 없이 기뻤다. 스스로가 자랑스

나는 천성이 장난꾸러기다. 호기심 어린 반짝이는
눈으로 틈만 나면 신나고 재미난 일을 찾는다.
어렸을 때도 그랬고 지금도 그렇다. 놀이 또한
체험의 한 방법이다. 그것이 나의 창의성을 키웠고,
지금도 나의 창의성을 발산하는 원동력이다.

러웠다.

한번 발사에 성공하고 나니, 또 다른 방법으로 로켓을 날리고 싶었다. '피식' 하면서 시큼한 냄새가 나며 낮게 발사되는 식초 로켓이 아닌, 실제로 불을 뿜으며 하늘 높이 날아가는 '진짜' 로켓을. 아이디어를 얻기 위해 책을 열심히 뒤지기 시작했다.

"수소에 불을 붙이면 되겠네! 그런데 눈에 보이지 않는 수소를 어떻게 로켓에 담지?"

또다시 과학 책과 과학 잡지들을 뒤졌다. 불꽃놀이에 쓰이는 폭죽이 고체 연료 로켓과 같다는 것을 알아냈다. 폭죽에 쓰이는 흑색화약의 제조 방법도 찾아냈다. 누나와 형, 나 삼남매는 과학 잡지에 나와 있는 대로 흑색화약을 만들기 시작했다.

종이를 말아서 만든 몸체에 뾰쪽한 코를 달고, 석고로 노즐을 만들어 타지 않게 철사로 빙빙 돌린 분사구를 장착시킨 로켓을 만들었다. 로켓 몸체에는 작은 날개 네 개를 붙이고, 그럴듯하게 무늬도 넣고 색을 칠했다. 그리고 우리가 만든 화약을 로켓의 몸체 안에 담았다. 다음 날, 아버지와 함께 우리 삼남매가 만든 '진짜' 로켓을 발사하기 위해 넓은 공터로 나갔다. 로켓을 발사대에 장착시키고 불을 붙인 뒤 카운트다운을 시작했다.

"5, 4, 3, 2, 1, 발사!"

쉬익 하는 소리가 나면서 우리가 만든 로켓이 멋진 불기둥을 뿜으며 하늘로 쏜살같이 날아올랐다.

"와!"

우리는 탄성을 지르며 기뻐했다. 잠깐의 비행이어도 좋았다. 그런데 뿌듯함보다 묘한 아쉬움이 들었다. 강렬하고 인상적인 '폭발'을 보고 싶었다. 다행히 아버지가 사주신 재료가 넉넉하게 남았다.

"아직 재료가 많잖아. 옥상으로 가자. 로켓 없이도 실험할 수 있어."

우리는 의기투합해서 다시 흑색화약을 만들었고, 커다란 깡통에 흑색화약을 가득 담고 옥상으로 향했다. 두 번째 로켓 실험 때보다 더 많은 화약을 사용했기에 안전을 위해서 옥상에 비치된 모래주머니를 쌓고, 예전에 아버지께서 창고에 갖다 놓으신 비행기 유리창도 꺼내와 방어벽을 만들었다. 전보다 더 긴장한 채로 방어벽 뒤에 쪼그리고 앉아 불을 붙인 뒤 카운트다운을 시작했다.

"3, 2, 1!"

마지막 숫자를 외치자마자 '펑!' 하는 굉음과 함께 거대한 불기둥이 하늘로 솟았다. 엄청났다. 거꾸로 흐르는 폭포처럼 매캐한 연기가 피어 오르면서 옥상을 가득 메웠다. 놀란 가슴에 얼른 도망쳤다. 그사이 경비 아저씨가 숨차게 옥상으로 달려왔다. 굉음에 아파트 주민이 놀라고 불안해한 것은 말할 것도 없다. 옥상 콘크리트 철근이 녹아버렸지만 다행히 인명 피해는 없었다. 천운이었다.

이렇게 말썽을 피웠는데도 부모님은 내가 계속 호기심을 잃지 않고 키워갈 수 있도록 도와주셨다. 호기심이 부른 잘못을 내가 성장하는 하나의 과정으로 봐주셨다. 어린 아들의 엉뚱한 행동들을 참아주시고 아이디어에 귀 기울여주신 부모님께 감사하다. 덕분에 나는 지금도 아이의 눈으로 세상을 바라보고 호기심을 키워가고 있다.

익숙한 생각의 틀을
깨뜨리는 법

학기마다 수업 첫 날에 학생들의 사고를 전환하기 위해 한 번씩 던지는 퀴즈가 있다.

"어떤 사람이 캠핑을 갔어요. 잠시 주위를 둘러보고 왔는데, 그사이 텐트 안 음식이 다 없어져버린 거예요. 주변을 보니까 곰 발자국이 나 있어요. 그래서 곰을 잡으려고 발자국을 따라 남쪽으로 1킬로미터를 쫓아갔어요. 그런데 거기서 발자국이 90도 방향을 틀어 서쪽으로 나 있는 거예요. 그래서 그 방향으로 또 1킬로미터를 쫓아갔어요. 그런데 거기서 또 방향이 90도 틀어져 북쪽으로 나 있는 거예요. 꼭 잡겠단 마음에 다시 그 방향으로 열심히 1킬로미터 뛰어갔어요. 그런데 이게 웬일입니까? 자신의 텐트로 다시 돌아오고 만 거예요. 자, 문제입니다. 텐트 안의 음식을 먹어 치운 이 곰은 무슨 색일까요?"

퀴즈를 들은 학생들 표정은 시큰둥하다. 과학적 이론도, 수학적 공식도, 깊은 철학적 사고도 필요치 않아 보여서다. 어떤 학생은 "이거 혹시 넌센스입니까?"라고 묻기도 한다. 내 대답은 한결 같다. "전혀 Never!"

학생들은 문제에 집중한다. 한 발 한 발 조심스레 발자국을 따라가 그

놈 뒤통수를 후려칠 태세다.

문제에 주어진 온갖 경로를 그려보지만 도무지 논리적으로 말이 안 된다는 표정들이다. 그도 그럴 수밖에 없는 것이 곰의 발자취는 x, y, z 좌표축에 의한 추론을 불가능하게 만들기 때문이다. 1킬로미터를 움직이고 정확히 90도 방향을 틀었는데, 어떻게 두 번 만에 처음 그 자리로 돌아올 수 있는지 도통 모르겠단 분위기다. 아마 직교좌표계^{평면에서 좌표를 표시하는 체계}를 사용하는 엔지니어라면 더 혼란스러울 것이다. 거기다 정작 내가 묻고 있는 것은 곰의 색깔이다.

"교수님 말씀대로라면 삼각형으로 꺾여야 하는데, 90도라고 하니 말이 안 되는데요. 다른 방식으로 접근해봐도 이렇게 될 수는 없어요. 넌센스 퀴즈가 아니라면 문제가 이상한 거 아닌가요?"

"제 말을 듣고 여러분 머릿속에 가장 먼저 떠오른 게 뭔가요? x, y, z 축으로 된 직교좌표계인가요? 그럴 수 있겠지요. 보통 거리, 각도, 넓이, 부피 등을 매우 직관적으로 측정하고 표현할 수 있게 도와주는 도구니까요. 그런데 이 문제는 그것만으로 풀긴 어려워요. 90도의 평면 축으로만 생각하면요. 생각해보세요, 지구는 평면이 아니고 구형이에요. 그렇다면 둥근 지구상에서 남쪽, 서쪽, 북쪽으로 같은 거리를 가서 제자리로 돌아올 수 있는 곳을 찾아봐야 하지 않을까요? 어디일까요? 딱 한 군데 있습니다. 바로 북극. 북극 곰의 색깔은 어떻지요?"

내 답변에 어떤 학생들은 실망의 눈초리를 보내기도 한다. 대단한 수학적 접근법이나 기하학적 이론을 알려줄 것이라는 기대에 부푼 학생들에게는 미안하지만, 그건 내가 원하던 방향이 아니다.

"여러분에게 새로운 이론을 가르치려고 이 퀴즈를 낸 건 아니에요. 구면좌표계^{구형으로 된 삼차원 공간에서 좌표를 표시하는 체계}는 이미 여러분이 다 알고 있으니까요. 제가 이 퀴즈를 낸 건 익숙한 인식의 프레임을 벗어나라는 의미에서였습니다. 가정을 의심해보고, 다른 관점으로 바라보는 것에 대한 필요성을 느꼈으면 해서예요. 좌표계는 어떤 것을 모델링하기 위해 만든 규칙일 뿐이에요. 그 규칙을 의문 없이 받아들이면 그 한 틀에서 모든 것을 바라보게 됩니다. 그래서는 안 돼요. 생각을 틀을 깨야 아이디어가 생겨납니다."

나는 어릴 때부터 알고 있던 정답을 제쳐두고 다른 해결책을 찾으려고 시도했다. 또래 친구들과 장난감을 가지고 노는 방식도 달랐다. 장난감의 겉보다는 속이 궁금했고, 로봇 팔이 어떻게 발사되고, 자동차가 어떻게 달리는지에 더 관심이 갔다. 새 장난감보다 원래 있던 망가지고 부서진 장난감이 더 좋았고, 분해와 조립을 반복했다.

"데니스, 그건 버리자. 고장 났잖아. 다른 거 사줄게. 아니면 조립하는 거 사줄까?"

부모님이 이렇게 말씀하셔도 고개를 저었다. 고장 난 장난감 부품들로 가득한 상자들이 마치 보물상자라도 되는 양 하루에도 몇 번이나 열어봤다. 말짱한 부분은 어떻게 활용할 수 있는지를 상상하고 연구해 나만의 새로운 장난감을 만들곤 했다. 한번은 실제 크기의 바주카포를 만들어 친구들의 부러움을 사기도 했다. 길에서 주운 PVC 파이프에 고장 난 장난감 권총으로 손잡이를 만들었다. 그리고는 손전등의 반사경과 렌즈, 사인펜의 튜브를 가지고 바주카포의 조준경을 만들었다. 소리 나는 공룡 인형의 스피커와 전자 회로를 활용해 소리까지 나게 했다. 대포알이 발사되는 장난감 스프링, 장난감 소방차의 사다리, 장난감 우주선의 번쩍거리는 색색 가지의 전구들, 튼튼한 장난감 상자로 실제 작동되는 핀볼 게임판을 만들기도 했다.

초등학생 때는 글라이더와 비행기 조종석을 만든 적도 있다. 그때는 하늘을 나는 것에 관심이 많았다. 전투기나 비행기의 조종사가 되고 싶기도 했다. 그런 만큼 글라이더와 비행기는 내 호기심을 끌기에 충분했다. 친구들이 축구, 야구, 숨바꼭질을 하느라 온 동네를 종일 뛰어다닐 때 나는 글라이더와 비행기 조종석을 만들었다. '비행기의 기본 원리'라는 책을 만들기도 했다.

내가 만들고 싶은 글라이더는, 글라이더 하면 누구나 생각하는 그런 게 아니었다. 델타형 전투기를 닮은 삼각 날개 글라이더나 나사에서 한창 연구 중이던 날개가 앞으로 젖혀진 형태 같은 글라이더를 만들고 싶었다. 하지만 쉽지 않았다. 삼각 날개의 글라이더는 자꾸 앞으로 고꾸라졌고, 날개가 앞으로 젖혀진 글라이더는 비행 중에 자꾸 좌우로 미끄러져 돌아갔다. 아버지가 주신 비행기 잡지를 보고 힌트를 얻어 상상력을 발휘했다. 삼각 날개 글라이더에는 앞에 자그마한 카나드 윙^{canard wing, 머리 날개}을 달았다. 날개가 앞으로 젖혀진 글라이더에는 좌우 날개 끝에 윙릿^{winglet,} _{비행기 주날개 끝에 수직으로 부착하는 작은 날개}을 장착해 보았다. 생각했던 것처럼 잘

날지는 않았지만, 괜찮았다. 다르게 생각해서 새로운 글라이더를 만들었다는 사실만으로도 뿌듯했다.

이번에는 진짜 비행기를 조종하고 싶은 마음에 비행기 조종석을 만들어보았다. 조종석에 앉아 하늘을 나는 기분을 느끼고 싶었다. 주워 온 스티로폼 조각으로 실제 크기의 조종석 의자, 팔걸이, 등받이를 제작해 잡지에서 본 사진대로 조종석 내부를 만들었다. 손으로 조종 손잡이를 움직이면 끈으로 연결된 꼬마전구가 얇은 종이로 만든 계기판 뒤에서 움직이고, 발로 페달을 밟으면 역시 끈으로 연결된 녹색과 빨간색 마분지 조각들이 움직여 계기판의 표시등 색깔을 바꾸었다. 누더기 같은 엉성한 조종석이었지만, 그때까지 만든 것 중 제일 크고 어려운 '작품'이었다. 마치 파일럿이 된 것처럼 계기판 앞 조종석에 앉아 시야를 가늠할 수 있어 신이 났다.

그런데 문제가 발생했다. 스티로폼 등받이가 내 몸이 기대는 힘을 이기지 못하고 자꾸 뒤로 넘어가 버리는 것이었다. 등받이 지지대를 만들까 싶어 장난감 상자를 뒤져봤다. 약한 플라스틱 재질밖에는 없었다. 아쉬운 대로 그걸로 지지대를 만들었지만 역시나 쉽게 부서지고 말았다. 그렇다고 쇠를 구해와 기계로 깎을 수도 없었다. 아무리 손재주가 좋고 공작 도구를 잘 다룬다 해도 나는 기껏해야 초등학교 3학년생이었다. 어떻게 하지? 지지대를 만드는 것 말고는 다른 방법이 없는 걸까?

고민하다가 '지지대'를 만들지 않기로 결정했다. 등받이 뒤에 깡통을 매달고, 깡통 뚜껑에 구멍을 내 끈을 통과시켜 매듭을 지었다. 그리고 등받이의 양 어깨 부분에 또 구멍을 내고 끈을 각 구멍에 통과시킨 다음 조종석 의자에 고정했다. 지지대를 만드는 대신 끈이 등받이 앞에서 잡아 당기는 힘을 받도록 한 것이다. 그랬더니 내 무게를 못 이겨 스티로폼이 뒤로 누우려고 할 때마다 끈이 팽팽해지면서 균형을 유지했다.

드디어 해결! 지금이야 쉽게 생각해낼 수 있지만, 당시의 어린 나에게는 큰 발견이었다.

생각을 바꾸면 새 길이 열린다. 이렇게 다른 해결책을 찾고 시도하며 직접 만지고 부수고 고쳐본 경험들은 내가 지금 로멜라에서 기상천외한 로봇을 만들 수 있는 밑바탕이 되었다.

버지니아테크에 있을 때의 일이다. 교내 미식축구 경기장에 간 적이 있다. 미식축구 시즌이 되면 캠퍼스를 들썩들썩하게 만드는 버지니아테크 미식축구 팀은 꽤나 유명하다. 경기장에 가득 찬 관중의 열광적인 환호와 뜨거운 에너지는 스포츠에 별 관심 없는 나까지 흥분되게 만들었다. 하프타임에 선보이는 악단 쇼를 보다가 '우리 로봇들로 재미있는 쇼를 하나 만들어볼까?' 하는 생각이 들었다. 하지만 이렇게 큰 경기장에서는 태권V 같은 거대한 로봇이라면 모를까, 작은 우리 로봇들은 눈에 잘 띄지도 않을 것 같았다.

'잠깐. 그러면 큰 로봇을 만들면 되잖아? 경기장 관중이 봐야 할 정도면 10미터면 되겠지?'

'근데 그런 무겁고 큰 로봇을 움직이려면 엄청난 동력이 필요하지 않을까?'

'그것도 그거지만 10미터짜리 로봇이면 무겁기도 할 텐데 만약 사람들 위로 넘어지기라도 하면? 너무 위험하지 않을까?'

'크지만 가볍고 안정적으로 움직이는 로봇을 만들 방법은 없을까?'

생각이 꼬리에 꼬리를 물고 머릿속이 돌아가기 시작했다. 다리가 가늘고 긴 스트라이더 로봇이 떠올랐다. 스트라이더 로봇은 높이가 있어도 그리 무겁지 않았고, 높을수록 천천히 넘어졌다. 이걸로 10미터짜리 로봇 개발이 가능하지 않을까? 후다닥 아이디어 노트에 동력학 수식을 구해 계산하고, 근사치 데이터를 가정해 아주 간단하게 분석해본 결과, 가능하다는 결론이 나왔다.

3층짜리 건물만 한 크기의, 다리 세 개로 걷는 로봇이라니! 생각만 해도 흥분되었다. 바로 '더 높다'라는 뜻의 '톨러taller'와 발음이 비슷하도록 탈러THALeR: Tripedal Hyper-Altitudinal Legged Robot라는 이름도 지었다. 하지만 이미 진행 중인 여러 프로젝트가 있었기에 일단 아이디어만 노트에 적어두고 덮어두었다. 언젠가 기회가 왔을 때 제안서를 써봐야겠다고 생각만 하고 있었다.

2013년에 다르파에서 다른 프로젝트 건으로 로멜라를 방문했을 때 관계자와 이런저런 대화를 나누는 중에 미식축구 이야기가 나왔다. 나는 자연스럽게 탈러에 관한 이야기를 슬그머니 꺼냈다. 하지만 그들은 상당히 재미있고 신선하지만 미군은 10미터짜리 로봇을 만들 계획도, 사용할 일도 없다고 잘라 말했다. 나는 설득 작업에 들어갔다.

"이 로봇은 3층짜리 건물 높이지만, 군용 자동차에 실을 수도 있고 두 사람이 운용할 수 있도록 설계되었어요. 다리 부분을 땅에 펼쳐놓고 조립하면 긴 다리가 만들어지는데, 그걸로 스스로 일어나고 걸을 수도 있어요. 높이가 있으니 정찰용으로도 자율 이동 통신 타워로도 사용 가능하고요. 무엇보다 장애물 회피와 기동성에 대한 패러다임을 바꿀 수 있는 획기적인 아이디어라는 점에 주목해주세요."

그러자 그들이 내 말에 귀를 기울이기 시작했다. 무인 로봇은 자율 이동, 장애물 회피 기능이 필수적이다. 문제는 로봇이 자율적으로 움직이려면 여러 센서를 이용해 주변 환경에 대한 정보를 얻고 분석해야 한다. 이런 장애물 회피 기능을 갖추기 위해서는 여러 어려운 기술이 필요하다. 하지만 탈러는 그럴 필요가 없었다.

"탈러는 장애물을 피해 갈 필요가 없어요. '넘어가면' 되니까요. 앞에 집 한 채가 있다고 해도 문제없어요. 10미터짜리 걷는 로봇인데 뭐하러 피해 가요?"

그들이 더욱 귀를 기울였다.

"정글 속을 돌아다니는 로봇 보신 적 있으세요? 탈러는 수풀 사이를 위에서 찍듯이 걷고, 강도 건널 수도 있는 전천후 로봇이 될 겁니다!"

결국 연구 제안서를 보자는 제안을 받았고, 통과되어 연구 자금을 얻었다. 지금은 디자인 사양을 정하는 것과 동시에 10미터짜리 로봇이 가능한지 점검하는 시뮬레이션을 하고 있다. 더불어 아주 높은 로봇을 만들 때 고려해야 할 여러 상황들, 바람이 불면 얼마나 불안정해지는지, 땅에 발이 닿을 때 진동이 울리면 얇고 긴 다리에 어떤 영향을 미치는지 등을 연구하고 있다. 또한 스말러SMALeR라고 탈러의 5분의 1 크기 로봇도 만들고 있다. 아직 어울리는 멋진 풀네임은 짓지 못해 계속 아이디어를 찾고 있는 중이지만.

새로운 해결책을 원한다면 기존의 정답에서 벗어나야 한다. '콜럼버스의 달걀'처럼 발상을 전환해 문제를 바라보는 순간 '아이디어'와 만날 수 있고 해답을 찾을 수 있다. 때로는 틀에 갇힌 답에서 과감히 벗어날 필요가 있다. 선입견을 지우고, 같은 것도 다른 틀로 바라보고 사고할 줄 알아야 한다. 그것이 창의적 사고의 시작이다. 고정된 시각에서 벗어나면 재미있는 발상이 마구 떠오르고 문제의 해결책도 나타난다.

아이디어는 생생한
삶의 현장에 있다

나는 일방적인 주입식 교육, 무조건 외우게 하는 암기식 교육을 싫어한다. 꼭 가야 하는 길일지라도 어디로 가는지, 왜 가는지 모르면 내키지 않는다. 정해진 대로 따라가는 것에서 무슨 재미를 느낄 수 있을까? 어떻게 열정을 가질 수 있을까? 최소한 나는 아니었다. 나는 내가 스스로 하는 게 아니면 동기부여가 되지 않는다.

어렸을 때 나는 받아쓰기 시험이 정말 싫었다. 무작정 정해진 답만 외워서 써야 하는 것이 답답했다. 단순히 틀렸다고 빨간 줄을 긋는 대신 어떤 이유로 그것이 틀렸는지 과정을 알려주었으면 했다. 거짓말 같겠지만 나는 받아쓰기만 하면 거의 매번 빵점을 받았다. 빵점 받는 게 백 점 받는 것보다 훨씬 어렵다는 사실을 아시는지. 내가 어릴 때부터 그 어려운 걸 해내고 있었던 것이다.

한번은 국어시험에 '나다', '낫다', '낳다'를 넣어 짧은 글을 지으라는 문제가 나왔다. 지금은 잘 구별하지만 그때는 잘 몰랐다. 내가 보기엔 전부 '나다'였다. 그런데 왜 구분하라는 건지 알 수 없었다. 문제를 받아 들고 '뭘 어쩌라는 거야'라고 한참 씩씩거리다가 '나다, 문 열어라'라고 답을 적어 냈다. 물론 당연히 틀렸다. 형과 누나에게 한동안 놀림거리가 되었다. 지금도 가끔 그때 이야기를 꺼내며 놀리곤 한다.

사회, 지리, 도덕 과목에서는 '가'를 받은 적도 많다. 어디에 붙어 있는지도 모르는 나라의 연간 강수량, 강들과 산맥들의 이름을 대체 왜 외워야 한단 말인가. 수백 년의 철학자가 한 말이 지금의 나와 무슨 관계가 있다고 그걸 알아야 한단 말인가!

그와는 달리 산수, 과학, 미술은 늘 '수'를 받았다. 미술 시간은 마음대로 그리고, 자유롭게 공작품을 만들어 나의 창의력을 발산할 수 있어 좋았다. 과학 시간은 미지의 무언가를 탐구하고 탐험하는 것이 좋았다. 언제나 재미있고 놀이처럼 느껴졌다. 산수는 싫어했지만 일찍부터 왜 공부해야 하는지 알았기에 열심히 했다. 로봇공학자가 되기 위해서는 산수, 엄밀히 말하면 수학이 꼭 필요했다. 로봇을 만드는 데에는 수학적 사고방식이 필요하기 때문이다. 단순히 로봇뿐 아니다. 모든 공학은 수학적 사고방식을 기초로 한다. 내가 어릴 때 만들고 실험해서 놀던 것들도 그 냥 뚝딱 만들어진 것이 아니다. 글라이더의 삼각 날개 안의 리브^{rib, 날개 형} ^{태를 받쳐주는 유선형의 지지대}가 위치에 따라 길이가 어떻게 변하는지 공식에 대 입해 계산했고, 삼각함수를 이용해 나무 그림자의 길이로 나무의 높이를 직접 재지 않고도 알아냈다. 이렇게 수학이 유용하다는 경험을 계속 하 다 보니 수학에 흥미가 생겼다.

뭐든 다 배우는 게 이유가 있다고 깨달은 건 어른이 되고 나서였다. 사 실 받아쓰기는 아이들이 빠르게 단어와 문장을 배울 수 있도록 돕는다. 더불어 글씨체도 다듬을 수 있다. 좋은 문장과 좋은 글씨체는 다른 사람 과 소통하기에 아주 유용한 도구다. 영어 공부를 처음 시작할 때 우리가 단어를 많이 외우고, 영어 문장을 베껴 쓰는 것과 비슷한 이치다. 수백 년 전의 철학자가 한 말을 지금도 배워야 하는 것은 그 말에 담긴, 현재 사회 에도 통용되는 '통찰' 때문이다. 상관 없어 보이는 남의 나라 강수량이나 산맥이지만, 덕분에 지구가 어떤 구조로 되어 있는지 배울 수 있다. 그로 인해 날씨의 변화 등을 예측할 수 있고, 환경이나 지형에 따른 개발을 할 수 있는 것이다.

미리 알았더라면, 좋아하진 못했더라도 공부하는 의미를 찾을 수 있었 을 텐데. 아쉬운 마음이 든다. 물론 무조건 암기식으로 주입하지 않았으 면 하는 바람은 아직도 가지고 있다. 어쨌든 배우는 재미를 느껴야 더 빠 져들 수 있는 건 사실이니까. 그래서인지 나는 어떤 식으로 가르치는 게 학생들에게 유익할지 고민하고 또 나름의 방법을 적용해본다.

매 학기, 기구학 수업 첫날, 나는 학생들에게 숙제를 꼭 하나 낸다. 일상생활 중에서 사용하는 기계적 메커니즘을 찾아보고, 세 가지를 뽑아 스케치해서 제출하는 것. 자동차 와이퍼, 길이와 높이를 조절할 수 있는 책상 위의 스탠드, 도어 체크door check, 문이 자동적으로 천천히 닫히게 하는 장치 등 학생들이 스케치해온 다양한 가전 기기와 생활용품의 메커니즘을 학기 내내 예제, 시험문제, 과제로 활용한다. 그저 이론과 수식만 나열하며 가르치면 학생들은 지루해한다. 그것이 어디에 쓰이는지 정확히 와닿지 않기 때문이다. 하지만 이러한 예제를 활용하면 다르다. "어? 이거 우리 집 냉장고 문 열 때 보던 거잖아?" 하며 흥미를 갖기 때문이다. 수식만 적어놓은 수업은 잘해야 '공부'지만 이렇게 일상 속 예제로 꽉 찬 수업은 '통찰'로 이어진다.

학부과정은 더 재미있게 가르치려고 노력한다. 내가 가르친 것들을 학생들 기억에 오래 남도록 해주고 싶기 때문이다. 기계설계 과목의 버클링buckling 수업 부분을 예로 들어보겠다. 기계설계에서 역학力學의 기본은 재료의 응력외부 힘이 재료에 작용할 때 내부에 생기는 저항력이 강도재료의 센 정도보다 크면 부러진다는 것이다. 이 응력은 재료 단면의 면적과 외부 힘의 크기를 알면 공식에 대입해 구할 수 있다. 이를 통해 재료가 부러지지 않을 정도의 힘을 가할 수 있는 것이다. 하지만 응력이 강도보다 작아도 부러지는 특이한 경우가 생기는데, 이를 바로 버클링이라고 한다. 나는 왜 이런 현상이 일어나는지 그 개념을 알려주고 싶었다.

나는 빈 콜라 캔을 가지고 강의실에 갔다. 물론 학생들은 수업 내용과 내 손에 있는 콜라 캔이 무슨 관계인지 알지 못한다.

"오늘은 재미있는 걸 해볼게요. 보다시피 이건 빈 콜라 캔이에요. 콜라 캔은 알루미늄으로 만들죠. 여러분이 가진 책 뒤에 보면 알루미늄 강도가 나와 있을 거예요. 한번 찾아볼래요?"

나는 웃으며 수업을 시작했다. 학생들은 어리둥절한 표정으로 나를 바라보다 마지못해 책을 넘겨 표를 찾아보았다.

"다 찾았나요? 그럼 그 수치에 맞춰서 빈 콜라 캔에 힘을 가했을 때 어떤 변화가 일어날지 유추해봅시다. 아, 캔 두께를 모른다고요? 걱정 마세요. 콜라 캔 뒤에 '궁금한 것은 무엇이든 고객센터로 전화 주세요'라고 적혀 있으니까요. 거기 전화해 물어보면 알 수 있어요."

고객센터라는 말에 학생들이 웃었다. 한 학생은 진짜로 고객센터에 전화를 해봤느냐고 장난스레 묻기도 했다. 정말로 그랬다. 나는 고객센터에 전화해 캔이 진짜 알루미늄 100퍼센트인지, 다른 뭐가 섞였는지, 캔 두께는 얼마나 되는지 물어봤다. 내 질문에 고객센터에서는 엔지니어를 연결해줬다. 그를 통해 나라마다 차이는 있지만, 미국 동부 지역에 있는 한 공장에서 만드는 콜라 캔의 재질은 알루미늄합금이라는 사실과 실제 두께와 편차를 알 수 있었다. 이때 얻은 수치를 칠판에 적은 뒤 학생들과 함께 계산하기 시작했다.

"자, 여러분이 이미 알고 있는 응력 공식을 사용해보니 이 콜라 캔이 지탱할 수 있는 무게가 딱 나오네요. 웬만한 사람 몸무게 이상이군요. 책에 나온 대로라면 이 콜라 캔은 엄청난 무게를 지탱할 수 있겠어요. 그렇죠?"

내 말에 학생들이 고개를 끄덕였다. 자기들이 배운 공식에 믿을 만한 데이터를 대입했으니 믿을 수밖에. "그럼 누가 콜라 캔 위에 한번 올라가 볼까요?" 나는 학생들을 둘러보며 콜라 캔 위에 올라갈 지원자를 찾았다. 한 학생이 손을 들고 앞으로 나왔다.

"수잔이 나왔네요. 수잔, 몸무게가 얼마예요? 60킬로그램이요? 이 캔이 버틸 수 있는 무게보다 훨씬 가볍네요? 그럼 수잔이 캔 위에 올라서도 캔은 찌그러지지 않겠죠? 한번 올라가 볼까요?"

수잔은 반신반의하며 콜라 캔 위에 올라섰다. 상식적으로 생각하면 캔은 찌그러진다. 그런데 우리가 공식에 맞춰 뽑아낸 결과는 그와 달랐다. 수잔이 캔 위로 올라서자마자 눈 깜짝할 사이에 캔이 팍 찌그러졌다.

"수잔, 왜 거짓말했어요? 몸무게가 대체 얼마나 나가요?"

학생들이 다시 웃었다. 쇼처럼 진행된 이 실험은 버클링을 설명하기 위한 프롤로그였다. 그때부터 나는 이 실험 결과가 역학 공식의 계산값과 왜 달랐는지 학생들과 간단한 토론을 벌이며 버클링 수업을 진행했다.

다른 것도 마찬가지다. 응력집중 응력의 부분 집중 현상으로 물체에 힘을 가했을 때 긁히거나 패인 자국이 있는 부분에 더 큰 응력이 발생하는 현상을 설명할 때는 새 책받침과 긁힌 책받침을 준비해 각각 구부려보고 학생들이 직접 확인할 수 있도록 했다. 취성재료 유리와 도자기 등 힘을 일정 이상 받게 되면 파괴되며 부스러지는 재료에 대해 가르쳐 줄 때는 재료를 비틀었을 때 왜 나선형으로 파괴되는지를 분필을 가지고 간단한 실험을 통해 보여주었다. 심지어 배구하다 부러졌던 나의 손가락 엑스레이 사진을 강의 자료로 활용하기도 했다. 뼈가 왜 나선형으로 부러졌는지를 설명하고, 공식들을 적용해 계산한 각도를 보고 나의 엑스레이 사진과 일치하는지 확인한 적도 있다.

요즘은 어린이들을 상대로 강연하는 경우가 많아, 아이들 눈높이에 맞춰 설명하면서 공부에 대한 동기부여를 많이 해주려고도 노력한다. 아이들로부터 자주 받는 질문 중에 하나가 "어떻게 해야 로봇을 잘 만들 수 있어요?"라는 것이다. 나는 늘 이렇게 대답한다.

"배트맨의 유틸리티 벨트 밧줄, 무기, 연막탄 같은 도구들을 달고 다니는 다용도 허리띠를 생각하세요."

배트맨은 악당을 물리치기 위해 벨트 안에 다양한 종류의 도구와 무기를 갖고 다닌다. 벽을 기어오르기 위한 갈고리 밧줄, 어떤 문이든 따고 들어갈 수 있는 만능 열쇠, 도망갈 때 필요한 연막탄 등. 상황에 따라 벨트에서 적합한 도구를 꺼내 적을 무찌른다. 로봇공학자도 이와 같아야 한다. 로봇은 지식의 총체라서 다양한 분야의 지식을 필요로 한다. 학교에서 필요한 기본 지식을 잘 쌓고, 이렇게 쌓은 갖가지 지식을 때에 따라 잘 응용할 수 있어야 한다. 선형 대수, 미분방정식, 기하학, 전기학, 전자학, 물리학은 기본이요, 요즘에는 화학과 생물학까지 알아야 한다.

"배트맨이 악당을 물리칠 때 도구가 다양할수록 그 상황에 알맞는 도구를 꺼낼 수 있는 것처럼, 로봇공학자도 여러 분야를 많이 알아야 로봇을 만들 때 생기는 어려운 문제들을 풀 수 있어요. 로봇의 히어로가 되는 거지요. 그러니 학교에서 배우는 걸 열심히 공부하세요. 지금 여러분이 배우는 건 나중에 로봇을 만들 때 다 필요한 것이니까요."

과학은 천재가 과거에 만든 이론이 아니라 '지금', '여기' 자신의 일상에서
마주하는 생생한 삶의 한 부분이다. 따라서 과학은 그리 멀리 있는 것이 아니다.
주변에서 볼 수 있는 쉬운 예로 개념을 정확하게 이해하고, 간단한 실험으로
생생하게 경험하면, 그것이 곧 자신만의 과학적 시각과 통찰이 된다.

과학은 천재가 과거에 만든 이론이 아니라 '지금', '여기' 나의 일상에서 마주하는 생생한 삶의 한 부분이다. 그렇기에 주변에서 접할 수 있는 사례를 찾아 강의에 활용하고 있다. 가끔은 거창한 수식을 사용할 때도 있지만 딱히 좋아하지 않는다. 학생들이 쉬운 예로 개념을 정확하기 이해하고, 간단한 실험으로 생생하게 경험하면서 통찰을 얻기 바라기 때문이다.

고맙게도 대부분의 학생이 내 강의 방식을 재미있어 하고 좋아하고 있다. 우연히 워싱턴DC에서 만난, 다리 설계를 하고 있다는 한 졸업생은 나한테 배운 버클링 개념을 활용하고 있다고 웃으며 귀띔해줬다. 유튜브에서 유명한, '냉장고의 맥주를 던져주는 로봇'을 만든 사람도 알고 보니 내 강의를 들었던 졸업생이었다. 어느 날 그가 영국 TV 토크쇼에서 출연 요청을 받아 자기가 만든 로봇을 가지고 영국에 가는 길이라며 전화를 했다. 자기의 로봇을 만들 때 내 기구학 강의에서 배운 이론을 적용했단다. 엔지니어로 일하는 한 제자는 파이프 공사 설계를 하다가 문제가 생겼는데 내 강의에서 배운 대로 해결했다며 사진까지 보내주었다. 나는 이들의 사례를 내 강의에 다시 활용하고 있다.

강의 때 배운 것들을 잊지 않고 생활에 적용하는 졸업생들을 보면 기쁘고 뿌듯하다. 이것이야말로 제대로 된 동기부여가 아닐까?

"중요한 건 공식 그 자체가 아닙니다. 왜 그 공식을 사용하는지, 언제 사용하는지, 어떤 식으로 사용하는지 먼저 스스로 이해해야 합니다. 책 속의 이론을 현실에 적용하려면 안 되는 것이 더 많아요. 가능한 아이디어와 공상을 구분하고 싶죠? 그렇다면 우리가 함께 배운 도구, 공식들을 실제로 활용해서 현실화해보세요. 바로 지금, 여기에서 경험으로 이해한 생생한 지식으로요."

내가 강의를 할 때마다 거듭 '왜'라는 질문을 던지고 직접 시도해보라고 강조하는 까닭은 이 때문이다.

"과감하게 도전하지 않으면
혁신은 나올 수 없어요."

Q 자녀교육은 세상의 부모들에게 가장 큰 고민거리일 텐데요, 교수님은 어떠신지요? 자녀교육에 있어 특별히 중점을 두고 있는 부분이 있다면 무엇인가요?

초등학생의 경우는 밖에서 뛰어노는 게 최고의 교육법이라고 생각합니다. 숙제와 교재로 가득 찬, 무겁고 큰 가방을 메고 학원에서 돌아오는 우리나라의 어린이들을 보면 마음이 참 안타까워요. 제가 그랬듯이 자연 속에서 뛰어놀며 스스로 학습하는 것이 가장 좋은 것 같아요. 모험을 즐기고, 때로는 손과 발이 까지고 피가 나는 상황을 경험하며 위험을 피하는 방법을 배우고, 또래들과 놀며 사회성을 길러야 합니다. 이런 것들은 절대 책상 앞에서 배울 수 없어요.

얼마 전 학교 수업을 마친 아들이 자기 몸보다 큰 가방을 메고 집으로 돌아왔어요. 그 모습을 보고 너무 놀라 아들을 껴안았어요. 미안했습니다. 남들 앞에서 아이들은 나가서 노는 게 중요하다고 그렇게 말했는데, 정작 내 아들은 그러지 못하고 있구나 싶어서 마음이 아팠어요. 그런 안타까운 마음으로 가방을 열어봤는데, 장난감만 한가득이더라고요! 한참을 웃었어요. 저는 어린아이들에게는 책과 공만큼 좋은 교육법은 없다고 생각해요.

Q 한국에서는 최근 코딩 교육에 대한 열풍이 불고 있는데요, 이런 현상에 대해 어떻게 생각하시나요?

요즘 한국을 방문할 때마다 우리 아이가 어떤 코딩 언어를 배우면 좋을지 물어보는 학부모님들이 참 많아요. 물론 코딩 교육에 대해서는 저도 중요하다고 생각하고 긍정적이에요. 그런데 초등학생이 꼭 코딩을 배워야 하나, 그럼 어떤 코딩 언어가 좋지? 정답은 없다고 생각해요. 만약 프로그램 개발자라면 당연히 그에 맞는 코딩 언어를 배워야겠지만요. 코딩 교육의 핵심은 어떤 문제가 있을 때 이를 해결하기 위해 문제를 정의하고, 이해하고, 논리적이고 체계적으로 해결하는 방법을 배우는 것이라고 생각해요. 컴퓨터 프로그램이란 결국 논리 퍼즐을 맞춰나가는 것이니까요.

그런데 한국은 아이들에게 코딩 문법만 가르치고 있어요. 한번은 정부 고위 관계자 분께서 코딩 교육을 의무화하려는데 어떤 점에 주목하면 좋을지 물으시더라고요. 나는 아이들에게 추리소설 많이 읽히고 요리 교실을 여는 것도 좋겠다고 답했죠. 질문하신 분이 황당해하시더라고요.

그런데 아이들에게 제대로 된 코딩 교육을 시키려면 이 또한 필요한 일이에요. 추리소설은 논리력을 키울 수 있도록 도와주거든요. 사건을 해결하기 위해 단서를 하나씩 모으는 단계를 따라가다 보면 자연스럽게 논리적인 힘을 기를 수 있어요. 흥미진진한 독서 경험은 덤이죠. 요리도 마찬가지예요. 빵을 굽기 위해서는 밀가루와 계란을 풀어서 오븐 안에 넣어야지, 무턱대고 오븐 안에 밀가루와 계란을 넣을 수는 없잖아요. 요리를 통해 제대로 된 결과물을 얻기 위해서는 순차적인 과정이 중요하다는 것을 배울 수 있어요.

Q 로멜라연구소에는 다른 연구소와 다르게 학부생이 많은데요, 특별한 이유가 있나요?

그렇죠. 로멜라에는 학부생들이 참 많아요. 현재 대학원생이 22명, 학부생이

20명 정도니까 연구소 인원의 거의 반 정도 되지요.

대학에 입학하고 나서 실망을 많이 했어요. 드디어 내가 원하는 로봇 연구와 공부를 할 수 있을 줄 알고 기대에 차서 교수님 연구실 방 문을 두드렸는데, 교양과목이나 듣고 오라는 거예요. 대학에만 들어가면 일곱 살때부터 꿈꿔왔던 로봇을 마음대로 연구하고 만들 수 있다는 기대로 고등학생 때까지 그렇게 열심히 공부했는데 말이죠. 그런데 안 된다고 하니 얼마나 실망을 했겠어요. 요즘은 조금씩 나아지고 있지만, 내가 대학에 입학할 당시만 해도 학부생이 연구에 참여할 수 있는 기회는 거의 없었어요.

그러던 차에 미국에서 박사과정을 밟고 있던 형을 찾아갔는데, 학부생들이 연구에 참여하고 있는 거예요. 그 모습이 매우 부러웠어요. 미국 유학을 결정한 것도 그 때문이에요. 실제로 퍼듀대학교에서는 학부생 신분으로 연구에 참여하기도 했고요. 그러면서 저는 로봇 연구의 진짜 재미를 알게 되었죠. 정말 소중한 경험이었어요. 나도 교수가 되면 학부생에게 최대한 많은 연구의 기회를 주자 결심했어요. 로멜라를 만들고 학부생을 많이 받았어요. 다르파 대회 때도 다른 팀은 교수와 대학원생, 엔지니어가 중심이었지만, 우리 팀은 학부생만 무려 46명이었어요.

사람들이 그래요. 학부생을 데리고 무슨 연구를 하냐고. 천만의 말씀이에요. 학부생들에게도 관심을 가지고 지도하고 연구의 기회를 주면, 학부생들도 세상을 바꾸는 일을 할 수 있습니다.

Q 한국과 미국의 연구 시스템이 많이 다를 텐데 차이가 있다면요?

한국에서는 세계를 놀라게 할 현식적인 제품이 나오는 경우가 미국보다는 드물어요. 왜 그럴까요? 혁신이란 건 절벽에 가까이 아슬아슬하게 걸 때 나오거든요. 하지만 대개 안전한 곳으로 가려고 해요. 한 번 떨어지면 다시 일어서기 어렵다는 생각 때문에 떨어지는 것이 두려운 거예요. 이래서는 혁신이 나올 수 없어요. 우리나라의 경우 실패를 허용하지 않는 문화가 가장 혁신을 가로막는 요소라고 생각합니다. 안타까운 일이지요. 실패도 성공으로 가는 과정이라는 것을 인정하고, 실패 그 자체에서도 의미를 찾는 자세를 가져야 해요.

사람들은 우리 로멜라연구소의 성공적인 로봇들만 보려고 해요. 하지만 그 뒤에는 셀 수 없이 많은 실패가 있었어요. 저 역시 아메바처럼 움직이는 로봇을 개발하기까지 수많은 시행착오를 겪었어요. 그 연구를 한국에서 했다면, 아마 더 이상 연구비를 못 받았을 거예요. 하지만 미국의 연구재단에서는 계속해서 연구비를 지원합니다.

실패한 내용으로 논문을 낼 수도 있어요. 훗날 어떤 연구자가 비슷한 생각을 해서 관련 논문을 뒤져보다가 내 논문을 보고 '아, 이렇게 하면 안 되겠구나. 그럼 다른 방법이 없을까?' 하고 도움을 받을 수도 있지요. 이처럼 실패는 그 자체로도 충분한 가치가 있습니다. 그런데 한국에서는 프로젝트를 실패하면 어떻게 될까요?

가능하다는 것을 알고 하는 연구는 연구가 아니라 '숙제'예요. 가능한지 불가능한지 모르는 상태에서 도전하는 것이 진정한 연구입니다. 성공만 하고 전혀 실패가 없다면, 그건 도전하지 않고 안전한 길만 걸어온 것이라고 봐야 되지 않을까요? 과감하게 도전하지 않고 확률적으로 성공할 만한 연구만 한다면 혁신은 나올 수 없어요. 혁신을 위해서는 바로 실패를 허용하는 문화가 중요합니다.

Q 그렇다면 미국의 연구 시스템 중 우리도 이런 점은 생각해봐야 하는 게 있을까요?
한국에서는 연구 제안서를 내고 지원을 받게 되면, 지원해주는 곳에서 당장 돈이 되는 결과물들을 빨리 내놓으라고 성화를 부려요. 이렇게 스트레스를 받는 상황에서는 창의적인 생각이 나올 수 없지요. 급하게 쌓은 탑은 빨리 올라가긴 해도 기초가 약해 금방 쓰러지고 말아요.

반면 미국은 원천 기술 획득에 엄청나게 지원을 하고 있어요. 사실 휴머노이드 로봇은 일본과 한국이 미국보다 훨씬 앞서 갔어요. 일본 하면 아시모, 한국 하면 휴보가 딱 떠오르지만 미국에는 몇 년 전까지만 해도 없었어요. 우리가 개발한 '찰리'가 미국 최초의 휴머노이드 로봇이라고 인정받는 이유는 그 때문이에요.

그런데 후쿠시마 원전사고 후, 재난 현장에서 작업할 휴머노이드가 필요해지자 미국은 단시간에 일본을 뛰어넘는 휴머노이드를 만들어내기 시작했어요. 보스턴 다이나믹스의 아틀라스, 우리 연구소의 사파이어 같은 로봇들이 우르르 나왔어요. 원천 기술이라는 기반을 탄탄히 다져 놓았기에 필요한 순간 금세 만들어낼 수 있었던 거예요. 우리나라도 이렇게 장기적인 안목을 가지고 원천 기술 확보에 힘을 쏟았으면 합니다.

Q **전세계가 4차 산업혁명으로 시끌시끌해요. 한국도 예외는 아니고요. 아무래도 교수님의 연구 분야가 첨단 과학인 로봇이니만큼 많은 사람들이 교수님의 생각을 궁금해하는 것 같은데요?**

솔직히 저는 4차 산업혁명이 뭔지 잘 모르겠어요. 정작 실리콘밸리에서는 쓰지 않는 말이거든요. 외려 한국에서 그러니까 미국에서도 쓰기 시작하는 것 같아요.

4차 산업혁명이라는 용어 자체에 문제가 있다는 뜻은 아닙니다. 그 본질을 이해하지 못하고 먼저 떠들어대는 것이 문제이지요. 정부에서 4차 산업혁명을 지원한다고는 하는데, 관계자들을 만나 이야기를 나누다 보면 본인들도 확실히 이해하지 못하고 있는 경우가 많아요. 오히려 안다고 자칭하는 사람들의 이야기를 들어보면 진짜 알고나 있는 것인지 의심스러울 때도 있습니다. 나도 모르고, 전문가들도 모르고, 관계자들도 모르고. 명확하지 않으니 너무 과장되고, 그러다 보니 일반 사람들 사이에 공포감이 조성되는 것도 같아요.

요즘 미디어에 나오는 것들을 보면 인공지능 로봇들이 우리의 일자리를 전부 빼앗아가고, 금방이라도 인류를 지배할 것처럼 들려요. 인공지능 기술이 엄청 빨리 발전하는 것은 사실이지만, 여기에는 많은 과장이 섞여 있어요. 그러니 4차 산업혁명이 우리의 삶을 한순간에 뒤바꿀 것이라는 말에 크게 휘둘리지 않았으면 좋겠습니다.

물론 인공지능으로 인해 생길 여러 가지 상황에 대해 미리 고민하고 대비하는 자세는 좋다고 봅니다. 왜 걱정하는지 그 마음도 이해하고요. 낯선 기술에 대한 두려움은 당연하기 때문입니다. 하지만 그럴수록 우리는 인공지능이 무엇을 잘하고, 무엇을 못하는지를 이해해야 합니다. 이를 기회로 삼아야 해요. '이 새로운 기술을 어떻게 이용할 것인가' 하는 적극적인 자세를 가져야 하는 거지요. 앞으로 인공지능은 급속도로 발전할 거예요. 그렇다면 그 안에서 내가 시너지를 일으킬 방법을 모색하는 것이 바람직합니다.

저는 이게 위기가 아니라고 생각해요. 자동차가 사람보다 빨리 달린다고 우리가 걱정하진 않잖아요? 인공지능이 인간의 직장을 빼앗아갈 거다, 이런 걱정을 하는 시간에 인공지능을 잘 활용할 방법을 먼저 생각해야 할 것 같아요. 인공지능 로봇들이 인간을 지배할 것을 걱정하는 것은, 화성의 인구 문제를 걱정하는 것과 같은 맥락이랄까요.

절대로 일어나지 않을 일이니 걱정할 필요가 없다는 뜻은 아니에요. 그런 걱정을 하기에는 너무도 먼 일이라는 얘기예요. 그보다는 지구 온난화 문제, 인권 문제, 기술의 평화적 사용 같은 일이 더 중요하고 신경 써야 합니다. 한국에서는 이세돌 9단이 알파고에 진 것 때문에 유독 더 그런 것 같다는 생각도 들어요. 저는 당연히 알파고가 이길 거라고 봤어요. 제 생각에 이건 '알파고의 승리'가 아니라 '알파고를 만든 연구 개발진의 승리'예요. 결국은 인간의 승리인 거죠.

"우리의 일이 세상에 어떤 영향을 미칠지
생각하고 또 생각하세요."
누군가에게 희망이 된다는 생각만큼 강한 생각은
없습니다. 고민되고 흔들릴 때마다 우리를
붙들고 바른 길로 이끄는 것은 행복한 꿈입니다.

Chapter 6

사람의 행복을
생각하는 것만큼
강한 에너지는
없다

비극에서 배운
인간에 대한 사랑

2007년 4월 16일. 버지니아테크에는 봄 기운이 완연했다. 긴 강의실 건물 복도에는 봄볕이 가득 스며들었고, 캠퍼스를 오가는 학생들의 얼굴은 새 학기에 대한 기대감으로 물오른 꽃처럼 잔뜩 상기되어 있었다.

나는 이른 아침부터 교수연구실에 나와 있었다. 이탈리아 로마에서 열린 로봇 컨퍼런스에 참석하느라 한동안 자리를 비웠던 탓이다. 로멜라에서 진행 중인 연구 프로젝트, 강의 관련 자료들을 살펴보고 친구이자 동료인 케빈과 함께 연구 제안서를 만들기 위한 자료 정리도 해야 했다. 출장을 다녀오면 늘 이렇게 할 일이 태산 같았다.

그날도 그랬다. 산더미 같은 일에 파묻혀 정신이 없었다. 그렇게 일에 몰두하고 있는데 갑자기 밖이 어수선해졌다. 여기저기서 들리는 다급한 발소리와 누군가의 격양된 목소리가 들렸다.

"절대 밖으로 나오지 마세요! 총 든 사람이 있어요! 모두 문을 닫고 방

　　　　　　　　　　　　데니스 홍, 상상을 현실로 만드는 법

에 들어가 숨어요!"

재빨리 연구실 문을 닫고 자리에 앉았다. 멍했다. 밖에서 "탕, 탕, 탕!" 하는 소리가 들려왔다. 가슴이 철렁 내려앉았다. 온몸의 근육들이 경직되었다. 그러다 정신이 번쩍 들었다. 이렇게 있을 수만은 없다는 생각이 들었기 때문이다. 내가 해야 할 일, 할 수 있는 일들을 차례로 정리해봤다.

일단 무슨 일이 일어난 건지 알아봐야 했다. 연구실 문 간유리 창에 그림자가 비치지 않도록 조심스레 몸을 벽에 붙이고 문으로 다가가 귀를 댔다. 복도는 쥐 죽은 듯 조용했다. 용기를 내 살짝 문을 열고 틈으로 밖을 살펴보았다. 개미 한 마리도 보이지 않았다.

나는 다시 문을 걸어 잠그고 연구실 불을 껐다. 그리고 유리창 쪽으로 가서 밖을 내다보았다. 옆 건물 벽을 향해 총을 겨눈 경찰들이 경찰차 뒤에 숨어 있는 모습이 보였다. '어쩌지······.' 나는 의자에 털썩 주저앉았다. 잠시 후 정신을 차리고 가족들한테 전화를 걸었다. 다들 전화를 걸어대는지 계속 연결이 되지 않았다. 몇 번의 시도 끝에 겨우 가족들과 연락이 닿았다. 수화기를 손으로 가리고 속삭였다.

"나는 괜찮으니 걱정하지 마."

가족들에게 괜찮다는 말을 전하긴 했지만, 밖에서 무슨 일이 벌어지고 있는지는 도통 알 수가 없었다. 심장이 쿵쾅거리고 식은땀이 났다. 수십 명이 권총을 들고 나타난 건가. 한 명이 기관총을 들고 돌아다니는 건가. 총 든 놈은 대체 어디에 있는 건가. 살기를 띤 광기 어린 이가 이쪽으로 오고 있는 건 아닐까. 그런 생각을 하고 있는데 이상하게 머릿속이 맑아지고 차분해졌다. 그러자 로멜라연구소의 학생들이 생각났다.

그 당시 로멜라연구소는 내 교수연구실이 있는 건물 지하에 있었다. 출입문도 하나, 창문도 그 문에 달린 자그마한 것이 다였다. 때문에 밖의 상황은 짐작도 못할 터였다. 그런 곳에서 학생들이 무방비 상태로 있다가 사고를 당하면 어쩌나 하는 생각이 들었다.

떨리는 손으로 전화를 걸었다. 몇 번의 시도 끝에 신호가 갔다. 아무도 전화를 받지 않았다. 입술이 바짝바짝 탔다. 마음이 급해진 나는 인터넷을 연결해 채팅을 시작했다. 다행히 한 학생과 연결되었다. 잘은 모르겠지만 무슨 일이 생긴 것 같으니 일단 연구소 문을 걸어 잠그고 창문을 신문지로 가린 뒤 불을 끄고 있으라고 말했다.

내 말을 전해 듣고 연구소는 공포에 휩싸인 모양이었다. 우는 학생도 있었다고 한다. 인터넷 검색을 계속 해보았지만 '버지니아테크에서 총격 사건이 일어났다'는 속보만 나올 뿐 정확한 상황은 알 수 없었다. 그러니 두려움이 더 클 수밖에. 최악의 상황을 마주하지 않으려면 학생들을 안심시켜야 했다.

"아무 소리도 내지 말고 가만히들 있어. 이후 상황을 다시 알려줄게."

바깥 상황을 어떻게 전해줄 수 있을지 고심했다. 실시간 영상을 전송해주면 로멜라연구소에서도 적어도 밖에서 무슨 일이 일어나는지 알 수 있지 않을까. 그러면 만약의 경우에도 적극적으로 대처할 수 있겠다 싶었다.

당시만 해도 동영상 채팅이 기술적으로 어려웠던 때라서 USB 웹 카메라가 아닌 로봇의 눈으로 사용하려던 카메라에 자석을 테이프로 감아서 창문 밖에 던져 달았다. 그리고 컴퓨터와 리피터repeater, 전송된 신호를 새롭게 재생해 다시 전달하는 중계장치로 연결, 코드를 짜서 인터넷으로 실시간 영상을 전송했다. 학생들은 컴퓨터 모니터 앞에 모여 내가 보낸 영상을 보고 상황을 파악했고, 불안하게 기다리는 대신 어떻게 해야 안전할지 차분하게 논의했다.

교내 총격 사건은 아침 7시 15분에서 9시 45분까지, 두 시간 반 동안 벌어졌다. 학내 기숙사 웨스트 앰블러 존스턴 홀West Ambler Johnston Hall과 공학관인 노리스 홀Norris Hall에서만 32명이 사망하고 29명이 부상을 입었다. 범인은 한국계 조승희로 버지니아테크 영문과 4학년생이었다. 미국 전역은 물론 한국과 전 세계를 충격에 몰아넣은 사건이었다.

상황 종료 후, 경찰이 내게 수사에 협조해달라며 사진을 내밀었다. 사건이 벌어졌던 노리스 홀 211호 사진이었다. 내가 강의하는 곳이기도 했다. 원래대로라면 다음 날 나는 그곳에서 수업을 진행해야 했다. 피가 튀고 시신들이 누워 있는 모습을 차마 제대로 볼 수 없어 곁눈질로 사진을 확인했다. 혹시라도 아는 사람이 있으면 어쩌나 두려웠다. 마음을 가다듬고 아주 천천히 총격 사건 직후의 노리스 홀 211호 사진을 들여다보았다.

강의할 때 수식을 적던 칠판, 내가 만졌던 책상과 의자들, 익숙한 강의실 벽과 문이 보였다. 강의실 바닥에는 단정한 옷차림의 학생들이 낮잠을 자듯 이리저리 누워 있었다. 그들이 죽었다는 생각은 들지 않았다. 피투성이일 거라고 생각한 강의실은 예상 외로 평화롭게 느껴졌다. 그런 고요한 광경은 처음이었다. 그 모습에 나는 오히려 충격을 받았다. 한없는 슬픔이 밀려왔다. 그 사진 속 광경은 아마도 죽을 때까지 잊히지 않을 것이다. 사는 동안 순간순간 슬픔과 아픔으로 떠오를 것이다.

이날 나는, 내 친구이자 동료인 케빈을 잃었다. 우리는 함께 연구 제안서를 준비하고 있었다. 학생들을 상대로 보행 로봇 경진대회를 열자는 데에도 의견이 같았다. 자세한 이야기는 케빈의 강의가 끝난 후에 만나서 이야기하기로 약속했었다. 사건 발생 당시 노리스 홀 3층에서 강의를 하던 그는, 아래층이 소란해지자 강의를 듣던 학생들 20명을 자기 교수 연구실로 데려가 숨겨주었다. 하지만 정작 그 자신은 범인의 총에 맞아 세상을 뜨고 말았다. 나는 무척이나 슬프고 아팠다. 그는 진정한 영웅이었다.

언론에서는 연일 '4월 16일의 비극'에 대해 보도했다. 학교 측에서는 충격 사건으로 인해 입학 지원자 수가 현저히 줄어들지 않을까 우려했다. 하지만 외려 입학 지원자 수가 늘어났다. 어렵고 힘든 시기에 서로를 돕고 하나로 단결하는 호키 Hokie, 버지니아테크의 마스코트인 칠면조를 일컫는 애칭으로 버지니아테크를 상징 정신이 나도 그 사회의 일부가 되고 싶다는 마음을 부추긴 것이다. 사건이 일어나고 며칠 후, 학교 캠퍼스에는 학교 대표 색인 오렌지색과 붉은색 바탕에 "우리는 호키다!"라는 문구가 박힌 현수막들이 걸리기 시작했다. 재학생들을 비롯해서 미국 전역의 학생들이 세상을 떠난 이들을 추모하고, 버지니아테크를 위로하고자 만든 것들이었다.

희생자들을 기리기 위해 호키 스톤 Hokie stone, 버지니아 서부에서 발견된 석회암 바위로 버지니아테크 건물을 지을 때만 사용 가능하도록 법으로 지정된 데에서 붙여진 이름으로 만든 추모

데니스 홍, 상상을 현실로 만드는 법

비극 속에서도 희망은 새롭게 피어난다. 상처받은
모든 이들을 진정으로 위로하고 치유하려는
사람들에게서 나는 용기와 화합, 사랑을 느꼈다.

비에는 추모 행렬이 줄을 이었다. 수없이 많은 꽃들, 바람에 날아가지 않도록 돌로 눌러놓은 자필 메시지들, 그 앞에 무릎을 꿇고 고개 숙인 사람들. 늦은 밤까지도 32명의 영혼을 추모하러 오는 사람들의 발길이 끊이질 않았다.

나도 그 추모비 앞에 섰다. 그때 내 눈을 의심했다. 돌을 세어 보니 33개였기 때문이었다. 희생자의 영혼을 기리는 돌들 옆에 참사를 일으킨 조승희를 향한 추모의 돌도 놓여 있었다. 믿을 수 없었다. 몇 번이고 다시추모비의 개수를 세어보기도 했다. 어떻게 이런 일이! 분노를 느꼈다. 평생 하지 않았던 욕까지 튀어 나올 지경이었다. 그러다 그의 추모비 앞에놓인 몇 개의 편지를 읽어보았다.

- May god have mercy on your soul. (부디 너의 영혼에 신의 자비가 있기를.)

- Cho, I wish you had known those whose lives you ended. You would have loved them. Maybe it would have been different. I am trying to forgive. (조승희, 네가 목숨을 앗아 간 그들을 알았더라면 너는 그들을 무척 좋아했을 텐데. 그랬다면 상황이 달라졌을 수도 있겠지. 난 너를 용서하려고 노력할게.)

- Even though you took innocent lives...... even though my eyes are tired of crying...... Even though my campus, my home, will never be the same...... I forgive you. And I love you. (네가 그 순수한 생명들을 앗아 가고...... 아파서 내 눈에 눈물이 그치지 않아...... 이제는 나의 캠퍼스, 나의 집이 다시는 그 전과 같을 수는 없게 되었을지라도...... 나는 너를 용서한다. 그리고 사랑한다.)

데니스 홍, 상상을 현실로 만드는 법

타오르는 분노, 치밀어 오르는 슬픔을 삼킨 채 그 역시 희생자 중 하나라고 여기는 사람들. 그를 용서하려고 노력하는 이들의 마음들을 보니 가슴이 뭉클해졌다. 그의 영혼이 가엾게 느껴졌다. 그의 추모비가 외로워 보이기까지 했다.

너무도 슬프고, 끔찍했고, 처참했던 2007년의 그날. 지금도 눈을 감으면 사진 속 강의실 모습이 선명하게 떠오른다. 그를 평생 용서할 수는 없을 것 같다.

그러나 비극을 이겨내고 희망을 전하고자 하는 사람들의 한없는 마음을 다시 한 번 아로새겨본다. 위기 속에서도 생겨나는 배려심, 슬픔을 딛고 일어설 수 있도록 껴안고 다독여주던 손길, 상처받은 이들을 위로하고 치유하려는 따뜻한 마음, 어렵고 힘든 상황일지라도 용기를 내고 단결하는 힘. 그리고 용서할 수 없는 자마저 용서하려는 인간의 사랑과 인간에 대한 사랑을 떠올린다. 버지니아테크의 희생자들을 생각하면서 나는 내가 하는 연구야말로 이런 인간에 대한 사랑에서 비롯되어야한다는 사실을 다시 한 번 깨우친다.

축구하는 로봇이
필요한 이유

얼굴을 검은색 방어막으로 가리고 번쩍이는 흰 갑옷을 입은 1.5미터 높이의 휴머노이드 로봇이 두리번거리며 주황색 축구공을 향해 걸어간다. 녹색 바닥의 실내 축구장에서 천천히, 조심스럽게 한 걸음씩 발을 내딛고 머리를 들어 골대 앞 골키퍼를 본다. 그리고 고개를 숙여 공을 보고는 방향을 바꾸며 공을 찰 자세를 취한다.

바로 우리의 찰리2CHARLI2: Cognitive Humanoid Autonomous Robot with Learning Intelligence2다. 상대 골키퍼는 싱가포르폴리테크닉의 로보 에렉투스Robo Erectus. 인간의 조종 없이 스스로 판단하고 움직이는 두 로봇을 보며 관객들은 주먹을 불끈 쥐고 소리를 지르기 시작했다.

"찰리! 너는 할 수 있어!"

"렛츠 고Let's Go! 렛츠 고Let's Go!"

공 앞으로 다가간 찰리가 오른쪽 발을 들어 '툭' 하고 공을 찬다. 축구 선수의 그것처럼 쏜살같이 날아가는 슛은 아니지만, 경기장을 가득 메운 관중은 손에 땀을 쥐고 숨죽여 공이 굴러가는 모습에 집중한다. 골대 오른쪽 구석으로 깊숙이 굴러 들어가는 공!

"와!"

"고오오오오올!"

동시에 공을 막지 못해 아쉽다는 듯 로보 에렉투스가 바닥에 철썩 주저앉았다. 관중석에서 우레와 같은 박수 소리가 터져 나왔다. 우리는 하늘로 두 팔을 힘차게 치켜들고 펄쩍펄쩍 뛰며 승리의 환호성을 질렀다.

"우와, 드디어 해냈다!"

"우리가 챔피언이다Yay, We are the World Champions!"

버지니아테크의 비극으로부터 4년이 지난 2011년. 그날은 터키 이스탄불에서 열린 로보컵^{RoboCup} 2011의 마지막 날로 어덜트 사이즈 리그 결승전이었다. 세계 40여 나라에서 500개 팀, 3000여 명이 참가한 가운데 우리의 찰리2와 싱가포르폴리테크닉의 로보 에렉투스가 마지막으로 맞붙어 접전을 벌인 끝에 '찰리2'가 1 대 0으로 이겨 우승을 거머쥔 것이다!

이 대회의 역사는 오래 되었다. 로보컵은 1997년 일본의 나고야에서 제1회 대회가 열린 이래 매년 일주일 동안 열리는 세계 로봇과학자들의 축제다. 2002년에 생긴 휴머노이드 리그 때문에 더 유명해진 로보컵은 한국의 카이스트가 창설한 FIRA$^{Federation\ of\ International\ Robot\text{-}sports\ Association,\ 세}$ $_{계로봇축구연맹}$와 더불어 세계 로봇 축구계의 양대 산맥이다. 축구를 벤치마크해서 2족 보행, 인공지능, 로봇 비전 등 로봇 기술을 발전시키기 위해 만들어졌다. 로보컵의 공식 목표는 2050년까지 인간 월드컵 대회 우승 팀을 이길 휴머노이드 로봇 팀을 구성하는 것이다. 어떻게 보면 1997년 IBM의 인공지능 컴퓨터 딥블루$^{Deep\ Blue}$가 세계 체스 챔피언인 게리 카스파로프$^{Garry\ Kasparow}$를 이겼던 '인공지능 체스 도전'이나 2016년 구글 딥마인드의 알파고^{AlphaGo}가 한국의 이세돌을 이겼던 '인공지능 바둑 도전'과 유사한 맥락이라고 할 수 있다.

로보컵의 휴머노이드 리그는 로봇 크기에 따라 세부 리그가 나뉜다. 130~180센티미터의 성인 크기 로봇은 '어덜트 사이즈 리그', 80~140센티미터의 로봇은 '틴에이지 사이즈 리그', 40~90센티미터의 소형 로봇은 '키즈 사이즈 리그'에 출전한다. 로멜라는 2004년부터 개발한 소형 휴머노이드 로봇 다윈DARwIn: Dynamic Anthropomorphic Robot with Intelligence을 가지고 2007년부터 출전하기 시작했다.

다윈은 이미 인공지능을 이용해 공의 위치를 스스로 찾아 찰 수 있는 로봇이었다. 하지만 2007년 미국 조지아 주 애틀랜타에서 열린 대회의 첫 경기에서 창피할 정도로 처참하게 패배했다. 로멜라연구소에서는 제대로 작동되던 다윈은 실제 경기에서는 그렇지 못했다. 경기장 바닥의 카펫 두께나 마찰계수가 약간이라도 달라지면 제대로 걷지도 못하고 쓰러졌다. 창가의 햇빛이 조금이라도 구름에 가리거나 빛이 비추는 방향이 달라지면 공을 찾지 못하기 일쑤였다. 넘어지면서 목이 부러지는 바람에 머리는 바닥에 뒹굴고 몸체만 일어서서 제자리를 빙글빙글 도는 웃지 못할 장면도 연출했다.

그렇게 첫 출전을 망치고 집으로 돌아가기 위해 장비들을 챙겼다. 그때, 수상대 옆 유리 진열 상자 안에 놓인, 보석처럼 빛나는 트로피가 눈에 들어왔다. 나는 홀린 듯이 하던 일을 멈추고 일어나서 그쪽으로 향했다. 안쪽이 빨간 펠트 천으로 마감된 루이비통 모노그램 케이스 안에서 루이비통 휴머노이드 트로피가 빛나고 있었다. 2002년부터 루이비통의 후원으로 제작되어 휴머노이드 리그에서 가장 좋은 성적을 올린 팀에게 수여되는 이 트로피는 역사와 전통을 자랑하는 프랑스 바카라Baccarat 사의 크리스털로 만들어 더욱 유명하다. 휴머노이드 분야에서 가장 권위 있는 상으로 로봇공학자라면 누구나 탐내는 '영광의 트로피'다. 나는 그 자리에서 "꼭 이 트로피를 타겠어!"라고 결심했다. 학생들한테도 약속했다.

2008년 중국 쑤저우, 2009년 오스트리아 그라츠에서 열린 로보컵에 연이어 참가하며 새로운 기술을 적용하고 발전시킨 결과, 싱가포르에서 열린 2010년 대회에서는 어덜트 사이즈 리그에서 3위를 차지했다. 그리고 2011년 대회에서 드디어 찰리2로 어덜트 사이즈 리그 우승을 차지했다. 더불어 2011년 대회에서는 다윈-OP^{Darwin-Open Platform}로 키즈 사이즈 리그에서도 우승을 거머쥐었다. 찰리2는 대회에 참가한 팀장들의 투표로 '베스트 휴머노이드'에 선정되었다. 결국 꿈에 그리던 루이비통 휴머노이드 컵을 차지하는 영광을 안게 되었다. 4년 만에 결심을 이룬 것이다!

이를 두고 미국의 유수한 언론들이 '기념비적인 승리'라고 했다. 로봇 강국이라 자부했지만, 그동안 미국은 휴머노이드 분야에서는 일본과 독일에 밀리고 있는 상황이었다. 아마 로보컵 우승으로 자존심을 회복했다고 생각한 것 같다. 우리는 이듬해 멕시코 멕시코시티에서 열린 로보컵 2012에서도 키즈 사이즈 리그, 어덜트 사이즈 리그에서 모두 우승을 차지해 2년 연속 세계 챔피언이 되는 쾌거를 이루었다.

로보컵으로 세계적인 명성을 얻게 된 찰리는 12명의 학부생 연구원과 대학원생이 1년 6개월간 2만 달러라는 적은 비용으로 만들어낸 로봇이다. 3억 달러에 달하는 자금과 막대한 인력 및 시간이 투입된 일본의 아시모에 비하면 보잘것없어 보이지만, 가볍고 안정적이었다. 특히 카메라로 보고, 인식하고, 자율적으로 작동되는 인공지능 기술은 당시 그 어떤 휴머노이드 로봇도 쫓아오지 못할 정도로 뛰어났다. 연구 비용이 적었던 덕분에 값비싼 장비인 힘-토크 센서^{Force-Torque Sensor, 받는 힘이나 회전력을 측정하는}

로봇의 촉각 센서 중 하나를 사용하지 않고도 걸을 수 있는 기술까지 개발했다.

이렇게 탄생한 찰리는 미국 최초의 휴머노이드 로봇으로 인정받으며 《파퓰러사이언스》의 표지를 장식하고, NBC 〈투데이쇼〉, CNN 〈앤더슨 쿠퍼 360도〉를 비롯한 각종 TV 프로그램에 출연했다. 펩시콜라 캔 몸체에 나와 찰리의 모습이 프린트되기도 했다. 찰리가 가수 싸이의 노래 '강남 스타일'에 맞춰 말춤을 추는 동영상은 나흘 만에 유튜브 조회 수가 100만에 이르렀다. 2012년 여수세계박람회에서도 찰리와 다윈-OP를 비롯해 로멜라의 많은 로봇들을 전시하고 시연했다. 100만 명 이상이 다녀갈 정도로 성황리에 개최된 박람회 기간 중 가장 인기를 끌었던 것은 바로 다윈과 찰리의 로봇 축구 시연이었다.

누구나 우리 로봇들이 축구하는 모습을 보면 신기해하고 좋아한다. 진짜 축구 경기를 보는 것처럼 흥분하기까지 한다. 그런데 간혹 재미있게 보다가도 이렇게 묻는 사람이 있다.

"왜 로봇이 '축구'나 하게 만드는 데에 돈과 시간, 노력을 낭비하나요? 이보다 더 중요한 일에 써야 하는 거 아니에요?"

일견 맞는 말이다. 그런데 로봇이 축구조차 못한다면 어떤 중요한 일에 사용될 수 있을까?

로봇이 눈으로 보고, 스스로 생각하고 움직이고, 공을 찰 수 있는 기술은 로봇 기술 중에서도 아주 어려운 기술이다. 그런 종류의 기술은 단기간에 완성되는 것이 아니다. 수많은 시행착오 끝에 하나씩 완성되어 가는 것이다. 축구는 역동적인 운동이다. 그런 움직임을 구현하는 로봇을

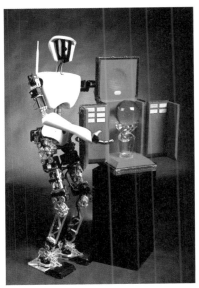

위쪽_2007년에 처음 출전한 로보컵 대회에서 나는 루이비통 휴머노이드 트로피를 꼭 손에 쥐리라 다짐했다. 그리고 2011년 그 다짐은 현실이 되었다.

아래쪽_2012년 로보컵 대회에서도 우리 로멜라가 우승을 차지해 우승컵을 거머쥐었으며, 2015년 대회 때도 우승해 또 한 번 우승컵을 품에 안았다.

만드는 것은 여간 어려운 일이 아니다.

　로봇이 해야 할 일은 매우 복합적이다. 특정한 용도만 염두에 두고 개발하면 로봇 기술은 발전할 수 없다. 사람을 돕고 사람의 생명을 구하는 일의 범위는 사실 매우 무궁무진하다. 우리의 예측 범위 밖에 일이 있을 수도 있다. 그렇기에 나는 로봇이 더 많은, 더 다양한 일을 할 수 있게 하고 싶다. 그런 기술이 구현되는 상상을 한다. 지금은 엉뚱한 상상이 절실한 현실이 될 수도 있기 때문이다.

상상력이
세상을 구한다

세상을 구하기 위해서 상상력이 필요하다는 것을 절감한 일이 있다. 미국립직업안전위생연구소National Institute for Occupational Safety and Health와 관련된 일로 5층짜리 건물 신축 공사 현장을 방문한 적이 있다. 인부들이 비계높은 곳에서 일할 수 있도록 설치한 임시 구조물에서 일하는 모습을 보고 있는데, 가이드를 맡은 현장 감독이 비계 추락사가 공사장 사고 중 21퍼센트나 된다고 설명해주었다. 안전모 착용을 의무화하고 난간에 안전띠를 설치해 놓아도 인부들이 떨어져 다치거나 사망하는 사고가 발생한다는 것이었다. 공사 중인 건물에 올라가기 직전에 그런 말을 들어서일까, 높은 곳에 올라가도 아무렇지 않던 내가 채 3층도 오르지 않았는데 다리가 후들거리고 현기증이 났다. 아래를 내려다볼 수 없었다. 물론 안전하다고 생각했지만, 비계에 발을 내디딜 때마다 흔들리는 것이 무서웠다.

'대체 이런 데서 어떻게들 일하는 거지? 인부들은 겁도 없나?'

물론 그럴 수도 있겠지만, 사고란 것이 겁이 있다고 생기고 없다고 생기는 것은 아닐 터다. 너무 일에 몰두하다 보니 순간적으로 벌어지는 일일 것이다. 이런 현장에서 도움이 되는 로봇을 없을까?

문득 비계를 타고 올라가는 로봇을 만들어보면 어떨까 하는 생각이 들었다. 마침 뱀처럼 움직이는 로봇에 흥미가 있었기에 바로 개발에 착수했다. 각 조인트^{구동되는 연결 부분}의 왕복 회전 운동을 뱀이 몸을 틀어 감으면서 뒤틀려 올라가는 것처럼 특이하게 바꾼 로봇을 만들었다. 이름도 그리스 신화 속의 뱀 히드라에서 따와 하이드라스^{HyDRAS: Hyper-redundant Discrete Robotic Articulated Serpentine}라고 지었다. 이렇게 탄생한 하이드라스는 강에 놓인 다리의 안전성을 검사할 때 제격이다. 기둥을 타고 내려갈 수 있기 때문이다. 단 진짜 뱀이 움직이는 방식이라고 보긴 어렵다. 어쩌면 아메바의 움직임이랑 더 닮았다고 볼 수 있다.

정식으로 연구한 지 1년도 되지 않아 하이드라스의 시제품을 선보일 수 있었고, 이어서 하이드라스에 사용된 기술을 활용할 수 있는 또 다른 기회도 맞이했다. 미 해군연구소에서 함정 화재 진압용 로봇 개발 연구 제안서를 제출하라고 한 것이다. 선박은 공간이 좁은 특성상 불이 나면 빠르게 번지는 데다 진압 또한 쉽지 않다. 방법이 없을까 고민하던 중 화재 진압용 소방 호스 자체를 로봇으로 만들어보자는 아이디어가 떠올랐다. 이미 개발한 하이드라스 기술을 이용하면, 불이 난 곳까지 뱀처럼 기어가서 코브라처럼 머리를 치켜세운 후 물을 뿜는 소방 호스 로봇을 만들 수 있을 것 같았다.

미 해군연구소에서도 우리의 연구 제안서를 긍정적으로 받아들였다. 다만 그때쯤 로보컵 우승을 차지하는 등 로멜라의 휴머노이드 로봇 연구 성과가 한참 좋았다. 덕분에 휴머노이드 로봇에 대한 관심이 전반적으로 높아지고 있었다. 그래서 화재 진압용 로봇을 뱀 로봇 대신에 휴머노이드 로봇으로 개발 방향을 바꾸어 다시 제안했다.

"함정이란 사람을 위해 설계된 것이기에 사람의 형태를 지닌 로봇이 화재를 진압하는 데 더 적합합니다. 계단의 높이, 문 손잡이의 위치도 모두 사람에게 적합하게 되어 있습니다. 소화기나 화재 진압 도구들도 마찬가지입니다. 따라서 사람의 형태와 유사한 로봇이 더 어울립니다. 그래야 파도가 일어 흔들릴 때면 사람처럼 두 다리로 중심을 잡고 걸을 수 있습니다. 사람처럼 방화복을 착용해 뜨거운 화염으로부터 로봇 몸체를 보호할 수도 있습니다. 바퀴나 무한궤도는 방화복을 씌울 수 없어 화염에 노출될 위험성이 높습니다. 이런 이유로 화재 진압용 로봇을 휴머노이드 형태로 바꾸고자 합니다."

처음엔 의아해하던 미 해군연구소 프로그램 매니저들은 내 설명을 들은 후에 고개를 끄덕였다. 나는 구체적인 계획과 이 프로젝트를 진행하면서 개발할 신기술들을 발표했다.

"이 로봇의 이름은 '사파이어SAFFiR'입니다. 함정 화재 진압 로봇Shipboard

데니스 홍, 상상을 현실로 만드는 법

Autonomous Fire Fighting Robot이란 뜻입니다."

축구를 하도록 개발한 기술이 사람의 생명을 구하는 기술로 연결되는 순간이었다.

나는 불가능이란 없다고 생각한다. 그 이유는 모든 걸 해낼 수 있다는 자신감과 응원의 표현이기도 하지만, 그것보다 '불가능' 자체가 기술 발전에 필요한 요소이기 때문이다. 한계는 곧 도전이고, 새로운 과제다. 그것을 언제나 즐겁게 받아들여야 한다.

로멜라에서 사파이어를 개발하고 있던 2011년, 일본 후쿠시마에서는 원전 사고로 인해 수십만 명이 삶의 터전을 잃어버리는 최악의 위기 상황이 발생했다. 일본 정부는 방사능 때문에 사람이 사고 현장에 접근하지 못하자 로봇을 투입했다. 하지만 현장에 투입된 로봇들은 모두 작동 불능에 빠지고 말았다. 미국에서도 긴급히 아이로봇^{iRobot} 사의 군사용 로봇 팩봇을 보내 지원했다. 하지만 무한궤도로 움직이는 탱크 스타일의 팩봇은 파손된 원자로 내의 험난한 지형과 장애물을 뚫지 못했다. 결국 도쿄전력 직원들이 직접 치명적인 방사선 피폭을 무릅쓰고 원전 복구에 나섰지만 지지부진했다.

이처럼 사람이 다가갈 수 없는 참혹한 재난 환경에서 사람처럼 고도의 작업을 수행할 수 있는 로봇 개발의 중요성을 느낀 미국은 후쿠시마 사고 1년 후인 2012년에 지상 최고의 재난 구조용 로봇 개발 프로젝트를 발표했다. 다르파에서 재난 구조용 로봇 대회를 개최한 것이다. 이 대회는 2007년에 열린 어반 챌린지와 유사한 규칙으로 진행되었다. 이번에는 무인 차량이 아닌, 고도의 재난 구조 작업을 수행할 수 있는 로봇을 개발하는 것이 다를 뿐이었다.

대회의 규모도 지금까지의 로봇 대회 역사상 가장 컸다. 우승 상금뿐 아니라 대회 참가 팀에게 주어지는 연구 지원비도 많았다. 재난 구조에 대한 전 세계 공학자들의 공감대가 형성되어서인지 대회를 향한 관심도 뜨거웠다. 다르파는 네 부문으로 나뉘어 대회를 진행했다. 로봇과 소프트웨어를 전부 직접 개발할 수 있도록 연구비를 지원하는 트랙 A. 소프트웨어 개발만 지원하는 트랙 B. 소프트웨어를 개발하지만 연구비 지원 없는 트랙 C. 로봇과 소프트웨어를 모두 개발하지만 연구비 지원도 없고 예선 대신 심사를 통해 결선 진출을 결정하는 트랙 D. 이렇게 총 4개 트랙에서 137개 팀을 선발했다.

어반 챌린지에서 3등을 기록하기도 했고, 때마침 사파이어를 개발하고 있던 터라 나도 당연히 참가하기로 했다. '사람과 세상을 위한 로봇'을 만드는 것은 내 오랜 꿈이었다. 당연히 도전할 가치가 있었고, 내 꿈이 실현 가능한지 확인해볼 기회이기도 했다.

이번 도전 과제는 너무나도 어려웠다. 로봇들은 실제 원전 사고 지역과 흡사하게 재현해 놓은 현장에서 각종 극한 환경을 이겨내고 다음의 여덟 가지 임무를 성공적으로 완수해야 했다. 첫째, 로봇이 차량에 스스로 승차해 핸들과 엑셀, 브레이크를 조작해서 목적지까지 운전한다. 둘째, 차에서 내려 100미터 거리에 이르는 나무, 덤불 등의 장애물이 있는 자갈길을 통과한다. 셋째, 건물 입구에 쌓여 있는 다양한 크기와 모양의 장애많은 사람들이 로봇에 대해 큰 기대를 해요.
하지만 아직 로봇이 가야 할 길은 멀어요.
발전해야 할 부분이 아직도 많이 남아 있어요.
매일이 도전이죠. 저는 그 도전을 즐깁니다.

물을 치운다. 넷째, 건물을 문을 열고 안으로 들어간다. 다섯째, 사다리를 타고 올라간다. 여섯째, 전동 해머나 톱 같은 공구를 이용해 콘크리트 벽을 부수고 진입한다. 일곱째, 누수된 파이프를 찾아 밸브를 잠근다. 여덟째, 고장 난 냉각 펌프를 새 부품으로 교체한다.

그야말로 다르파 하드$^{DARPA\ hard}$였다. 가능하지만 엄청나게 힘든 것을 지칭할 때 로봇 연구자들 사이에서 쓰는 표현인데, 그만큼 다르파가 추진하는 프로젝트들은 하나같이 어렵다는 뜻이다. 이번에는 수식어가 하나 더 붙어 '다르파 하드, 그 이상$^{beyond\ DARPA\ hard}$'이었다. 여덟 가지 미션이 그만큼 힘들고 어려웠다.

나는 이 어려운 미션을 위한 팀을 꾸렸다. 인공지능 전문가인 펜실베이니아대학교의 댄 리 교수, 미국 방산 업체 해리스코퍼레이션, 한국 기업 로보티즈의 김병수 대표, 로멜라에서 찰리 프로젝트를 이끌던 한재권 박사(현 한양대 교수)로 이뤄진 팀이었다. 리더는 내가 맡았고, 팀 이름은 로봇과 같게 '토르^{THOR}'라고 지었다. 토르는 전략 위험 작업 로봇^{Tactical} $^{Hazardous\ Operations\ Robot}$의 약자이기도 하고, 다르파 어반 챌린지에서 입상한 '오딘'의 아들이란 뜻이기도 했다. 우리 팀은 다르파 대회의 4개 부문 중 가장 많은 연구비를 지원받을 수 있는 트랙 A 부문에 제안서를 제출했다.

우리는 대회를 위해서 두 가지 휴머노이드 로봇을 개발했다. 토르와 토르-OP였다. 재난 구조 로봇을 성공적으로 개발하려면, 그 로봇에 사용될 다양한 기술을 테스트할 수 있는 로봇이 필요했다. 그래서 토르-OP를 만들었다. 토르-OP는 로보티즈 주도 하에 개발되었다. 정밀하지만 딱딱하게 움직이는 기존의(전통적인) 위치 제어 기술 기반의 액추에이터를 사용했다. 그런 만큼 빨리 개발할 수 있었다.

반면 토르는 로멜라연구소가 주도해 개발했다. 토르는 로멜라가 개발한 최첨단의 인공근육 기술series elastic actuator을 사용했다. 로봇이 두 다리로 험난한 지역을 걷기 위해서는 동물의 근육처럼 탄력적이어야 하고, 위치와 함께 힘도 같이 조절해야 한다. 이때 필요한 것이 바로 인공근육 기술이다. 늘 그렇듯 토르 또한 우리에게 있어 도전이었다. 지금까지 휴머노이드 로봇에 이런 인공근육 기술이 사용된 적이 없었기 때문이다. 성공한다면 휴머노이드 로봇의 새 장을 열 수 있었다. 하지만 이 도전이 성공할지 실패할지 당시로서는 알 수 없었다. 그래서 토르-OP는 토르 개발 실패를 대비한 백업 플랫폼 역할을 같이했다.

2013년 12월 20일, 플로리다 주의 마이애미 스피드웨이. 다르파에서 최종적으로 선발한 16개 팀이 재난 구조용 로봇 챌린지의 예선을 치르기 위해 이곳에 모였다. 예선전 상위 8개 팀에는 결선 진출 자격과 함께 연구비 100만 달러가 추가로 지원되었다. 우리의 목표는 8위 안에 드는 것이었다. 이틀간 열린 예선에서 우리 팀은 1점 차로 9위를 차지했다. 참고로 우리 팀은 대회 전까지 토르가 완벽히 준비되지 않아 백업 플랫폼의 역할도 했던 토르-OP로 예선을 치렀다.

기대와 다른 결과에 실망이 컸는지 모두들 아쉬워했다. 너무 안타까워 눈물을 흘리는 학생들도 있었다. 대회에 출전할 때마다 좋은 성적을 거

뒤왔던 터라 탈락의 충격이 더 크게 느껴진 모양이었다. 인간을 위한 로봇을 만들겠다고 그동안 열심히 노력해왔는데, 그 꿈을 이루지 못한 것에 실망한 듯 보였다. 나는 학생들을 다독였다.

"우린 최선을 다했어. 이기지 못해도 괜찮아. 배울 수 있으니까. 최선을 다한 너희들이 자랑스럽다."

학생들의 표정이 달라졌다. 다시 새롭게 시작해보자며, 파이팅 넘치는 다짐이 여기저기서 흘러나왔다. 나 역시 그랬다. 오늘의 경험에서 배운 것을 가지고 다시 도전하고 싶었다.

나는 연구비 지원이 없는 트랙 D에 참가해서라도 도전을 마치고 싶었다. 어차피 나의 목표는 대회 우승이 아니라 향후 세상에 유용하게 쓰일 수 있는 새로운 재난 구조 로봇 기술을 선보이는 것이었다. 어떻게든 결선에 나가고 싶었다. 그런데 기적 같은 일이 일어났다! 예선전에서 1위를 차지한 일본 팀이 구글에 인수된 뒤 결선 출전을 하지 않기로 결정한 것이다. 9위 팀이었던 우리가 추가로 결선에 진출하게 되었다. 물론 연구비 지원도 받게 되었다.

2015년 6월 5일, 캘리포니아 주 포모나에서 다르파 재난 구조용 로봇 챌린지 결승전이 열렸다. 결승전은 예선을 통과한 팀, 트랙 D에서 1위를 추가로 결선 진출 자격을 얻은 팀 총 23개 팀이 참가했다. 우리 팀은 미국 언론이 뽑은 유력한 우승 후보였다. 하지만 우승은 카이스트 팀에게 돌아갔다. 우리 팀은 13위에 그치고 말았다.

팀 토르로 결선 진출 자격을 따내고 연구비 지원도 받았지만, 공교롭게

로봇 대회들은 '경쟁'이 아니라 '도전'이라 불린다. 인류를 구하는 것은 경쟁이 아니라 도전이기 때문이다. 우리는 이런 대회를 통해 인류를 위한 기술 개발에 '함께 도전'하는 것이다. 그러한 공동의 목표를 향해 우리는 멈추지 않을 것이다.

도 이때 로멜라가 UCLA로 옮겨가는 바람에 나는 팀원들과 로봇 토르를 놓아버릴 수밖에 없었다. 버지니아테크에서는 우리 팀이 거둔 모든 성과가 자신들에게 있다고 주장했다. 결국 다르파가 중재에 나섰지만, 나는 팀이 갈라지는 아픔을 겪어야 했다.

다행히 토르-OP를 오픈 플랫폼으로 만들어 놓았기에, 이를 가지고 성능을 발전시켜 토르-RD^{THOR- Rapid Deployment, 신속 배치되는 전략 위험 작동 로봇}를 만드는 데 온 힘을 쏟았다. 짧은 시간 안에 새로 팀원도 구해야 했고, 연구비도 원래의 반밖에 받지 못했지만 우리 팀은 할 수 있는 모든 것을 다했다. 아무것도 없는 상태에서 팀 토르가 다시 일어서는 데 큰 역할을 해준 로멜라의 새 구성원들이 정말 고맙고 자랑스러웠다.

비록 그 과정에서 아픔이 있었지만 다르파 재난 구조용 로봇 챌린지에 참여한 것 자체는 후회 없다. 언제나 그렇듯 내가 긍정적이기도 하지만, 그것 또한 우리가 발전해가는 하나의 과정이기 때문이다. 아마 나뿐 아니라 다르파 챌린지에 참여한 모든 사람의 마음이 그랬을 것이다.

우리는 로봇 대회를 '경쟁'이 아니라 '도전'이라 부른다. 인류를 구하는 것은 경쟁이 아닌 도전 그 자체이기 때문이다. 우리는 이런 대회를 통해 인류를 구하는 기술 개발에 '함께 도전'하는 것이다. 그 목표가 있는 한 나는, 우리는 멈추지 않을 것이다.

가치 있는 일은
세상에 알린다

2010년 10월의 어느 날, TED에서 이메일이 왔다. TED 2011에 연사로 초청하고 싶다는 내용이었다.

'내가 TED에 나가게 되다니!'

사무실에 혼자 있던 나는 함박웃음을 지으며 두 팔을 번쩍 들었다. 그리고 조용히, 그러나 기쁨에 가득 차 'yes, yes, yes!'라고 외쳤다.

TED^{Technology, Entertainment, Design}는 미국의 비영리 재단으로 '널리 퍼져야 할 아이디어^{Ideas worth spreading}'라는 슬로건 아래 기술, 교육, 정치, 사회, 예술, 철학, 비즈니스 등 다양한 분야의 전문가를 초청해 강연을 개최한다. 빌 클린턴, 제인 구달, 앨 고어, 고든 브라운, 빌 게이츠, 래리 페이지, 말콤 글래드웰, 알랭 드 보통 등 이 시대 최고의 지식인들이 연사로 참여해 '천재들의 지식 콘서트'라 불리기도 한다. 누구나 쉽게 인터넷을 통해 무료로 강연을 볼 수 있으며, 강연을 본 사람이 1억이 넘어 '가장 영향력 있는 강연'으로도 꼽힌다. 스티브 잡스는 애플의 매킨토시를 TED에서 처음 소개했으며, 소니도 CD와 멀티 터치스크린 기술, 삼차원 가상 스크린 인터페이스 등 신기술을 TED에서 처음 선보였다. 세상을 바꾼 신기술이 모두 TED에서 공개된 것이다.

나는 그 1년 전인 2009년 9월에 TEDx에서 강연한 적이 있다. TEDx는 TED의 공식 허가를 받아 각 지역에서 독자적으로 운영하는 TED 형식의 강연이다. 규모나 강연 내용은 강연을 운영하는 기관마다 다르다. 나는 그중 나사가 주관해 규모도 크고 인지도가 있는 TEDxNASA에서 강연했다.

학계에는 이미 나의 로봇들과 내 재미있는 세미나가 유명했지만, 대중들에게는 아직 나도 내 연구도 많이 알려져 있는 편은 아니었다. 그런 만큼 TEDxNASA는 나와 내 연구를 일반인들에게도 알릴 수 있는 좋은 기회였다. 하지만 그간 해왔던 것처럼 단순히 내가 개발한 로봇과 기술들에 대해서만 말하는 것은 바람직하지 않다고 생각했다. TED의 취지에 맞게 뭔가 '퍼트릴 만한 가치가 있는 아이디어'에 대해 이야기하고 싶었다.

나는 '데니스 홍: 나의 일곱 가지 로봇Dennis Hong: My Seven Species of Robot'이라는 제목의 강연을 준비했다. 하지만 제목만 이럴 뿐, 이 강연은 '교육과 창의력'에 관한 것이었다. 에피타이저처럼 일곱 가지 로봇을 보여준 뒤 '어떻게 아이디어를 얻고 구현할 것인가'에 관한 이야기를 풀어내면 '기계공학자의 교육, 기계공학자의 창의력'에 관심을 기울일 것 같았다. 그래서 강연의 3분의 2까지는 내가 개발한 여러 가지 기상천외한 로봇들을 소개하며 청중의 시선을 사로잡고, 이후 3분의 1 동안 내 로봇들이 탄생할 수 있었던 '성공의 비밀'을 털어 놓으면서 '교육과 창의력'에 관한 메시지가 전달될 수 있도록 했다.

작전은 대성공이었다. 강연이 폭발적인 인기를 끌며 TED 메인 공식 홈페이지에 실리게 된 것이다. TED 공식 홈페이지에서도 순식간에 60

만 명 이상이 시청하는 등 반응이 뜨거웠다. '창의력' 부문에서 가장 인기 있는 강연 중 하나로 뽑히기도 했다.

그러나 이번 강연은 그때 했던 TEDxNASA와 달리, TED의 메인 강연이었다. 매우 비중이 크고 전 세계적으로 중요한 강연이었다. 강연 요청을 받고 나니 처음에는 기쁘고 신났지만 점차 어깨가 무거워지고 고민이 생기기 시작했다. '가장 영향력 있는 강연' 아닌가. 절대 가볍게 생각할 수 없었다. 이 기회를 정말 잘, 가치 있게 활용해야 할 텐데…….

당시 나는 미국 최초로 자율 보행이 가능한 성인 크기의 휴머노이드 로봇 찰리를 개발하고, 소형 휴머노이드인 다윈-OP의 개발 소스를 공개해 많은 사람들의 관심을 받고 있었다. 아마 TED에서는 강연을 요청하면서 내가 휴머노이드 로봇에 관한 강연을 준비할 것으로 예상했었던 것 같다. 하지만 그들이 모르고 있던 사실이 있었다. 내가 그때 시각장애인용 자동차를 개발하고 있었다는 것이다. 나는 강연 바로 한 달 전인 2011년 1월 말에 로멜라가 개발한 시각장애인용 자동차를 공개할 예정이었다.

나는 시각장애인용 자동차 브라이언을 개발한 스토리를 가지고 강연을 하기로 마음먹었다. 브라이언을 처음 공개한 시점과도 잘 맞아 떨어졌지만, '사람을 위한 기술', '행복을 가져다 주는 따뜻한 기술'이 중요하다는 것을 널리 알리고 싶었기 때문이다. 그것이 로봇공학자로서의 나의 지향점이었다. 여기에 많은 사람이 공감하고 동참해주었으면 했다.

어느덧 TED 무대에 오르는 일은 개인적으로 설레는 일이 아니라, 로봇공학을 대표하는 중요한 임무를 띠었다는 사명감으로 바뀌었다. 무려

두어 달 동안이나 강연 준비를 했다. 어려운 기술적 이야기를 쉽게 전달하기 위해 자료를 모았다. 새로운 기술이 우리 사회에 어떤 영향을 미치는지, 그것을 우리는 어떻게 받아들여야 할지, 과학자이자 공학도로서 내가 어떤 사명감을 가지고 로봇 개발을 하고 있는지, 시각장애인에 대한 편견을 없앴으면 한다는 마음 등을 어떻게 하나의 강연에서 물 흐르듯 이어갈지 고민하고 구상했다. 이 강연을 위해 나는 정성과 노력을 아끼지 않았다.

강연 한 달 전, TED의 큐레이터인 크리스 앤더슨으로부터 급하다며 연락을 달라는 요청이 왔다. 크리스 앤더슨은 TED를 세계적으로 영향력 있는 강연으로 올려놓은 장본인이자 TED의 최종 결정권자였다. 그런 그가 뭐 때문에 나를 급히 찾는 것일까? 다소 불안한 마음으로 크리스와 전화 연락을 했다.

그는 시각장애인용 자동차보다는 휴머노이드 로봇에 대한 주제로 강연하는 것이 어떻겠냐며 '권유'했다. 당황스러웠다. TED는 강연자를 존중해 강연 주제에 대해서 미리 묻지 않는다. 그런데 왜 강연 주제를 한정하는 것이지? 무슨 오해가 있는 건 아닌가 싶었다. 나는 크리스에게 내가 왜 이 주제를 가지고 TED에서 강연을 하려고 하는지, 이 주제야말로 TED의 모토인 '퍼트릴 만한 가치가 있는 아이디어'임을 강조하기 위해 차근차근 설명했다.

내 이야기를 가만히 듣던 크리스는 그래도 휴머노이드 로봇에 대한 주제로 강연하는 게 어떻겠냐고 했다. 물론 영향력 있는 TED 기획자가 그렇게 말하는 데는 분명 이유가 있을 것이다. 하지만 나는 내 주장을 굽히지 않았다. 강하지만 정중하게 내 의견을 피력했다. 그도 꿈쩍하지 않았다. 크리스와 나는 무려 1시간 45분 동안 전화를 붙잡고 열띤 토론을 벌였다.

정확히 말하자면, 토론이라기보다는 내가 일방적으로 그를 설득하려 했다. 전화가 길어지자 나도 불안감이 밀려왔다. 그와 의견이 어긋나면 TED 무대 위에 서는 것 자체가 없던 일이 되어버릴 텐데 하는 생각도 들었다. 몸이 뻣뻣해지며 식은땀이 흘렀다. 하지만 이미 화살은 활시위를 떠났다. 나는 내 강연 주제를 포기할 수 없었다. 끝내 주제를 바꿀 수 없다고 하는 내게 크리스 앤더슨은 이렇게 말하고 전화를 끊었다.

"데니스, 생각해볼게요."

눈앞이 깜깜했다. 이렇게 TED에 설 기회를 내 발로 차버리는 건가? 크리스에게 이야기해 주제를 바꾸겠다고 말해야 할까? 하지만 내가 전하고 싶은 메시지는 따로 있었다. 나는 그 메시지로 강연을 하고 싶었다.

2주가 지나도록 크리스에게서 연락이 없었다. TED의 다른 콘텐츠 프로듀서와는 연락이 됐지만, 최종 결정은 크리스의 손에 달려 있다고 했다. 속이 바짝바짝 탔다. 혹시 연락이 왔을까 싶어 자다가도 벌떡 일어나 이메일을 확인하곤 했다. 그러다 TED 2011 시작 열흘 전, 크리스로부터 이메일이 왔다.

"좋습니다. 당신이 하고 싶은 이야기를 하세요. 대신 시간을 반으로 줄이겠습니다."

주제는 바꾸지 않아도 되지만, 한 강연마다 최대 18분까지 허용된 강연 시간을 9분만 주겠다는 통보였다. 선택의 여지가 없었다. "휴." 나는 내 강연 주제를 지키게 된 것에 안도하며 한숨을 내뱉었다. 그러다 또 '휴' 하고 또 한숨을 내뱉었다. 그간 18분으로 완벽하게 준비한 강연을 어떻게 9분으로 줄인단 말인가. 그것도 메시지를 해치지 않으면서. 내게 그건 단순한 스피치가 아니었다. 무려 두 달 동안 준비한 나의 '작품'이었다. 그러니 더 허탈할 수밖에 없었다.

결국 내용을 중요한 순서대로 다시 배열한 뒤 후반부 내용은 눈물을 머금고 덜어냈다. 표현도 줄이고 문장도 더 짧고 간결하게 줄였다. 그렇게 '9분'짜리 강연이 준비되었다.

2011년 3월 3일, 나는 예정대로 캘리포니아 롱비치에서 열린 TED 2011 무대에 서서 '시각장애인을 위한 자동차 만들기Making a car for blind drivers'라는 제목의 강연을 했다. 다른 강의와 달리 9분밖에 안 되는 강연이었지만, 청중들에게 전달되는 힘이 줄어든 것은 아니었다. 청중들이 느끼는 감동의 크기도 전혀 줄지 않았다. 오히려 반대였다. 강연이 끝나자 청중들이 기립해 우레와 같은 박수를 보냈다. 여기저기서 휘파람 소리도 들렸다. 무대를 내려오는 나의 어깨를 툭 치며 크리스가 말했다.

"잘했어요, 데니스. 아주 훌륭했어요."

그러고 나서 왜 강연 주제를 바꾸자고 했는지 그 이유를 자세하게 설명해주었다. 스탠퍼드대학교 교수이자 구글 엑스 연구소장 세바스찬 스런Sebastian Thrun도 TED 2011에 초청받았는데, 그가 무인 자동차에 관한 강

비록 강연 시간은 줄어들었지만 내 소신대로 밀어붙인
TED 강연은 순식간에 인기 강연 중 하나가 되었다.
각계각층에서 긍정적인 반응이 쏟아졌다.
'인간을 위한 따뜻한 기술을 만들자'는 나의 메시지에
많은 사람이 답한 것이다. 내 짧은 강연이 작지만
의미 있는 변화를 불러온 것 같아 뿌듯했다.

연을 준비 중이었단다. 크리스는 혹시나 강연 내용이 겹쳐 자칫 임팩트가 약해질까 봐 걱정이 되어서 내게 그런 요청을 한 것이라고 솔직하게 털어놓았다.

내 소신대로 밀어붙인 강연은 순식간에 인기 강연 중 하나가 되었다. TED 홈페이지뿐 아니라 유튜브에 오른 것까지 합치면 총 100만 뷰가 넘는다. '고맙다', '자랑스럽다', '그 차를 당장 구입하고 싶다'는 내용의 편지와 이메일, 전화가 쇄도했다. 인터뷰 요청도 많았다. 상상 이상의 반응이었다.

무엇보다 내가 반가웠던 건, 다른 연구소들의 반응이었다. 내 강연을 보고 영감을 얻어 시각장애인을 위한 기술을 연구, 개발한다는 곳도 있었고, 자신들이 개발한 기술을 우리 차에 접목해 더 좋은 시각장애인용 자동차를 함께 만들어보자는 곳도 있었다. 시각장애인을 위한 새로운 비시각 인터페이스 기술 연구 프로젝트들이 곳곳에서 시작되고, 시각장애인협회에서는 맹인들을 위한 운전교육센터도 설립하는 등 시각장애인을 위한 기술에도 관심이 높아지기 시작했다. '인간을 위한 따뜻한 기술을 만들자'라는 나의 메시지가 퍼지기 시작한 것이다. 내 짧은 강연이 작지만 의미 있는 변화를 불러온 것 같아 뿌듯했다.

나는 그래서 강연을 연구만큼 중요하게 생각한다. 연구는 혼자서 연구실에 박혀서 하는 게 아니라, 그 연구의 가치와 의미를 세상과 소통하는 일이다. 강연도 나에게는 연구의 한 과정이다. 더 많은 이들이 공감하고 이해하게 하는 것이 과학자에게 부여된 임무라고 생각한다.

로봇 기술을 만인에게
공개하는 이유

로멜라는 2004년부터 휴머노이드에 대한 연구를 시작했다. 자금이 녁
넉하지 못한 때라서 실제 사람 크기만 한 로봇은 꿈도 못 꾸고 50센티미
터 정도 되는 소형 휴머노이드부터 개발했다. 이름은 다윈DARwIn: Dynamic
Anthropomorphic Robot with Intelligence. 인간의 형태를 띤 이 로봇이 언젠가는 인
공지능으로 움직이며 사람들에게 도움이 되길 바라며 지은 이름이다.
2004년 다윈0부터 시작해 다윈은 매년 새로운 방식들을 실험해보고 새
로운 기능을 추가해 버전을 업그레이드하는 형태로 개발되었다. 2005년
에는 다윈1, 2006년에는 다윈2a와 다윈2b, 2007년에는 다윈3, 2008년
에는 다윈4가 개발되었다. 이런 결과에 힘입어 2009년에는 미국국립과
학재단의 후원을 받아 미니 휴보를 개발했다. 미니 휴보는 카이스트 오
준호 박사가 만든 우리나라 대표적인 휴머노이드 로봇인 '휴보'의 작은
버전이다.

다윈2a, 다윈2b부터는 사물을 인식할 수 있는 카메라와 자율적 움직임
을 가능케 하는 인공지능을 탑재해 학계의 높은 관심을 받기 시작했다.
다윈4는 강력한 구동기들로 무술 같은 빠르고 날렵한 동작까지 구현할
수 있었다. 이렇게 다윈이 발전을 거듭하고 유명해지자 세계 각국의 학
교와 연구소에서 다윈을 연구 및 교육용으로 구매하고 싶다는 연락이 쇄
도하기 시작했다.

하지만 대학교 부설 연구소에서 로봇을 판매할 수는 없는 노릇이었다. 대신 많은 사람이 다윈을 사용하면 좋겠다는 생각에 미국국립과학재단에 한 번 더 연구 제안서를 제출했다. 고성능 다윈과 저가의 기본형 다윈을 개발해 미국 13개 대학에 보급하겠다는 내용이었다. 고성능은 다윈-HP^{High Performance}, 기본형인 저가는 다윈-OP^{Open Platform}로 이름 붙였다. 제안서가 통과되어 프로젝트가 진행되었다. 퍼듀대학교, 펜실베이니아대학교, 한국 기업 로보티즈가 함께하는 대규모 프로젝트였다.

퍼듀대학교에서 연구 및 교육용 로봇에 필요한 사양을 결정하면 로멜라에서는 설계를 했다. 펜실베이니아대학교에서 로멜라의 설계대로 소프트웨어를 개발하고 로보티즈에서 다윈-OP를 양산할 수 있도록 했다. 2004년에 처음 만들어져 조금씩 '진화'해온 다윈이 드디어 다윈-HP와 다윈-OP으로 다시 태어난 것이다. 많은 이들이 다윈을 가지고 배우고 연구할 생각에 가슴이 뿌듯했다. 다윈이 로봇 기술을 한 단계 더 도약할 수 있는 기회를 선사하리라 믿었다. 하지만 이를 넘어 나는 가능하면 더 많은 사람이 다윈을 만나야 한다고 생각했다. 어떻게 하면 좋을까?

어느 날, 같이 연구에 참여한 펜실베니아대학교의 댄 리 교수와 로보티즈 김병수 대표와 함께 저녁을 먹으며 이에 대한 논의를 했다. 그때 다윈-OP의 개발 소스를 공개하자는 이야기가 나왔다. 우리가 다윈-OP를 만들 때 사용한 모든 기술을 전부 무상으로 개방한다는 의미였다. 망설여졌다. 다윈-OP라고는 하지만, 여기에는 2004년부터 개발해온 다윈의 모든 것이 집약되어 있었다. 사용료를 받고 제공하면 큰돈을 벌 수도 있는데, 몇 년간 쌓아온 기술을 그냥 내놓자고? 고민이 될 수밖에 없었다.

댄 리 교수야 이미 다수의 소프트웨어를 공개한 경험이 있는 터라 우리가 다윈-OP를 오픈 소스 했을 때의 긍정적 효과를 기대했다. 하지만 김병수 대표에게는 위험한 모험이었다. 그는 회사를 이끄는 기업가였다. 모든 기술을 공개해버리면 경쟁사들이 이를 카피해 비슷하거나 더 앞선 제품을 선보일 수도 있었다. 고민 끝에 김병수 대표도 로봇 기술을 발전시키자는 '더 큰 목표'에 뜻을 같이했다. 세 사람 모두 다윈-OP가 얼마나 탁월한 연구 및 교육용 교재인지 이미 잘 알고 있었다. 다윈-OP의 소스를 공개했을 때 발생할 발전적 효과를 믿기로 했다. 공개된 다윈의 소스를 가지고 연구한 개발자들이 그들의 연구 결과를 공개하고, 또 다른 로봇 개발자들이 우리를 따라 그들의 기술을 공개한다면 로봇계 전체가 '함께' 성장하는 일 아닌가? 그보다 좋은 일은 없을 터였다.

각종 부속물과 부품, 그 재료들을 가공하고 다루는 방법, 조립 설명서, 전기전자 회로도, 소스 코드 등 그야말로 다윈-OP의 모든 것을 공개했다. 이제 누구나 간단한 공작 기계만으로도 다윈-OP를 만들 수 있었다. 로봇연구소 및 학교에서는 다윈-OP를 만드는 데 필요한 부자재나 관련 제품 등을 로보티즈에서 구매하기 시작했다.

단체뿐 아니라 개인들도 관심을 가졌다. 로봇 제작이 취미인 사람들이 자기가 만든 다윈-OP를 인터넷에 올리기 시작했다. 다윈-OP를 개량한 새로운 로봇들이 등장하기도 했다. 다윈-OP를 주인공으로 한 별별 재미난 동영상이 유튜브에 올라왔다. 원하는 캔맥주를 가져다 주는 다윈-OP,

로봇 청소기를 타고 운전하는 다윈-OP, 댄스댄스레볼루션을 하는 다윈-OP, 아이스하키를 하는 다윈-OP, 공을 집어 던지는 다윈-OP, 한국 민속춤을 추는 다윈-OP 등. 나도 미처 생각하지 못했던 창의적 아이디어가 쏟아져 나오는 걸 보면 깜짝 놀라곤 한다.

학회에서도 다윈-OP의 오픈 소스 결과를 만나볼 수 있었다. 많은 로봇 연구자들이 로봇 실험에 다윈-OP를 활용한 연구 논문들을 발표하기 시작했다. 특히 휴머노이드 연구자들이 자유롭게 연구할 수 있는 발판을 마련해주었다. 다윈-OP를 오픈 소스한 지 1년도 되지 않아 최소 400대 이상의 다윈 로봇들이 세상에서 '사용'되기 시작했다. 정말 놀라웠다. 다윈-OP는 학계에서도 오픈 소스로 성공을 거둔 훌륭한 본보기가 됐다.

지금도 다윈-OP를 통해 한층 업그레이드된 로봇의 제어 알고리즘, 인공지능 소프트웨어가 계속 공유되고 있다. 덕분에 로봇 기술도 엄청난 속도로 발전하고 있다. 만약 우리가 이렇게 모든 것을 공개하지 않았더라면 과연 지금처럼 로봇 기술이 발전할 수 있었을까?

물론 좋은 반응만 있는 것은 아니다. 힘들게 만든 로봇을 아무에게나 공짜로 주는 것처럼 여겨지는지 답답해하는 사람들도 있다. 왜 멋진 로봇을 만들어 놓고 저작권을 포기하느냐, 그걸로 돈을 벌면 연구비 걱정 없지 않느냐, 너무 좋은 쪽으로만 생각하다니 순진한 것 아니냐 등. 그럴 때마다 나의 대답은 한결같다.

"사람을 위해 개발한 건데, 아무도 사용하지 못하게 두는 건 로멜라의 취지에 맞지 않거든요."

나와 다윈. 다윈은 사람들을 이롭게 하려고 만든 로봇이다. 당연히 그 기술을
공개하는 것이 맞다고 생각했다. 로봇을 사랑하고 기술을 사랑하는 모든
이들에게 선물을 준 셈이다. 그래서인지 다윈은 참 각별하다.

물론 나도 사람인지라 아쉽긴 하다. 돈 때문만은 아니다. 하나의 로봇을 만들기까지 얼마나 많은 노력이 필요한가. 그 과정에서 내가 흘린 땀, 내가 힘겹게 얻은 기술이 나 역시 아깝다. 이게 정말 옳은 일인 걸까, 곰곰이 생각해본 적도 있다. 하지만 처음 로봇을 만들려고 했던 때의 마음을 떠올려보니 그런 마음은 사라졌다. '나는 왜 로봇을 만들고 있는가?' 나는 나 한 사람을 위해 로봇을 만들고 있는 것이 아니다. '사람들을 위해' 만들고 있다.

다윈-OP를 오픈 소스 할 때 내가 사용자들에게 당부한 말이 있다.

"우리는 다윈-OP의 모든 것을 누가 어떻게 사용하든지 상관하지 않습니다. 하지만 무상으로 공개한다고 해서 100퍼센트 공짜는 아닙니다. 새로운 것을 개발하면 우리가 그랬듯이 나눠 주십시오. 사용자 커뮤니티에 공개해주십시오."

돈이나 개인의 지적 허영심 때문에 지식의 전파를 포기하는 건 과학자의 태도가 아니라고 생각한다. 게다가 나는 교수다. 내 지식을 사람들과 함께 나눌 권리와 의무가 있다. 학회에 가 다른 연구자들 앞에서 연구 논문을 발표하는 것 역시 이런 이유다. 다른 연구자들이 내 논문을 바탕으로 또 다른 지식을 만들고 나눠 주길 바라는 마음에서다.

이런 나를 두고 누군가 이렇게 말한 적이 있다.

"어떻게 보면 바보 같지만, 실은 개방함으로써 더 자유로워지는 거네요. 그래서 더 즐겁게 할 수 있고, 새로운 아이디어도 계속 나오나 봐요. 그게 데니스 홍의 힘 아닐까요? 자유로움의 힘이라고 생각합니다."

자유로움의 힘. 나는 이 말이 좋다. 로봇을
만드는 게 재미있고, 내 로봇의 이용자들을
볼 때마다 흐뭇해지는 것도 이 때문이다.
자유로움을 택한 덕분에 나는 더 많은 것을
이룰 수 있었다.

자유로움의 힘. 나는 이 말이 좋다. 로봇을 만드는 게 재미있고, 내 로봇의 이용자들을 볼 때마다 흐뭇해지는 것도 이 때문이다. 자유로움을 택한 덕분에 나는 더 많은 것을 이룰 수 있었다. 더 많은 사람과 더 많은 것을 공유하고, 그렇게 아름다운 공존을 이루어갈 것이다.

앞으로도 나는, 로멜라는 새로운 분야를 개척해 앞선 기술들을 꾸준히 세상에 발표할 것이다. 로멜라는 연구소다. 제품을 만들어 이익을 추구하는 기업이 아니다. 따라서 기술 공개에 자유롭다. 해당 기술을 소개하는 논문을 발표하면, 이를 토대로 전 세계의 수많은 연구자가 더 놀라울 결과물을 만들어낼 것이다. 다윈-OP를 공개한 뒤에 벌어졌던 많은 일들처럼.

더불어 행복한 세상을 만들어나가는 것. 나는 그것이 로봇을 개발하고 만드는 나 그리고 로멜라의 임무라고 생각한다.

인간을 사랑하기에
로봇을 만든다

로멜라연구소는 종종 로봇을 보러 오는 방문객들로 붐비곤 한다. 보통 주말에는 초·중·고생 자녀를 둔 가족들이 많이 온다. 이들에게는 성인 크기의 휴머노이드 로봇이 가장 인기다. 로봇이 걸어 다니고, 말을 건네며 반기고, 도마 위에서 채소를 썰고, 계량 컵으로 쌀을 퍼서 밥솥에 붓는 등의 재미난 시연을 보여주면 모두들 입을 벌리고 "와" 하는 탄성을 지른다. 아이들은 신기하게 로봇을 구경하는 와중에도 종종 질문을 던진다.

"그런데 이 로봇은 왜 안 뛰어다녀요? 점프도 안 하잖아요?"

"왜 내가 말하는 걸 못 알아들어요?"

정말 아이들다운 질문이다. 나는 친절하게 대답한다.

"아직 그런 기술은 개발되지 않았어요. 그런 로봇을 만들려고 계속 노력 중이에요."

그러면 아이들은 시큰둥해한다.

"어제 TV에서 본 로봇들은 다 되던데. 시시해."

어른들도 간혹 진지하게 묻는다.

"이 로봇들은 언제쯤 반란을 일으켜 인간들을 공격할까요?"

대부분 공상과학영화나 공상과학소설에 자주 등장하는 소재에 대한 궁금증이 담겨 있다. 〈터미네이터〉에서 나온 인간과 전쟁을 일으키는 인공지능 시스템 스카이넷, 〈2001 : 스페이스 오디세이〉에서 자신을 만든 박사를 죽이고 목성으로 향하는 우주선을 장악하는 인공지능 컴퓨터 HAL9000 등. 이런 내용들은 재미를 위해 지어낸 이야기일 뿐이다.

'알파고' 등으로 일반인들에게 유명해졌듯이 인공지능 기술은 날로 발전하고 있다. 이미 인공지능 스피커 등 우리 주변에서도 다양한 인공지능 제품들을 쉽게 만나볼 수 있다. 하지만 영화에서처럼 인간의 사고를 지배하는 인공지능 시스템, 스스로 감정을 느끼는 로봇은 적어도 50년 안에는 볼 일이 없을 것이다. 그렇다고 대강 넘겨서도 안 된다. 날로 인공지능과 로봇 기술이 발전하고 관련 제품이 하나씩 나오고 있는 지금, 이로 인해 파생될 사회적·도덕적 문제에 대해서 진지한 고민이 필요하다.

화재 진압용 휴머노이드 로봇 사파이어는 미 해군 함정에서 화재를 진압하고 사람을 구할 수 있도록 개발되고 있는 로봇이다. 소방 호스를 사용할 수 있고 투척용 소화기를 5미터 이상 던질 수 있도록 설계되었다. 하지만 개발 프로젝트가 끝나서 사파이어가 내 손을 떠나 미 해군 소속이 되면 사파이어가 원래의 목적으로 사용되는지 나는 알 수도 없고, 그 사용 방식에 대해 뭐라 할 수도 없다. 불을 끄기 위해 소방 호스를 조준하는 대신 사람에게 총을 겨눌 수도 있고, 소화기 대신 수류탄을 던질 수도 있다. 이런 생각을 하면 섬뜩해지고 마음이 무거워진다. 아무리 로봇 만드는 일이 재미있어도 이런 고민을 피해갈 수는 없다.

이미 아인슈타인이 비슷한 경험을 했던 것을 우리는 알고 있다. 1905년 알베르트 아인슈타인이 물리학에 존재하는 모순을 해결하기 위해 고안한 특수상대성 이론special theory of relativity은 40년 뒤 원자폭탄 개발로 이어졌다. 원자폭탄이 얼마나 무서운 결과를 가져오는지 알게 된 아인슈타인은 도덕적 책임을 느끼고 괴로워했다고 한다. 아인슈타인은 원자폭탄의 위험을 알리고, 반핵운동을 펼쳤다. 세상을 뜨기 전까지도 핵전쟁을 멈출 것을 호소했다. 1955년 아인슈타인은 철학자 버트런드 러셀과 함께 '핵무기 없는 세계와 분쟁의 평화적 해결을 호소하는 선언'(일명 러셀-아인슈타인 선언)을 발표했다. 이 선언문으로 인해 1957년 세계의 과학자들이 모여 '과학자의 사회적 책임'을 강조하고 '핵무기와 세계 평화에 관한 문제게 로봇은 인간이 할 수 없는 것들을 해주는 '따뜻한 기계'입니다.
인간을 사랑하는 마음에서 비롯되는 거죠. 저는 제 로봇들에
'널리 인간을 이롭게 하라'는 홍익인간의 뜻을 담아요.
모두가 행복해질 때까지, 저는 내일도 로봇을 만들 겁니다.

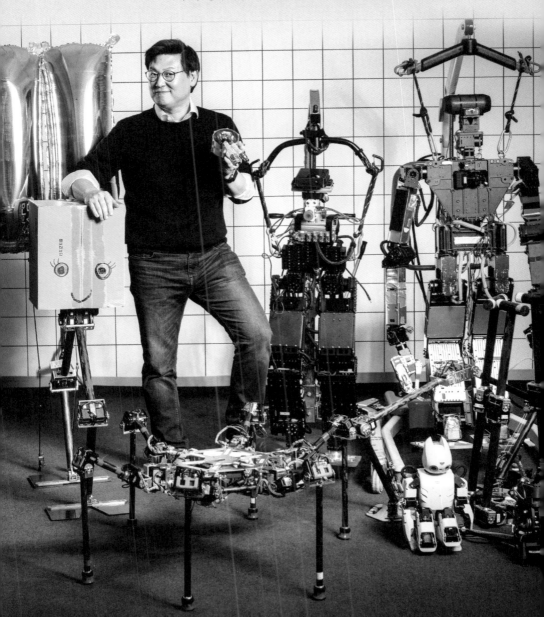

제를 논의'하는 '퍼그워시 회의Pugwash Conference'가 출범하게 되었다.

노벨 역시 마찬가지다. 알프레드 노벨은 광산, 도로 개발 등 힘든 공사 현장에서 사용하기 위해 다이너마이트를 개발했지만, 이후 살상용 무기로 사용되는 바람에 그에겐 '죽음의 상인'이라는 딱지가 붙었다. 이에 비애를 느낀 노벨은 자기의 전 재산을 기부해 '평화 실현에 가장 큰 공로가 큰 인물'에게 수여되는 상을 제정하고 싶다는 유언을 남겼다. 이 유언에 따라 제정된 상이 바로 우리가 잘 알고 있는 노벨상이다.

이런 역사를 볼 때 내가 고민하는 것은 어쩜 당연하다. 나는 화재 진압용 말고도 인명 구조, 정찰, 지뢰 제거, 재난 구조 등을 위한 국방용 로봇 프로젝트를 많이 맡아서 진행했다. 때문에 국방용 '전투' 로봇 프로젝트도 진행해달라는 제안도 자주 받는다. 수락만 하면 엄청난 연구비와 지원이 보장될 것이다. 하지만 나는 절대 응하지 않는다. 앞으로도 그럴 것이다. 좋은 의도이든 나쁜 의도이든, 아군이든 적군이든 조금이라도 사람을 해치는 로봇은 만들고 싶지 않다.

하지만 이런 의뢰는 그 의도가 너무 명확하기 때문에 피해 가는 것이 가능하다. 문제는 연구의 목적이 그 경계선에 서 있을 때다. 예를 들어 로멜라가 개발하는 재난 구조용 로봇 토르와 유사한 로봇을 누군가 개발해 전쟁용으로 사용한다면? 내가 개발한 로봇이 내가 의도치 않은 방법으로 사용될 수 있다는 걸 미리 알고 있다면 차라리 개발하지 말아야 하는 거 아닌가? 아인슈타인과 노벨이라면 어떻게 했을까? 이들도 나와 같은 고민을 하지 않았을까?

지금까지 내가 찾은 답은 이것이다. 우선 연구의 목적을 확실히 해야 한다. 망치는 못을 박기 위해 만든 도구다. 그걸 사람을 해치는 데 사용하면 안 된다. 결국 망치를 나쁜 의도로 사용한 사람이 문제지, 도구가 문제인 것은 아니다. 따라서 누구든 어떤 일을 하든 간에 그 일을 행하는 목적과 이유를 명확히 하고 제대로 하는 것이 중요하다. 그 목적과 이유가 바람직해야 함은 두말할 것도 없다. 과학자, 공학자처럼 사회에 놀라운 파급력을 가져오는 기술을 개발하는 이들이라면 더더욱 그렇다. 자신의 연구가 사회에 어떤 영향을 끼칠지 심사숙고할 필요가 있다. 그래서 나는 학생들에게, 연구소 직원들에게 강조한다.

"우리의 일이 사회에 어떤 영향을 미칠지 생각하고 또 생각하세요."

시각장애인용 자동차 브라이언을 만들 때를 떠올려본다. 내가 개발한 기술이 누군가에게 새로운 희망이 되어준 그때의 값진 경험은 내가 고민되고 흔들릴 때마다 나를 바른길로 이끌어줄 것이다. 내 자리가 어디인지, 내가 어떻게 이 자리에 오게 되었는지를 다시금 일깨워줄 것이다. 인류를 위한 따뜻한 기술을 개발하고 사람들에게 행복을 가져다 주는 일. 나의 꿈이자 나의 일이다. 나는 오늘도 그 꿈대로 살려고 한다.

그런 점에서 나는 로멜라연구소를 매우 중요하게 생각한다. 내가 원하는 모든 일이 바로 로멜라에서 시작되기 때문이다. 나는 로멜라가 '사람을 행복하게 해주는 연구소'가 되길 원한다. 지금보다 '나은 세상을 만들기 위해 노력하는 연구소'가 되길 원한다. 로멜라의 모든 구성원이, 학부 과정인데도 열심을 다하는 재학생부터 석·박사과정에 있는 연구원까지,

'인간을 이롭게 하는 로봇을 만들자'라는 목표를 갖길 원한다. 그렇게 해서 나와 같이 꿈꾸는 사람이 한 명씩 두 명씩 늘어나길 원한다. 로멜라가 그렇게 좋은 가치관으로 가득 찬 연구소가 된다면, 나는 더할 나위 없이 자랑스러울 것이다.

나는 부자가 되는 법, 명성을 얻는 법 같은 건 알지 못한다. 그저 로봇을 만드는 공학자일 뿐이다. 그것도 나의 행복을 강력하게 추구하는 이기적인 로봇공학자. 왜냐하면 나는 다른 사람을 행복하게 해주는 데서 가장 큰 행복감을 느끼기 때문이다. '사람이 하기 어려운 일, 사람이 할 수 없는 일을 대신해주는 지능적인 기계'인 로봇은 그런 나의 꿈을 이루어주는 가장 강력한 도구이다. 나는 그런 로봇들을 많이 만들어 세상을 이롭게 하고 싶다.

나뿐 아니라 우리 모두 마찬가지다. 우리는 모두 각자의 자리에서 각자의 일로 세상을 이롭게 하고 사람을 행복하게 해줄 수 있다. 그래서 마지막으로 이 말을 전해주고 싶다.

"내가 잘하고, 내가 좋아하고, 세상에 가치 있는 꿈을 꾸어라."

모두가 행복한 꿈을 꿀 때까지, 나는 내일도 로봇을 만들 것이다.

Biography

UCLA 로멜라에서
개발한 로봇들

나비

NABi :
Non-Anthropomorphic Biped

사양

높이 1.2m

길이 0.6m

폭 0.3m

"로봇은 사람처럼 생겨야 한다"는 고정관념을 깨고 만들어 낸 새로운 2족 보행 로봇입니다.
지난 10년간 사람 형태의 휴머노이드 로봇을 연구해 왔지만, 사람처럼 걷는 휴머노이드 로봇은
너무 느리고, 너무 잘 넘어지고, 너무 복잡하고, 너무 비싸고, 너무 위험했습니다. 하지만
발레리나와 펜싱 선수의 움직임에서 영감을 얻어 로봇의 두 다리를 왼쪽과 오른쪽이 아닌, 앞과
뒤로 배치했더니 많은 문제를 해결할 수 있었습니다.
로봇의 발은 스프링 재질을 사용합니다. 주변의 환경으로부터 받는 에너지를 스프링에 저장하고,
다시 방출할 수도 있어 점프 같은 보다 역동적인 동작도 할 수 있습니다. 또 무릎을 연속적으로
360도로 돌 수 있게 설계해 계단과 높은 장애물도 쉽게 올라가고 넘어갈 수 있습니다.

알프레드

ALPHRED :
Autonomous Legged PErsonal
Helper with Enhanced Dynamics

사양

높이 1.5m

길이 2.0m

폭 2.0m

여러 가지 방법으로 작동이 가능한 새로운 구조의 이동 로봇입니다. 네 개의 림이 대칭적인 구조를 이루고 있으며, 각 림은 주변의 상황에 따라 다리 또는 팔로 사용이 가능합니다. 네 개의 다리를 모두 걷는 데 사용하면서 4족 보행을 할 수도 있고, 두 개의 다리로 2족 보행을 하는 동시에 나머지 두 팔로 사물을 집을 수도 있습니다. 이렇게 주변과 다양한 상호작용이 가능하기에 그 쓰임새가 무궁무진한 로봇입니다.

발루

BALLU :
Buoyancy Assisted Lightweight Legged Unit

사양

높이 1.6m

길이 0.6m

폭 0.6m

부력을 이용해 안정성과 안전성을 확보한 로봇입니다. 다른 로봇과는 달리 '부력'이라는 물리적 원리를 이용하였기 때문에 사실상 넘어지는 것이 불가능합니다. 몸통은 헬륨으로 채워진 풍선으로 이루어졌으며 다리는 가벼운 막대로 이루어져 있습니다. 헬륨 풍선의 부력은 로봇이 언제나 안정된 자세로 서 있도록 도와줍니다. 모든 구동 장치, 통신 장치, 전원 장치는 발에 위치하고 있으며 로봇의 무게의 대부분을 차지합니다. 걷고, 방향을 바꾸고, 뛰는 등 다양한 방식으로 움직일 수 있습니다. 이런 특징들 덕분에 사람과 상호작용하는 로봇으로 무궁무진한 가능성을 가지고 있습니다.

실비아

SiLVIA :
Six Legged Vehicle with Intelligent
Articulation

사양
높이 0.2m
길이 1.0m
폭 1.0m

거미처럼 생겼지만 사실 다리가 여덟 개가 아니고 여섯 개인 로봇입니다. 하지만 스파이더 맨처럼 다재다능합니다. 곤충처럼 생긴 다른 6족 로봇과는 달리, 몸체가 전 방향 대칭으로 되어있어 앞, 뒤, 옆 모든 방향으로 쉽게 이동이 가능합니다. 험난한 지역도 문제없이 걸어다닐 수 있습니다. 로봇의 무게는 약 10킬로그램에 불과하지만, 몸무게의 두 배에 달하는 짐도 거뜬히 들어 올릴 수 있습니다. 또한 세계 최초로 마주하고 있는 두 벽 사이에서 마찰력을 이용해 벽을 짚고 오르는 능력을 갖추기도 했습니다.

헥스　**HEX :**
Hexapod Enhancement Xperiment

사양

높이 1.1m

길이 2.2m

폭 2.0m

UCLA 로멜라연구소에서 처음 만들어진 로봇으로 제작에 참여한 학생들의 희로애락을 담고 있는 로봇입니다. 골격은 탄소 섬유 튜브, 알루미늄 브래킷, 서보 액추에이터 모듈로 구성되었고, 다양한 추가 연구와 개발이 가능한 확장 베이스 플랫폼으로 사용되도록 설계되었습니다. 몸통에 정교한 로봇 팔을 부착하고 로봇이 자율적으로 지뢰를 탐지하도록 함으로써 전후 지역에 유실된 지뢰들을 찾아 제거하는 용도로도 사용이 가능합니다.

마지

MAGI :
Magin, Art and Gaming Initiative

사양

높이 1.6m

길이 1.2m

폭 0.8m

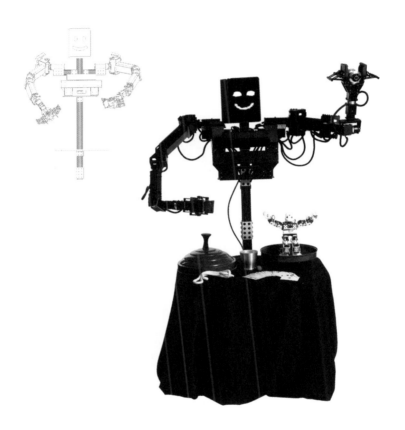

마술사의 꿈을 갖게 된 전직 셰프 로봇입니다. 로봇공학자, 요리사, 마술사가 꿈인 데니스 홍
교수의 세 가지 꿈을 현실로 만들어주는 로봇입니다. 〈마스터 셰프 USA〉에 출연할 때, 데니스 홍
교수는 보조 요리사로 사용할 카알^{CARL}이라는 이름의 로봇 팔을 개발했습니다. 방송을 통해
신체가 부자유스러운 사람들을 위한 로봇을 개발하고자 하는 데니스 홍 교수의 비전을 보여주기
위해서 만든 로봇이지요. 마지는 카알을 한층 발전시켜 마술에 도전하기 위해 만든 로봇입니다.

페블

PEBLE :
Platform for Evolutinary Bipedal
Locomotion Experiments

사양

높이 1.0m

길이 1.0m

폭 1.0m

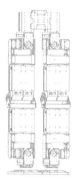

2013년 다르파 재난 구조용 로봇 대회에 참가한 토르-OP의 하반신이었던 로봇입니다.
현재 2족 보행의 연구 플랫폼으로서의 역할을 하고 있습니다. 각각의 다리는 앞뒤, 상하, 좌우로
움직일 수 있으며 모든 관절은 서보 모터 모듈로 작동됩니다. 두 발목에는 힘을 측정하는 6축
힘-토크 센서가 장착되어 있습니다. 험지uneven terrain에서의 보행 연구, 보행 중 가해진 외력에
대한 회복push recovery 연구, 온라인 보행 계획online gait planning 등 다양한 연구가 이 로봇
플랫폼을 통해 이루어지고 있습니다.

토르-RD

THOR-RD :
Tactical Hazarduos Operations
Robot-Rapid Deployment

사양

높이 1.5m

길이 1.0m

폭 1.0m

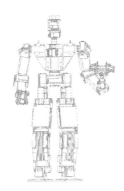

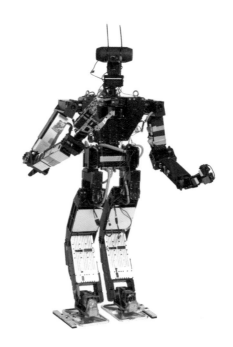

토르-OP를 개조한 재난 구조 휴머노이드 로봇입니다. 이 로봇은 위치 제어 액추에이터 모듈로 작동하는 31개의 자유도를 가지고 있습니다. 또한 로봇에 관성 측정장치Inertial Measurement Unit, 힘-토크 센서, 레이저 센서LIDAR, 비전 카메라 등의 센서들을 장착해 주어진 환경에서 스스로 자율적으로 작업을 실행하도록 설계되었습니다.

로봇의 키는 150센티미터, 몸무게는 54킬로그램 입니다. 이렇게 사람과 비슷한 형태와 크기로 설계한 것은, 사람이 이용하는 환경에서 사람이 사용하는 도구들을 이용해 사람의 역할을 수행할 수 있도록 하기 위함입니다. 두 다리로 걸을 수 있으며, 자동차를 운전할 수 있고, 계단을 걸어 오를 수도 있으며, 드릴을 비롯한 여러 가지 도구를 사용할 수도 있습니다.

2015년에 미국 캘리포니아 포모나에서 열린 다르파 재난 구조용 로봇 대회 결승전에 참가했으며, 같은 해 중국 허베이에서 열린 로보컵에서 세계 챔피언이 되기도 했습니다.

베어

BEAR :
Back-drivable Electromagnetic Actuator
for Robots

사양

높이 1.8m	
길이 0.5m	
폭 1.0m	

로봇 액추에이터 패러다임의 전환을 보여주는 혁신적인 액추에이터 모듈입니다. 전통적인
서보 액추에이터와는 달리, 이 새로운 액추에이터 모듈은 반대 방향으로도 작동^{back-drivable}
할 수 있고, 충격에 강하다는 장점이 있습니다. 이러한 특징들은 로봇들이 점프하거나 달리는
등의 역동적인 보행을 가능하게 합니다. 아직 프로토 타입임에도 이미 놀라운 성능을 보여주고
있어, 앞으로 달리고 점프하는 로봇을 개발하는 데 아주 큰 역할을 할 것으로 기대하고 있습니다.

드로메우스

DROMEUS :
Dynamic Running On Multifaceted
Environments Using Springs

사양	
높이 0.9m	
길이 0.3m	
폭 0.05m	

연구용으로 만든 스프링이 달린 외다리 점프하는 로봇입니다. 보스턴 다이나믹스의 마크 레이버트가 개발한 점프하는 로봇에 영감을 받아 개발했습니다. 회전식 액추에이터를 사용하고, 장딴지와 발의 힘줄을 본떠 착지 시의 에너지를 스프링에 저장. 점프할 때 착지 때 얻은 에너지를 사용하는 구조를 가지고 있습니다. 현재는 디자인과 동적 주행dynamic running을 위한 제어 알고리즘 테스트를 위해 기다란 지지대에 연결되어 있습니다. 이 로봇을 사용해 얻은 데이터는 향후 험난한 지역에서도 넘어지지 않고 뛰어다니는 로봇을 만드는 데 적용 가능합니다.

단테

DAnTE :
Dynamic Anthropomorphic Tactile
End-effector

사양
높이 0.4m
길이 0.25m
폭 0.25m

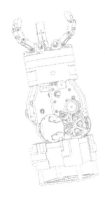

사람의 힘줄 구조에서 영감을 받아 만든 세 개의 손가락을 가진 생체모방형 로봇 손입니다.
로멜라연구소에서 개발한 준직접 구동^{Quasi-direct} 액추에이터를 이용하여 강하고
정교하게 움직일 뿐 아니라 빠르고 부드럽게 사물을 안전하게 집을 수 있습니다.
기계적 지능^{Mechanical Intelligence}을 적용하여 세심히 설계한 결과 각각의 손가락들은 스스로
주어진 사물을 집는 데 가장 적합한 형태로 움직입니다.

라라

LARA :
Luskin Automated Robot Assistant

사양

높이	0.5m
길이	0.2m
폭	0.2m

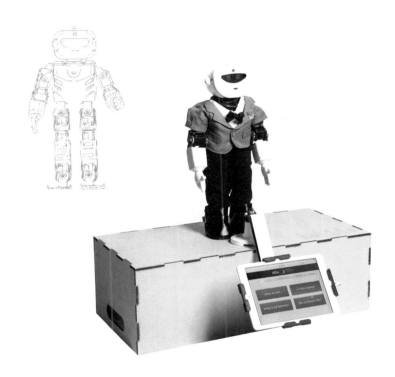

UCLA 캠퍼스 내의 러스킨 컨퍼런스 센터 호텔을 위해 제작된 소형 휴머노이드입니다. 호텔 로비에 위치해 재미있는 몸짓과 귀여운 표정으로 손님들을 맞이하기도 하고, 손님들에게 호텔과 UCLA 캠퍼스, 그리고 주변 지역에 대한 정보도 제공합니다. 활기찬 목소리와 귀여운 손짓으로 사람들을 반기고 안내하는 그는, 이미 러스킨 호텔에서 빼놓을 수 없는, 사랑받는 마스코트가 되었습니다. 한편 얼굴 인식 및 트래킹 기능이 탑재되어 인간–로봇 상호작용 Human-Robot Interaction 분야의 연구 플랫폼의 역할도 해내고 있습니다. 머리의 카메라와 마이크를 통해 계속해서 실시간으로 데이터를 수집하고, 수집한 데이터를 인공지능을 사용해 더 똑똑해지고 더 유용한 기능을 가지도록 업그레이드 될 것입니다.

이카루스 **ICARUS :**
Integrated Conceptual Air-ground
Robotic Unmanned System

사양

높이 0.3m

길이 0.5m

폭 0.4m

새로운 구조의 추진체를 사용한 드론 로봇입니다. 사실 이카루스는 '평소엔 두 다리로 걷지만
필요할 때 날 수 있는, 도라에몽 같은 로봇을 만들 수 없을까' 하는 아이디어에서 개발이 시작되었습니다.
이카루스는 날개blade가 겹쳐진 독특한 구조의 두 개의 IPUIntermeshed Propulsion Units 추진체를
가지고 있습니다. 각각의 추진체마다 두 개의 회전날개rotor를 가지고 있고, 동력은 하나의 BLDC
모터에서 전달됩니다. IPU를 구성하는 두 개의 회전날개는 속력은 같지만 항상 반대 방향으로
회전합니다. 서보 모터를 이용하여 각 회전날개의 상하요동pitch을 제어하고, 이를 바꾸는 것만으로도
로봇의 추력을 쉽게 제어할 수 있습니다. 단 0.5초 만에 추력의 방향을 반대로 전환할 수 있기에,
추력 방향 전환에 의해 생겨난 난류turbulence를 이용하면 로봇의 공격적인 방향 전환이 가능합니다.

다윈-OP

DARwin-OP :
Dynamic Anthropomorphic Robot
with Intelligence – Open Platform

사양	
높이 0.5m	
길이 0.15m	
폭 0.2m	

휴머노이드 로봇 플랫폼으로 2004년부터 미국국립과학재단의 지원을 통해 개발된 로봇입니다. 다양하고 역동적인 움직임이 가능하기 때문에 수많은 연구와 교육적인 목적을 포함한 다양한 활동에 활용되고 있습니다. 2011년, 2012년, 2013년에는 로보컵에서 우승하기도 했습니다. 완전히 공개된 오픈 소스 플랫폼으로, 사용자들이 하드웨어나 소프트웨어를 자유롭게 수정할 수 있습니다. 특히 하드웨어의 경우, 온라인에 모든 부품의 CAD와 제작을 위한 설명서가 공개되어 있어 누구든지 이를 참고하여 제작이 가능합니다.

다윈-미니

DARwIn-Mini :
Dynmic Anthropomorphic
Robot with Intelligence-Mini

사양

높이 0.3m

길이 0.1m

폭 0.15m

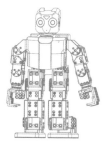

로보티스에서 개발한 다윈-OP의 저렴한 소형 버전 로봇입니다. 다윈-미니라는 교육용
플랫폼을 이용하면 누구나 로봇에 대해 쉽고 재미있게 배울 수 있습니다. 큰 형인 다윈-OP가
연구를 위해 대학교와 연구소에서 사용되기에 적합하다면, 다윈-미니는 중고등학생들이
로봇의 기본 개념에 대해 배우기에 좋습니다.

데니스 홍,
상상을 현실로 만드는 법

긍정의 힘으로 인간을 위한 로봇을 만들다

초판 1쇄 발행 2018년 6월 20일

지은이	데니스 홍
발행인	문태진
본부장	김보경
진행	이희산 **편집1팀** 김혜연 이희산
표지디자인	엔드디자인 **본문디자인** 이현주

기획편집팀	박은영 김예원 임지선 정다이
마케팅팀	한정덕 장철용 **디자인팀** 윤지예 이현주
경영지원팀	노강희 윤현성 이지복 박미경 이보람 유상희
강연팀	장진항 조은빛 강유정 신유리

펴낸곳	㈜인플루엔셜
출판신고	2012년 5월 18일 제300-2012-1043호
주소	(04511) 서울특별시 중구 통일로2길, AIA타워 8층
전화	02)720-1034(기획편집) 02)720-1024(마케팅) 02)720-1042(강연섭외)
팩스	02)720-1043 **전자우편** books@influential.co.kr
홈페이지	www.influential.co.kr

ⓒ 데니스 홍, 2018

ISBN 979-11-86560-74-7 03810

이 도서의 국립중앙도서관 출판예정도서목록(CIP)은 서지정보유통지원시스템 홈페이지(http://seoji.nl.go.kr)와 국가자료공동목록시스템(http://www.nl.go.kr/kolisnet)에서 이용하실 수 있습니다.
(CIP제어번호 : CIP2018015196)

이 시대의 거장들로부터 삶의 열정과 지혜를 배우는
인플루엔셜의 기획 시리즈

대가의 지혜

인플루엔셜 '대가의 지혜' ①

우리 가슴속 영원한 프리마 발레리나가 들려주는
누구도 대체할 수 없는 특별한 인생을 사는 법!

한 걸음을 걸어도 나답게

강수진 지음 | 316쪽 | 14,900원

인플루엔셜 '대가의 지혜' ②

세계 최고의 승부사 조훈현이 말하는
인생에 담대하게 맞서는 고수의 생각 법칙 10

조훈현, 고수의 생각법

조훈현 지음 | 268쪽 | 15,400원

인플루엔셜 '대가의 지혜' ③

평범한 인생을 귀하게 만든
한식 대가 심영순 원장의 8가지 마음 비결!

고귀한 인생 한 그릇

심영순 지음 | 336쪽 | 15,000원